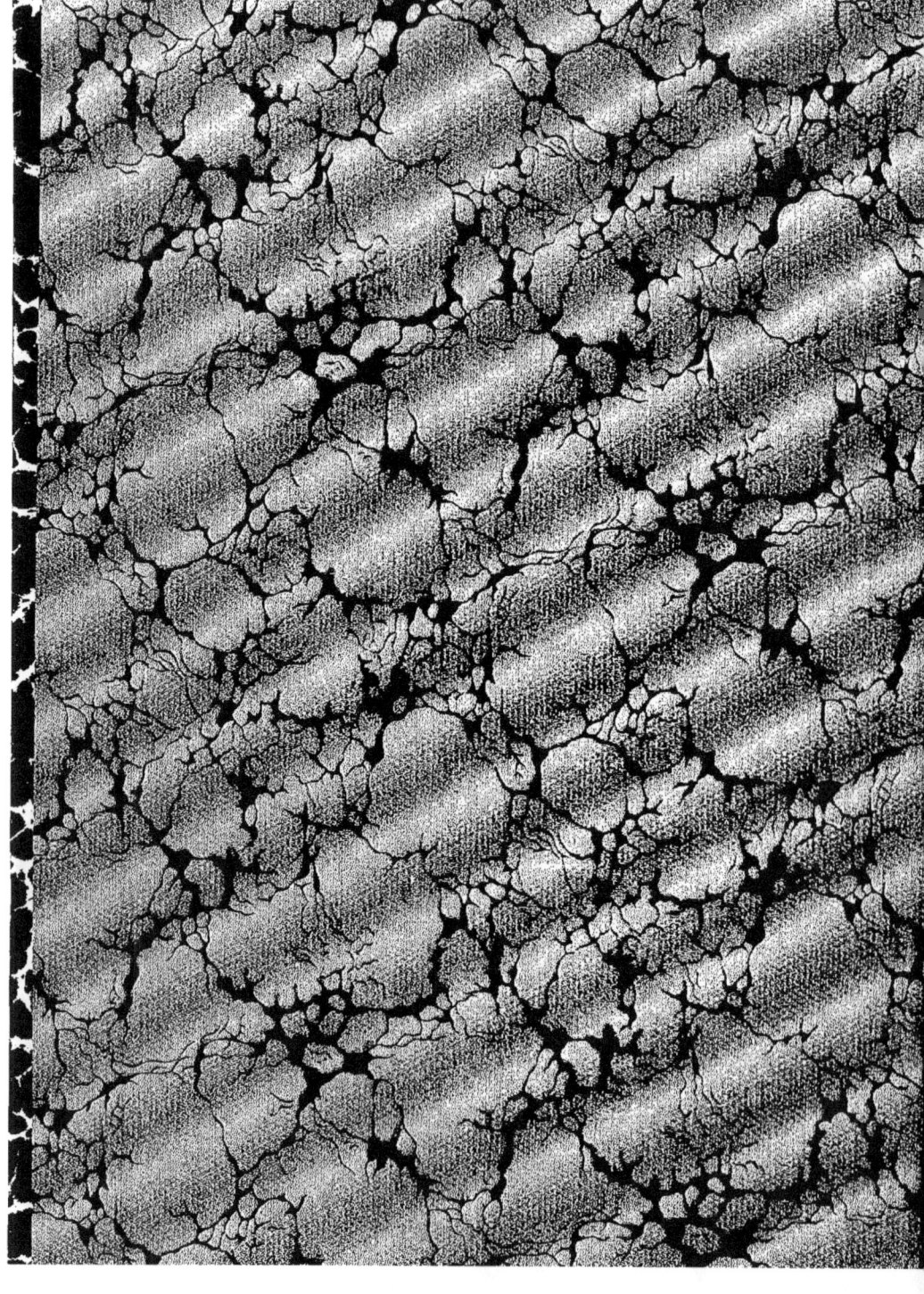

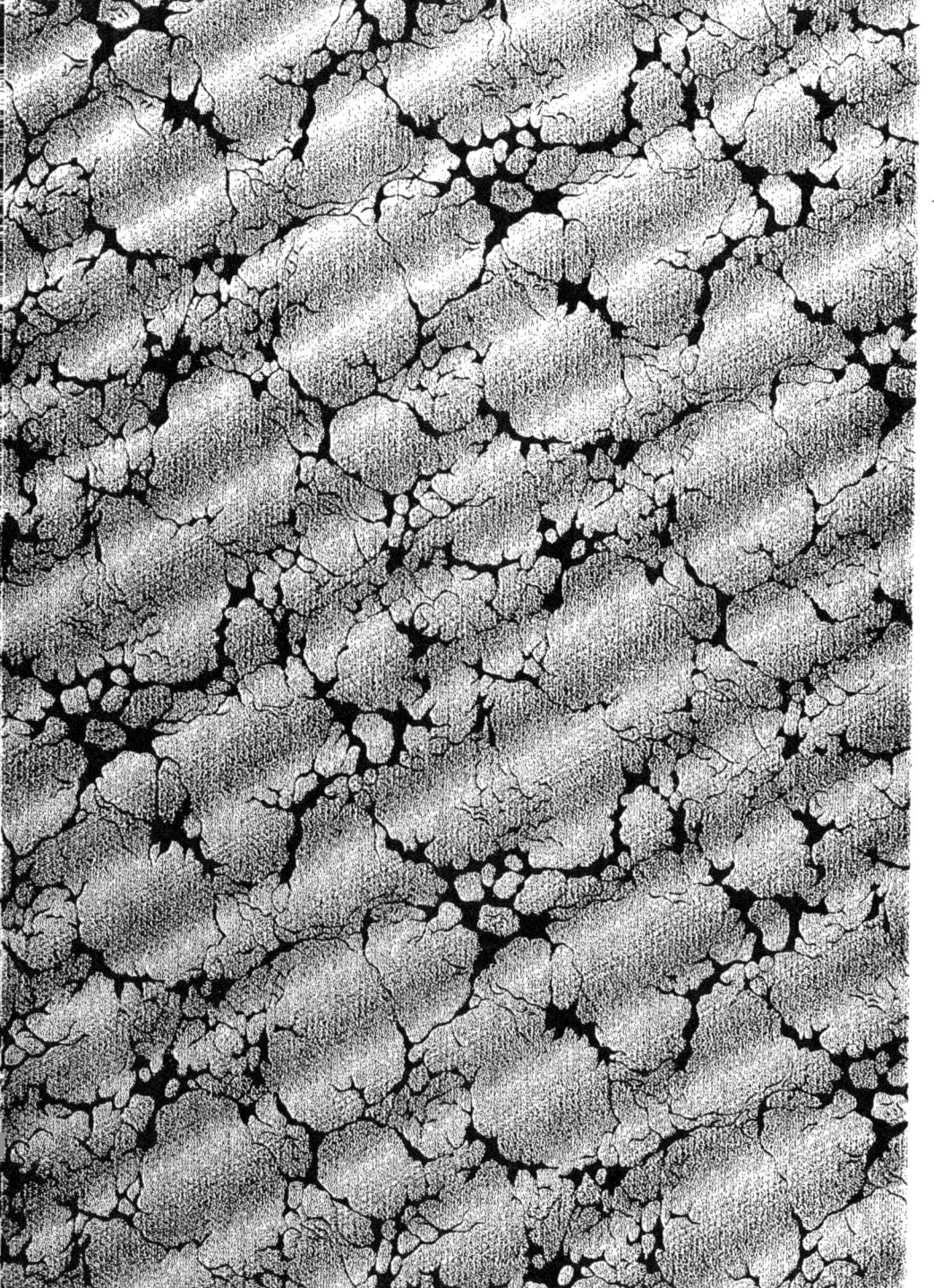

COLLECTION J. HETZEL

LUCIEN BIART

VOYAGES ET AVENTURES DE DEUX ENFANTS

DANS UN PARC

DESSINS DE FRŒLICH

BIBLIOTHÈQUE
D'ÉDUCATION ET DE RÉCRÉATION
J. HETZEL ET Cie, 18, RUE JACOB

PARIS

VOYAGES ET AVENTURES

DEUX ENFANTS

DANS UN PARC

INTRODUCTION

J'ai l'honneur de vous présenter M. Paul et Mlle Math...
Mais non, la présentation est pour le moment impossible. Comment, dans la situation où ils se trouvent, mettre mon héros et mon héroïne en évidence ? D'abord où sont-ils ? Je vois un bras par-ci, j'aperçois une jambe par-là ; de ce côté, je distingue quelque chose qui ressemble à une tête ; j'entends de petits grognements sortir d'une brouette renversée, puis des soupirs plaintifs. Il faut avouer que le lieu a été mal choisi pour renverser, les pieds en l'air, la grande brouette du père Antoine. Nous sommes au bord d'une mare à l'eau bien verte, bien noire, bien fangeuse, et c'est l'endroit qu'a choisi la brouette pour se retourner traîtreusement sens dessus dessous.

Il y a moins d'un quart d'heure, Mlle Mathilde était

1

vêtue d'une robe bleue, de bas bien tirés, d'un tablier
couleur de neige. Ses cheveux bruns, dont les boucles
étaient retenues par un ruban d'un bleu plus tendre encore
que celui de sa robe, encadraient à merveille son frais visage.
M. Paul, non moins coquet dans sa mise, se cambrait dans
une veste marron, et, au-dessus d'une collerette plissée
s'épanouissait son visage rose couronné de cheveux blonds.
Dans leur simple costume, c'étaient deux petits êtres assez
agréables à contempler que M. Paul et Mlle Mathilde. Je
crois même que ce fut leur bonne mine qui m'inspira l'idée
de vous les présenter. Hélas! je ne sais quel mauvais génie
venait de passer par là pour tout gâter. Franchement,
j'aurais tort d'attirer l'attention sur ce petit garçon au nez
barbouillé de boue, aux vêtements souillés d'eau verte,
aux cheveux ébouriffés, lequel se tire à grand'peine des
brancards de la brouette. Quant à sa sœur, la jeune personne qui, le visage baigné de larmes, marche à quatre
pattes pour sortir de dessous le véhicule renversé, je suis
forcé d'y regarder moi-même à deux fois pour découvrir
à quel sexe elle appartient. M. Paul a le front enrichi d'une
grosse bosse; il est sérieux comme un docteur. Mlle Mathilde
a la joue ornée d'une égratignure; elle pousse de temps à
autre un léger sanglot.

« Qu'est-il arrivé, bon Dieu? ne puis-je m'empêcher
de m'écrier, à la vue de ce spectacle navrant.

— C'est Paul, répond Mlle Mathilde.

— C'est la brouette, réplique M. Paul.

— La brouette ne m'a rien fait du tout, reprend la petite
fille; c'est Paul qui l'a poussée du côté de la mare. »

M. Paul se frotte le front, regarde son interlocutrice et
dit avec vivacité :

« Mathilde se trompe, papa, je n'ai pas poussé la brouette vers la mare ; c'est au contraire la brouette qui m'a entraîné, ce qui n'est pas la même chose. Nous étions là-haut, sur le bord ; je voulais aller du côté du bois, la brouette a tourné à droite ; j'ai essayé de la retenir, elle a été plus forte que moi ; alors nous avons roulé tous les trois, Mathilde sous la brouette, puisqu'elle était dedans. »

Je n'avais pas besoin de cette explication pour comprendre la catastrophe dont je voyais les résultats. La taille de M. Paul, la dimension de la brouette et la disposition du terrain parlaient assez clairement. Si quelque chose pouvait me surprendre, c'est que le conducteur, la brouette et Mlle Mathilde n'eussent pas pénétré plus avant dans la mare.

« C'est Paul, s'écrie de nouveau Mathilde.

— C'est la brouette ! réplique péremptoirement celui-ci.

— Non.

— Si. »

J'impose silence aux deux petits êtres méconnaissables qui sont devant moi, et j'ai de la peine à réprimer mon envie de rire en les voyant indignés l'un contre l'autre comme deux jeunes coqs, et si bien barbouillés. Le bruit des respirations haletantes succède aux récriminations. M. Paul continue à se frotter le front, tout en regardant la brouette, et Mlle Mathilde, à force d'essuyer ses larmes, achève de faire disparaître son visage sous un masque de terre.

« Je voudrais d'abord savoir, dis-je, qui vous a autorisés à vous servir de cette brouette et surtout à la conduire où la voilà.

— Je l'ai amenée jusque là-haut, répond M. Paul

en me montrant la crête du talus ; mais elle est descendue
toute seule ici. La preuve, c'est que plus je voulais la retenir, plus elle tirait fort. Mathilde a eu peur, elle a crié
d'arrêter, la brouette ne l'a pas écoutée, puis c'est tout.

— Alors, vous avez trouvé la brouette en haut du talus ?

— Non, papa, elle était sous la remise ; mais tu vas
voir : nous passions pour aller jouer, Mathilde et moi,
quand nous l'avons aperçue. « Si tu étais fort, m'a dit Mathilde, tu serais le cheval, je m'assoirais dans la brouette
qui serait l'équipage, et j'irais en voiture. » Je lui ai répondu
que j'étais très fort, que grand'maman le disait à tout le
monde, que je voulais bien être cocher, mais pas cheval.
Elle m'a répondu que cela lui était égal, pourvu que je la
promène dans la brouette. Alors elle est montée dedans,
et ça n'allait pas trop bien, parce qu'elle n'était pas assise
au milieu. A la fin ça roulait presque seul. Alors Mathilde
m'a dit : « Allons vers le bois, ce sera censé les Champs-
Élysées. » Arrivés là-haut, la roue a tourné, les brancards
ont remonté, nous avons roulé, puis c'est tout.

— Non, ce n'est pas tout ! s'écrie Mˡˡᵉ Mathilde. Je lui
avais recommandé d'aller doucement, et il a couru très vite ;
je lui avais demandé s'il était très fort, il m'avait répondu
que oui, et il n'a pas été très fort.

— Comment ! je ne suis pas fort ? réplique M. Paul
d'un ton indigné. Remonte donc dans la brouette, et tu
vas voir.

— J'ai assez vu, dit Mathilde en reculant d'un pas ;
je ne veux plus de la brouette, je n'y remonterai jamais.

— Voilà qui est bien, dis-je à mon tour ; mais, si l'idée
de transformer une brouette en voiture vous passe dorénavant par la tête, je vous défends expressément de la con-

duire du côté de la mare, de l'étang ou des fossés. Maintenant retournez à la maison, et priez votre sœur Hortense de faire disparaître les traces de votre mésaventure, avant que votre maman voie le bel état dans lequel vous avez mis vos toilettes. »

Les deux enfants s'éloignent et se dirigent à pas comptés vers la maison. Ils sentent bien qu'ils ne seront pas accueillis par des félicitations.

« C'est de ta faute, murmure Mathilde qui sanglotte de plus belle.

— C'est la brouette, répond imperturbablement M. Paul.

— Tu ne pleures pas, toi, répond la petite fille ; tu aimes le pain sec.

— Je ne pleure pas, parce que je suis un homme ; mais je n'aime pas plus que toi le pain sec lorsqu'on m'en donne pour me punir », répond M. Paul.

Au moment où le frère et la sœur, qui ont gravi le perron, l'un par la droite, l'autre par la gauche, se rencontrent devant la porte d'entrée et franchissent ensemble le seuil, j'entends répéter : « C'est de ta faute », et : « c'est la brouette ».

M. Paul est un jeune homme de huit ans, blond, rose, les yeux bleus, et taillé comme un petit hercule. Bien qu'il ait été vaincu par une brouette posée sur un plan incliné, il est en réalité très fort pour son âge. M. Paul est sérieux, avide de savoir, studieux par conséquent, et le plus terrible logicien de la famille. Il argumente avec son grand frère Émile et veut éternellement connaître le dernier pourquoi des choses ; aussi ses frères et sœurs l'appellent-ils familièrement M. Pourquoi. Au demeurant, c'est un bon petit garçon, franc, raisonnable, un peu rageur, aussi ardent à l'étude qu'il l'est au jeu, ce qui n'est pas peu dire. En dépit de sa logique à outrance, M. Paul sait se faire aimer de tout le monde; c'est, je crois, le plus bel éloge que puisse mériter un enfant.

Mlle Mathilde, mince, vive et légère personne qui touche à sa neuvième année, est aussi mignonne que son frère est robuste. Élevés côte à côte, rapprochés par leur âge, le frère et la sœur sont inséparables, bien que leurs journées s'écoulent en perpétuelles discussions. Fine, malicieuse, un peu taquine, Mlle Mathilde se joue facilement du bon gros Paul. Les éternelles controverses du frère et de la sœur sur toutes les branches des connaissances humaines sont la joie de la maison, car il faut toujours un Salomon pour les mettre d'accord. En somme, ces deux petits êtres s'aiment tendrement, et l'on ne voit guère la tête blonde de l'un sans découvrir la tête brune de l'autre. Cette association a parfois des résultats fâcheux : Mathilde conçoit, Paul exécute, et des catastrophes, comme celle de la brouette renversée, viennent souvent égayer les grands frères et désoler les grandes sœurs, plus spécialement chargées de réparer les dégâts. M. Paul et Mlle Mathilde ont pour Mentors ordinaires maître Émile et Amélie, — que ceux de nos lecteurs qui ont lu *Entre Frères et Sœurs* connaissent déjà, — et pour complice un joli petit démon de quatre ans qui répond au nom d'Hélène. Hélène ne possède pas encore une juste idée des choses; elle sait faire des bâtons et prétend savoir écrire; elle connaît ses lettres et prétend savoir lire; elle a un manchon comme Amélie et se dit une grande personne, assertions qui désespèrent le logicien Paul et font sourire la malicieuse Mathilde.

Un mot sur le lieu de la scène : nous sommes à la campagne, dans une maison perdue au milieu d'un parc de plusieurs hectares, où se trouvent un bois, un étang, une
prairie, un ruisseau d'eau vive. Un vieux jardinier, le père
Antoine, est un peu le maître sur ce territoire dont il a
planté presque tous les arbres. Le père Antoine ignore la
distance qui nous sépare du soleil ; il n'est pas convaincu
que la terre soit ronde, et, à la grande stupéfaction de
M. Paul, il confond volontiers l'Amérique avec l'Afrique.
En revanche, il vous dira le nom des arbres, des plantes,
des oiseaux, des poissons qui vivent sur son domaine; il
sait labourer, pêcher, chasser, greffer, semer, planter,
transplanter et fabriquer, avec de simples fétus de paille,
des sifflets qui chantent comme des flûtes, des moulins qui
tournent au moindre vent, et mille autres jolies choses. Ses
nombreux talents, joints à sa bonté, le font adorer de
M. Paul et de Mlle Mathilde.

Durant leur séjour dans ces parages, c'est-à-dire pendant les vacances de 1874, M. Paul et Mlle Mathilde ont
appris tant de choses intéressantes et qu'il est presque
indispensable de savoir, que j'ai été tenté de raconter
leurs faits et gestes, leurs voyages du bois à la prairie,
leurs découvertes du verger à l'étang, leurs aventures et
mésaventures, leurs jours de pluie et de soleil. J'allais,
selon les règles de la plus stricte étiquette, les présenter
à leurs jeunes contemporains, lorsque...

Eh ! mais, je les vois en ce moment apparaître frais,
roses, souriants. Ils sont là, se tenant par la main, sur le
perron de la maison. Les cheveux ont été remis en ordre,
les visages et les mains lavés à grande eau, les habits
brossés ou changés. La bosse et l'égratignure produites

par la mauvaise conduite de la brouette ont valu leur pardon aux deux coupables, considérés comme suffisamment
punis par leurs blessures. En somme, le frère et la sœur
sont *très avouables* pour le quart d'heure; aussi, avant qu'ils
descendent du perron qu'ils occupent, ai-je l'honneur de
vous présenter, chers lecteurs et chères lectrices, M. Paul et
Mlle Mathilde, dont, je l'espère, vous ne lirez ni sans fruit,
ni sans sourire, ni sans attendrissement, la véridique histoire. La petite personne qui, des marches du perron, les
contemple avec tant d'attention, surprise sans doute de
les voir si blancs alors qu'ils étaient si noirs tout à l'heure,
c'est Mlle Hélène.

« Dis donc, tu m'y conduiras dans la brouette? mur-
mure-t-elle en tirant M. Paul par la manche. »

Celui-ci, comme Hippocrate refusant les présents d'Ar-
taxercès, détourne la tête et lève les bras.

« Non, ma chérie, répond Mathilde d'un ton maternel,
il ne te conduira pas dans la brouette, c'est défendu; mais
sois tranquille, va, il te conduira dans autre chose. »

Maintenant nous allons suivre pas à pas notre jeune
héros et sa sœur; nous savons qu'ils aiment à s'instruire,
qu'ils veulent apprendre le pourquoi des choses, et nous
avons chance d'acquérir plus d'une connaissance utile,
pour peu que nous ayons la patience de les écouter.

CHAPITRE PREMIER

L'arrivée. — Première reconnaissance. — Le mont Blanc. — De quelle nature est le courage de Mlle Mathilde. — Laitues, romaines, scaroles et chicorées. — Le raifort et les radis. — Le chien Trompette. — Jusqu'où l'on peut
aller en marchant droit devant soi.

Lorsque l'on transporte un chat de la maison où il est
né dans une nouvelle demeure, le premier soin de l'animal
est en quelque sorte de dresser l'inventaire des lieux qu'il
doit habiter. A peine l'a-t-on tiré du panier dans lequel
il a fait son voyage, qu'on le voit regarder avec attention
autour de lui, gagner à la hâte un coin obscur, et là, sombre et accroupi, réfléchir profondément. Au bout d'une
heure, quelquefois plus, le chasseur de souris, l'échine
basse, presque rampant, sort lentement de sa cachette et
passe une revue aussi générale que minutieuse des chambres, des meubles, des escaliers, des greniers, de la cave,
de la cuisine surtout. Maître Matou flaire, se hausse,
grimpe partout, s'arrête longtemps devant une armoire,
sur le seuil d'une porte ; puis, revenu à son point de départ,
il semble réfléchir de nouveau. Si la maison, dont il connaît maintenant toutes les issues, lui convient, il s'établit
près d'une fenêtre que baigne le soleil et ronronne avec
satisfaction. Dans le cas contraire, l'animal, une fois la

nuit venue, se met en route et regagne le lieu de sa naissance avec une sûreté d'instinct qui a toujours émerveillé
les naturalistes, et même les gens moins observateurs que
M. de Buffon ou M. Cuvier.

Ce ne fut pas, bien entendu, dans un panier, mais
dans une carriole, que M. Paul et Mlle Mathilde furent
amenés à Chambrecy. On avait voyagé en chemin de fer
jusqu'à Reims; à quatre heures du soir, on était monté
dans la voiture du courrier; puis, à huit heures, on avait
mis pied à terre devant la maison que l'on allait habiter.
Mlle Mathilde se réjouissait sincèrement d'être arrivée.
Blottie au fond de la voiture, elle n'avait rien vu, puisqu'il
faisait nuit, et elle s'était beaucoup ennuyée, car elle
n'aimait pas à rester immobile. Quant à M. Paul, il regretta
presque d'être arrivé au terme du voyage. Le cocher l'avait
pris sur son siège, lui avait confié son fouet et ses guides,
et le petit bonhomme crut avoir conduit les chevaux durant
une moitié de la route. Aussi accepta-t-il résolument l'offre
du courrier, qui lui proposait de l'emmener trois lieues
plus loin. Cependant la vue de ses frères et de ses sœurs
lui criant qu'on l'attendait pour dîner ébranla la décision
du jeune voyageur, qui, en outre, s'inquiéta en entendant
pousser de gros soupirs. La lumière de la lanterne ayant
été dirigée du côté d'où partaient lesdits soupirs, on vit
Mathilde en larmes.

« Pourquoi pleures-tu? demanda Paul en courant vers
sa sœur.

— C'est que tu veux partir, et que je vais m'en-
nuyer toute seule ici », répondit la petite fille.

Sans remarquer l'égoïsme de la seconde partie de la
phrase, Paul embrassa la compagne de ses jeux.

« Je reste, s'écria-t-il, et si tu t'ennuies, eh bien, je m'ennuierai avec toi. »

Cette première soirée, vous le devinez, fut employée à visiter la maison. On voulut tout voir avant de se coucher, et, à l'exception de la cave, du grenier et du four, on vit tout en effet. On trouva la maison fort belle, et l'on admira beaucoup le grand vestibule vitré qui, les jours de pluie, devait servir de salle de récréation. Paul calcula que le vestibule était assez long pour que l'on pût y jouer à la balle, Mathilde qu'il était assez haut pour que l'on pût y jouer au volant, et tout fut déclaré parfait dans la meilleure des maisons possibles.

Bien qu'il se fût couché très tard, on n'eut pas besoin, le lendemain, de réveiller M. Paul. Il se leva presque en même temps que le soleil et se hâta de s'habiller. Il descendit aussitôt dans le jardin, et, avisant un monticule situé un peu en arrière de la basse-cour, il se dirigea vers cette *montagne,* dont il gravit la pente. Parvenu sur le faîte, il s'arrêta émerveillé. A sa droite et à sa gauche, des bois avec de grands arbres, des prairies avec de grandes herbes ; puis encore des bois et des prairies, et comme ça de tous les côtés, pour employer l'expression du spectateur. L'enfant s'abîma dans sa contemplation et tressaillit en entendant une petite voix qui l'appelait.

« Paul, où es-tu ? disait Mathilde, qui, de même que son frère, s'était levée sans se faire prier.

— Ici, sur la montagne. »

Mathilde leva les yeux à une hauteur de 4,810 mètres, qui est celle du mont Blanc ; mais, comme c'était beaucoup trop haut, elle fut obligée d'en rabattre et d'abaisser graduellement ses regards jusqu'au sommet du monticule où elle découvrit enfin son frère. Il occupait le sommet de l'éminence, qui, bien qu'elle fût très inférieure au mont Blanc, parut encore extraordinairement élevée à la petite fille.

« Qui t'a monté si haut ? lui cria-t-elle avec admiration.

— Moi tout seul, pardine! Viens.

— Où est l'escalier? » demanda la petite fille.

Paul se mit à rire.

« Les montagnes n'ont pas d'escalier, dit-il ; on les gravit en se cramponnant aux buissons, aux roches ou aux arbres.

— Où sont les roches? Où sont les buissons ?

— Tu les verras quand tu seras ici, grimpe d'abord. »

Mathilde s'engagea sur la montée. Elle choisit sans doute mal sa route, car, à moitié chemin, elle fut forcée de s'arrêter et réclama du secours. Sans calculer les con-séquences de son action, Paul se lança en courant sur la pente. Il rencontra bien la main que lui tendait Mathilde ; mais, ne pouvant plus s'arrêter, il entraîna d'abord sa sœur dans sa course, puis dans sa chute; et voilà nos deux grimpeurs de montagne roulant côte à côte jusqu'au bas de la descente! Ils se relevèrent à la fois, et ce fut à la fois aussi qu'ils s'écrièrent : « C'est de ta faute! »

Pour le moment leur curiosité l'emporta sur leur mau-vaise humeur. Au lieu de récriminer, ils recommencèrent leur ascension et arrivèrent essoufflés, mais sains et saufs, sur le sommet du monticule.

« Tout ça, c'est à nous ! s'écria Paul en tournant sur lui-même et en désignant du doigt l'immense horizon qui se déroulait au-dessous de lui.

« TOUT ÇA, C'EST A NOUS! » S'ÉCRIA PAUL.

— Ce sont des savanes et des forêts vierges », dit
sentencieusement Mathilde.

Paul hocha longtemps la tête en signe d'assentiment.

« As-tu du courage? demanda-t-il soudain à sa sœur
en la regardant en face.

— Cela dépend, répliqua Mathilde. J'ai du courage
pour entrer dans une chambre où l'on ne voit pas clair, et
je n'en ai pas pour me laisser arracher une dent.

— Il fait plus noir dans les forêts que dans les chambres, répondit Paul; mais voyons, as-tu peur des bêtes?

— J'ai peur des guêpes.

— Je ne parle pas de ces bêtes-là, je parle des lions,
des éléphants, des rhinocéros.

— Je n'en ai pas peur lorsqu'ils sont enfermés dans
des cages, comme au Jardin des Plantes.

— Et si tu les rencontrais dans un bois?

— Je n'aurais peut-être pas peur, seulement je me
sauverais tout de suite.

— Alors tu me laisserais dévorer ?

— Non, je courrais prévenir à la maison. »

Paul hocha de nouveau la tête, cette fois d'un air peu
approbateur.

« J'irai tout seul », dit-il en étendant la main vers le
bois.

Mathilde l'enlaça de ses bras et le conjura de n'en rien
faire. Puis, au lieu de le convaincre, elle fut convertie elle-
même par une suite d'arguments dont la justesse laissait
sans doute à désirer, et promit d'accompagner son frère
dans ses explorations, à la condition, pourtant, qu'après
chaque voyage on reviendrait déjeuner et dîner à la maison. Les deux voyageurs se promirent de se garder le

secret, et, leur pacte conclu, ce fut sur leurs jambes et non plus sur le dos qu'ils regagnèrent le bas de la montagne.

Se tenant par la main, ils se dirigèrent vers le potager, où le père Antoine, armé d'un râteau, égalisait la terre d'une plate-bande.

« Bonjour, monsieur Antoine, dirent à la fois les deux enfants.

— Bonjour, mes petits amis, répondit le vieillard en se redressant. Avez-vous donc l'habitude de vous lever de si bonne heure ?

— Oui, monsieur Antoine, pour apprendre nos leçons, répondit Mathilde.

— Pourquoi donc arrangez-vous de si beaux petits carrés de terre? demanda Paul au jardinier.

— Pour y semer des salades et des légumes.

— Et quelles salades allez-vous semer dans celui-ci?

— Des laitues.

— Où les prendrez-vous?

— Les voici, répondit le père Antoine en montrant de petites graines plates d'une couleur cendrée et couvertes de duvet.

— Ça, des laitues ! s'écria Mathilde d'un ton incrédule.

— C'est du moins de la graine de laitue, répliqua le jardinier. Ne savez-vous pas, ma chère demoiselle, que presque toutes les plantes naissent de graines qui ont mille formes différentes? Je vais semer celles-ci sur ce carré de terre ; elles vont germer, c'est-à-dire produire une racine qui s'enfoncera dans le sol, et des feuilles qui sortiront au jour ; puis, racines et feuilles, grandissant ensemble, nous donneront avant deux mois de belles laitues dont vous vous régalerez.

— Je croyais, dit Mathilde, que la salade poussait toute seule dans les champs.

— Vous ne vous trompiez pas de beaucoup, reprit le père Antoine; c'est en effet dans les champs et dans les bois, parmi les plantes sauvages, que l'homme a trouvé les espèces qui lui servent aujourd'hui d'aliment. Dès qu'il a su qu'un légume était bon à manger, il s'est mis à le cultiver pour le rendre meilleur, car vous devez savoir que le travail n'est jamais perdu. La laitue sauvage, par exemple, qui pousse dans les bois, au bord des chemins, est épineuse, dure et amère. Grâce à la culture, non seulement on l'a rendue tendre et savoureuse, mais on a pu en produire de vingt espèces, car vous savez qu'il y a des laitues pommées, frisées, rousses, sans compter la laitue romaine que nous nommons ici *chicon*. Il en est de même de la chicorée sauvage, qui a donné naissance à plusieurs variétés que l'on nomme chicorée blanche, chicorée frisée, escarole ou scarole et barbe-de-capucin. Votre frère Lucien, ajouta le vieillard, m'a appris l'autre jour — on apprend aussi bien à mon âge qu'au vôtre — que la laitue doit son nom au suc laiteux qui apparaît sur les côtes de ses feuilles lorsqu'on les rompt. Ce suc a quelques-unes des propriétés du suc des pavots, c'est-à-dire de l'opium; il fait dormir. Les Romains avaient remarqué cette propriété de la laitue, et ils en mangeaient volontiers à leur souper, afin de s'assurer un bon sommeil.

— Et qu'allez-vous semer dans cet autre carré ? demanda Paul.

— Des radis, répondit le père Antoine.

— Est-ce qu'il y a aussi des radis sauvages ?

— Certes : le radis rose, par exemple, qui vient de Chine, puis le radis noir et le raifort.

— Le raifort, je le connais, dit Paul ; j'ai voulu en manger une fois, et il m'a piqué aussi fort que de la moutarde.

— Aussi le nomme-t-on *moutardelle* dans nos campagnes, dit le père Antoine en riant de la grimace faite par le petit garçon au souvenir de sa mésaventure.

— Est-ce que votre chien Trompette est malade, monsieur Antoine ? demanda Mathilde. Hier soir, il n'a pas voulu jouer avec nous.

— Malade ? répondit le jardinier. Ne le voyez-vous pas près du châssis, qui se chauffe au soleil comme un paresseux ?

— Il ne mord pas ?

— Jamais ceux qu'il connaît.

— Alors je voudrais faire sa connaissance, dit Paul, pour n'avoir plus peur de ses dents.

— Moi aussi, ajouta Mathilde. »

Le père Antoine siffla. Aussitôt un beau caniche accourut en gambadant, et les deux enfants se pressèrent l'un contre l'autre.

« N'ayez pas peur, dit le jardinier, Trompette est un bon chien, et je parie qu'avant huit jours vous et lui serez d'excellents amis. Je dois vous prévenir que Trompette ne souffre pas qu'on lui tire la queue ni les oreilles, et qu'il se fâche lorsqu'on lui enlève les os qu'il a dans la gueule. En revanche, il aime le sucre, les enfants et les courses sur le gazon. Conduisez-vous bien avec lui et il se conduira bien avec vous, car il ne demande qu'à devenir votre camarade. Est-ce vrai, Trompette ? »

Le chien répondit par deux ou trois joyeux aboiements, alla flairer les mains de M. Paul et de Mlle Mathilde, puis promena sa langue sur la joue de la petite fille qu'un peu de frayeur rendit toute rouge. Rappelé à l'ordre par son maître, Trompette s'assit sur son train de derrière et fit le beau, à la grande admiration des deux enfants. Un quart d'heure plus tard, Paul, Mathilde et Trompette couraient, sautaient, roulaient sur l'herbe de la prairie; on s'aimait déjà.

Dans l'après-midi, Mlle Hélène fut présentée à Trompette qui accepta, en agitant sa queue comme un éventail, un morceau de la tartine beurrée que la nouvelle venue tenait à la main. Cette première journée s'écoula rapide comme un rêve, tant le soleil était brillant, l'herbe verte et les fleurs bien épanouies. Vers le soir, on retourna sur la montagne pour examiner de nouveau la forêt que l'on comptait explorer. Paul parlait de lions, d'ours, de tigres, comme si l'on eût dû rencontrer à chaque pas quelques douzaines de ces terribles animaux. Mathilde souriait et se montrait un peu incrédule.

« Personne ne nous a défendu d'entrer dans le bois, disait-elle, et on ne nous laisserait pas aller par là, s'il y avait d'aussi grosses bêtes que cela.

— Je ne dis pas que les bêtes viennent au bord, répliquait Paul; mais, quand nous serons tout au fond, tu verras. »

En ce moment on vit paraître Émile qui se dirigeait vers la maison.

« Attends un peu », lui cria Paul.

Et se tournant vers l'orient, c'est-à-dire vers le petit bois, il ajouta:

« Si je partais d'ici et si je marchais droit devant moi, où arriverais-je ?

— A Reims », dit Émile.

Un léger sourire effleura les lèvres de Mathilde.

« Passons par-dessus les villes et les fleuves, continua Paul. Et si je marchais toujours, toujours tout droit, où arriverais-je ?

— Eh bien, dit Émile en riant de la singularité de la question, en marchant toujours, toujours tout droit, tu arriverais en Hongrie.

— Et puis après ?

— En Russie.

— Et puis après ?

— En Tartarie.

— Et encore après ?

— En Chine, dans l'Inde. »

Paul saisit vivement la main de son frère et regarda fixement sa sœur :

« Et dis-moi, dit-il en scandant chacune de ses phrases, quels animaux trouve-t-on dans les forêts de l'Inde ?

— Des tigres, des serpents, des panthères.

— Merci, dit le petit bonhomme, c'est tout ce que je voulais savoir. »

Émile continua sa route.

« Me croiras-tu, maintenant ? dit à sa sœur l'implacable logicien. Pour rencontrer les animaux dont nous avons parlé, que faut-il faire ? Marcher toujours tout droit, ce qui n'est pas difficile.

— C'est vrai », répondit Mathilde devenue pensive.

Durant toute la soirée, la sagesse de M. Paul et de M^llo Mathilde fut si exemplaire qu'elle provoqua la surprise.

générale. Le petit garçon fourbissait son sabre et astiquait son fusil, tandis que la petite fille cousait à la hâte une poche de toile. Quand vint l'heure du repos, les deux futurs voyageurs s'embrassèrent avec effusion et se lancèrent un long regard d'intelligence.

On a su depuis que, cette nuit-là, Mathilde avait rêvé que Trompette n'était qu'un tigre déguisé, et Paul qu'il tuait un lion et que ce lion était aussi Trompette.

IL FUT UN INSTANT QUESTION DE FAIRE RECOMMENCER
LA BESOGNE MANQUÉE.

CHAPITRE II

Le nouveau Robinson. — Un mauvais tour de Trompette. — Disgrâce momentanée de Vendredi. — Une habitation de taupe. — Les fraisiers. — Origine de la trompette. — La mésange. — Le pinson. — Vendredi redevient fidèle.

Paul et Mathilde avaient tant couru la veille qu'ils se réveillèrent tard le lendemain. A peine debout, ils songèrent à s'équiper pour leur exploration; mais les grands frères et les grandes sœurs n'entendaient pas que l'on perdît tout à fait son temps durant les vacances, et le petit garçon dut travailler à un thème latin, tandis que sa sœur ourlait des mouchoirs. Le thème fut assez mal écrit, et les points des ourlets excitèrent l'indignation d'Amélie, tant ils étaient longs et inégaux. Il fut un moment question de faire recommencer cette besogne manquée, ce qui prouva aux deux enfants consternés que l'on ne gagne rien à travailler avec négligence. Les professeurs, par bonté d'âme, voulurent bien fermer les yeux pour cette fois sur l'irrégularité des lettres et des points de couture, à la condition que dorénavant les tâches seraient remplies avec tout le soin possible.

Après le déjeuner, les deux enfants eurent la clef des

champs, et, comme le fit remarquer .Paul, ce n'était pas
cette fois tout à fait une métaphore, car, si l'on n'avait pas
de clef, on avait du moins de vrais champs pour courir.
Vers midi, Émile, tenant Hélène par la main, rencontra
Paul et Mathilde sur la lisière du bois et ne put retenir
un grand éclat de rire.

« Je te prenais pour Robinson ! » s'écria-t-il en regardant son jeune frère.

Paul devint rouge de plaisir ; ressembler à Robinson
lui paraissait en ce moment le *nec plus ultra* de la félicité
humaine. Aidé par sa sœur, il avait passé plus d'un quart
d'heure à s'entourer les jambes de bandelettes et à se
fagoter d'une peau de mouton dont la destination première
était d'être un tapis. Coiffé d'un vieux manchon, le sabre à
la ceinture, le fusil sur l'épaule, une ombrelle à la main,
et la fameuse poche de toile cousue la veille pendue au
côté, le petit garçon avait jugé à propos de se faire dessiner une paire de moustaches dont les formidables frisures
lui envahissaient les joues. Mathilde avait été chargée de
cette délicate opération, mais sa main inexpérimentée avait
placé l'une des moustaches beaucoup plus haut que l'autre ;
ce détail, qui donnait un air terrible à l'intrépide explorateur, devait évidemment suffire à épouvanter les lions
que l'on ne manquerait pas de rencontrer.

Hélène, d'abord interdite à la vue du nouveau Robinson, le regarda longtemps avec surprise. Lorsque, après
l'avoir entendu parler, elle fut assurée que c'était bien
Paul qui était devant elle, et non quelque animal dangereux, ainsi qu'elle l'avait cru d'abord, elle se précipita
sur lui, saisit l'ombrelle qu'il portait à la main et s'écria :

« Ça, c'est à moi !

— Oui, dit Paul ; mais tu veux bien me la prêter, n'est-ce pas ?

— Non, tu es trop laid.

— Il n'est pas laid du tout, reprit Mathilde, il est Robinson.

— Je ne veux pas qu'il soit Robinson avec mon ombrelle. »

On parlementa. Émile employa son influence ; ce fut en vain, Mlle Hélène refusa de céder.

« Je lui prêterai mon ombrelle quand il sera débarbouillé, dit-elle résolument ; à présent, il me la salirait. »

Et prenant le léger meuble entre ses bras, de peur qu'on ne le lui arrachât, la propriétaire de l'ombrelle s'enfuit en courant vers la maison, suivie de son grand frère.

« Ah ! dit Paul en se laissant tomber sur l'herbe, voilà notre voyage manqué.

— Pourquoi cela ? demanda Mathilde.

— Comment veux-tu que je sois Robinson pour de vrai, si je n'ai pas de parapluie ? Comment pourrai-je te défendre contre les animaux carnassiers qui voudront t'attaquer ?

— Ce n'est pas avec un parapluie qu'on tue les lions, répliqua Mathilde, c'est avec un fusil, et tu en as un. »

La réponse était logique, et l'on se disposait à se remettre en marche, lorsque Trompette, la queue pour le moins aussi enroulée que les moustaches de Paul, apparut en gambadant. A la vue du nouveau Robinson, le chien s'arrêta, l'examina en dressant les oreilles et secoua la tête de droite à gauche d'un air inquiet.

« Il t'admire, dit Mathilde à son frère, nous devrions
l'emmener.

— J'y pensais », répondit Paul, qui appela Trompette.

Le chien courut vers l'enfant dont il reconnut la voix,
et, dans son empressement à le caresser, fit tomber le
manchon qui lui servait de coiffure. A peine à terre, le
manchon fut ramassé par Trompette et triomphalement
emporté. Voilà maître Robinson qui, embarrassé par son
sabre, son sac, son fusil et sa peau de mouton, se met à
courir après le ravisseur. Mais Trompette avait quatre
jambes, et Paul, qui n'en possédait que deux, renonça
promptement à sa poursuite. Grave, un peu fâché, il revint
vers Mathilde qui riait de tout son cœur.

« Je n'ai plus besoin de Vendredi, dit-il d'un ton sé-
vère, tu peux aller où tu voudras.

— Pourquoi? demanda Mathilde avec surprise.

— Parce que, si un chien était venu voler le bonnet
de Robinson, Vendredi se serait mis à courir pour le
rattraper, au lieu de se mettre à rire comme toi.

— Ce n'est pourtant pas de ma faute si ton bonnet
est tombé. »

En ce moment, on fut rejoint par le père Antoine. Le
jardinier rapportait le manchon qu'il croyait avoir été ravi
par son chien à la petite fille.

« Qu'est-ce que c'est que cela? bon Dieu! s'écria-t-il
en apercevant Paul.

— C'est Robinson, dit Mathilde, qui se remit à rire.

— Il n'a pas l'air content, le cher homme, répondit
le père Antoine.

— Je crois bien, Hélène lui a pris son parapluie, et
Trompette vient de lui prendre son chapeau.

— En manière de jeu, je suppose, car Trompette est un honnête chien. »

Le quadrupède, entendant prononcer son nom et se croyant un peu fautif, fit le beau et se mit à sautiller autour de Paul. Cette gentillesse dissipa la colère de Robinson, qui se promit plus que jamais de lier connaissance avec un animal si savant.

« Qu'allez-vous donc faire, monsieur Antoine? demanda Mathilde en remarquant que le jardinier tenait à la main une espèce de souricière.

— Voir si je puis réussir à prendre les taupes qui ravagent mes plants de fraisiers.

— Les taupes mangent donc les fraises?

— Non, mais elles fouillent la terre pour y chercher les insectes et les vers blancs dont elles font leur principale nourriture. Il suffit d'une demi-douzaine de ces bêtes pour ravager un jardin. Elles se creusent en tous sens des routes souterraines; et, pour se débarrasser de la terre dont l'amoncellement les gêne, elles forment ces monticules que l'on nomme taupinières.

— Est-ce vrai que les taupes n'ont point d'yeux? demanda Mathilde.

— Elles en ont d'aussi noirs que les vôtres, ma chère demoiselle; seulement leurs yeux sont si petits qu'ils ne doivent pas leur servir à grand'chose.

— Je voudrais bien voir une taupe de près, dit Paul.

— Eh bien, venez avec moi, et peut-être en verrons-nous une.

La curiosité fit oublier pour un instant son rôle et son voyage à Robinson, et l'on arriva devant une plantation de fraisiers. Là, le père Antoine expliqua aux deux en-

fants comment la taupe, enfouie à cinq ou six pouces au-
dessous du sol, le creuse à l'aide de ses pattes qui ressemblent à des mains, et rejette de temps en temps à la
surface, par des coups de tête, les décombres qui, sans
cette précaution, rendraient son travail inutile. Les racines que l'animal rencontre dans sa marche sont impitoyablement coupées, et les dommages que cause l'infatigable mineur deviennent ainsi plus sérieux que les
services qu'il peut rendre en détruisant les vers et les
mans du hanneton.

Une taupe se trouvait prise dans le piège tendu la
veille par le père Antoine. Ce ne fut pas sans un peu de
frayeur que le futur chasseur de tigres et d'éléphants osa
toucher le petit carnassier, long d'environ cinq pouces,
dont la peau, couverte de poils courts et épais, a les reflets
du plus beau velours. On examina ses pattes armées de
griffes puissantes, son nez pointu propre à forer la terre,
et l'on déplora qu'une petite bête si bien habillée et si
industrieuse fût assez nuisible pour obliger les hommes à
la détruire.

« Oh ! oh ! ou je me trompe fort, ou nous allons voir
du nouveau », dit le père Antoine qui, saisissant une
bêche, eut bientôt mis à découvert un nid de taupe.

Paul et Mathilde purent alors admirer une voûte ronde
comme la croûte d'un pâté, soutenue de distance en distance par des piliers. Sous la voûte, on remarquait un
petit tertre couvert de racines hachées, de feuilles et
d'herbes, où la place occupée par les jeunes taupes était
encore marquée. Autour du tertre, plusieurs chambres
séparées par de minces cloisons et formant une sorte de
labyrinthe. De chacune de ces chambres partait une route

souterraine qui permettait à la mère taupe d'aller chercher au loin, jusque dans la prairie, les bulbes de colchique qui servent de premier aliment à ses petits.

Le père Antoine se désola de trouver le nid vide ; mais Paul et Mathilde ne furent pas fâchés de cette circonstance ; ils eussent été désolés de voir mettre à mort une demi-douzaine de petites bêtes.

« D'où viennent donc les fraisiers, monsieur Antoine ? demanda Mathilde qui venait de ramasser une pousse déracinée par la bêche.

— C'est une des plantes dont je vous parlais hier, mademoiselle, que l'homme trouve à l'état sauvage dans les forêts et qu'il cultive, de même que les salades, d'abord pour les rendre meilleures, ou tout au moins plus grosses, puis pour les avoir sous la main et ne pas perdre de longues journées à les chercher dans les bois. Le fraisier appartient à la famille des roses. Les larves du hanneton sont très friandes de sa racine, les taupes sont très friandes des larves du hanneton, et voilà ce qui nous attire ici ces deux pestes. »

Un oiseau, posé sur un cerisier, se mit à pousser de légers cris qui fixèrent l'attention des deux enfants.

« Oh ! la jolie petite bête ! s'écria Mathilde.

— C'est une mésange charbonnière, dit le père Antoine en relevant la tête, un oiseau vif, querelleur et même méchant, car il est toujours prêt à se battre.

— Pourquoi se promène-t-il si vite le long des branches ? demanda Paul.

— Pour ramasser les insectes dont il fait sa nourriture.

— Est-ce à cause de sa tête noire qu'on le nomme charbonnier ?

— Pas précisément, répondit le père Antoine. Il y a plusieurs espèces de mésanges, et si l'on nomme celle-ci charbonnière, c'est parce qu'elle aime à construire son nid dans les huttes qu'improvisent les charbonniers au fond des bois. Si la mésange est jolie avec ses joues blanches, son corps verdâtre et son ventre jaune, je vous conseille de n'imiter ni son étourderie qui la fait tomber très facilement dans les pièges qu'on lui tend, ni son humeur batailleuse qui l'empêche de vivre en paix avec ses voisins.

— Voilà un autre oiseau, dit Mathilde. Est-ce aussi une mésange ?

— Certes non, dit le père Antoine après avoir regardé dans la direction indiquée par la petite fille ; c'est un de ses cousins appartenant comme elle à la grande famille des passereaux ; on le nomme pinson.

— Comment donc faites-vous, monsieur Antoine, demanda Paul en regardant le jardinier avec admiration, pour reconnaître ainsi les oiseaux qui semblent tous pareils ?

— Comment faites-vous, dit à son tour le brave homme en pinçant amicalement le bout de l'oreille de M. Paul, pour distinguer un serin d'un perroquet ?

— Cela n'est pas difficile ; l'un est tout jaune et l'autre est tout vert.

— Très bien ; et quelle différence voyez-vous entre un canard et une poule ?

— Le canard a un bec qui ressemble à une cuiller et de grands pieds plats, tandis que la poule a un bec pointu et des pieds qui n'ont que des doigts.

— Eh bien, voilà tout mon système, dit le vieillard.

Les petits oiseaux ont beau avoir l'air d'être de la même famille, il n'y a qu'à les regarder de près pour voir qu'ils diffèrent par la couleur de leur plumage, la forme de leur bec et celle de leurs pattes. Depuis tout à l'heure vous savez que la mésange charbonnière a le front noir, les joues blanches, le dos verdâtre et le ventre jaune, ce qui vous empêchera de jamais la confondre avec maître pinson. Lui aussi a le front noir, mais sa nuque est d'un bleu cendré et son ventre couleur de lie de vin. Remarquez bien ces différences, tâchez de vous en souvenir, et vous distinguerez aussi facilement une mésange d'un pinson qu'une poule d'un canard.

— Peut-on les apprivoiser, ces oiseaux-là? demanda Mathilde.

— La mésange est d'humeur difficile, répondit le père Antoine; quant à maître pinson, c'est un gars beaucoup plus familier. Allez à la basse-cour, à l'heure où l'on donne le grain aux poules, et vous verrez trois ou quatre pinsons venir picorer avec tant de confiance et d'un air si satisfait, que vous comprendrez le proverbe qui dit: gai comme un pinson. »

Le jardinier retourna à son travail, et Trompette le suivit sans prêter la moindre attention aux appels réitérés des enfants.

« Il ne nous connaît pas encore assez pour nous obéir, dit Paul; mais nous pouvons nous passer de lui; Robinson n'avait pas de chien.

— Sais-tu pourquoi on l'a nommé Trompette? dit Mathilde. Est-ce qu'il fait de la musique?

— Comment veux-tu qu'un chien fasse de la musique? c'est à peine si tu sais en faire toi-même. J'ai demandé hier à Émile si Trompette était un nom de chien ; il m'a répondu que non, que c'était le nom d'un instrument si vieux, si vieux, que Moïse en a parlé, et que l'on croit qu'il a été inventé par un roi d'Égypte nommé Osiris.

— Cela ne dit pas pourquoi Trompette s'appelle Trompette.

— Tu le saurais si tu m'avais laissé achever. Trompette s'appelle Trompette parce que son maître, le fils de M. Antoine, a été trompette dans un régiment de cavalerie. Maintenant, allons dans la forêt.

— Vas-y tout seul.

— Comment, tout seul ! Pourquoi ?

— Tu m'as dit que tu n'avais plus besoin de Vendredi. J'en suis très contente, ça ne m'amusait pas d'être ton domestique.

— Vendredi n'a pas été le domestique de Robinson, il a été son esclave, puis ensuite son ami.

— Eh bien, je ne veux pas être ton esclave.

— Alors sois mon ami tout de suite », dit généreusement M. Paul.

On avait gagné de nouveau la lisière du bois, et l'on se trouvait en face d'un sentier qui s'enfonçait en serpentant sous les ombrages. Robinson, après s'être assuré que son fusil et son sabre étaient en bon état, que le pain qu'il avait placé dans son bissac le garnissait encore, jeta un dernier regard vers la maison, puis s'enfonça résolument sous les arbres. Il fut suivi de son fidèle Vendredi, qui, retrouvant ses bons sentiments, ne voulut pas l'abandonner dans un moment aussi solennel.

CHAPITRE III

Durant au moins cinq minutes, les deux aventuriers cheminèrent d'un pas rapide et, chose des plus remarquables, sans échanger une seule parole. Soudain Mathilde se retourna et poussa un cri de surprise.

« On ne voit plus la maison, nous sommes déjà très loin ! dit-elle.

— En pleine forêt, répondit Paul, qui, posant à terre la crosse de son fusil, s'appuya sur le canon de son arme, comme a dû le faire mille et une fois le grand Robinson.

— Il faut nous en retourner, dit le prudent Vendredi.

— Nous en retourner ? Est-ce que tu as faim ?

— Pas encore.

— Alors, pourquoi veux-tu déjà t'en retourner ?

— Parce que je ne veux pas aller aujourd'hui dans les Grandes-Indes.

— N'aie pas peur ; elles sont encore loin. Nous sommes toujours en Europe, puisque nous n'avons pas quitté le sentier.

— C'est vrai, dit Mathilde avec conviction. Attends-moi un peu, continua-t-elle; voilà des petites roses, et je veux en cueillir un bouquet.

— Ce que tu nommes des roses ne sont que des églantines, dit Paul avec importance.

— Des églantines!

— Oui, et l'arbuste sur lequel tu les cueilles est un églantier ou, si tu veux, un rosier sauvage.

— A quoi le devines-tu?

— Je ne le devine pas, je le sais, parce que papa me l'a dit hier; il m'a encore dit que c'est sur cet arbrisseau que l'on fait pousser les belles roses.

— Des roses qui sont des églantines... puis des églantines qui ne sont pas des roses... ça n'est pas très clair », dit Mathilde en arrangeant son bouquet.

La chose ne paraissait probablement pas très claire à M. Paul lui-même, car il réfléchit un instant.

« J'ai compris et tu vas comprendre, dit-il enfin; la chicorée sauvage est-elle de la barbe-de-capucin? Réponds.

— Non, puisque la barbe-de-capucin est de la chicorée cultivée.

— Eh bien, reprit Paul, l'églantine est une petite rose qui, pour devenir une grande rose, a besoin d'être greffée.

— Griffée! cela veut dire qu'on leur met des épines?

— J'ai dit greffée! cria Paul de toutes ses forces, sans doute pour se mieux faire comprendre.

— Tu n'as pas besoin de *te mettre tout rouge* pour me parler, je ne suis pas sourde; greffer, qu'est-ce que ça, greffer?

— Je ne le sais pas encore assez bien pour te l'expliquer, reprit l'élève horticulteur sur un ton moins animé;

mais, en rentrant, nous irons trouver M. Antoine, et tu verras que j'ai raison. Ce qui est sûr, c'est qu'il y a plus de mille sortes de roses, et qu'elles ont toutes pour origine un églantier.

— Alors l'églantier, c'est le père Adam des roses? dit Mathilde.

— Tiens, c'est vrai. Je n'y avais pas pensé. Une chose que tu ne sais peut-être pas non plus, ajouta le jeune professeur, c'est que le fruit rouge qui pousse sur les églantiers se nomme *cynorrhodon*, qu'il sert à fabriquer des confitures pour les enfants, et qu'on le met dans l'eau-de-vie pour le donner à manger aux grandes personnes. »

Mathilde ayant terminé sa récolte de fleurs, Paul replaça son fusil sur son épaule et continua d'avancer. Au bout de trois minutes de marche, on s'arrêta de nouveau. Le sentier se divisait en deux branches; l'une allait à droite, l'autre à gauche, et nos voyageurs ignoraient laquelle de ces routes était la bonne pour gagner directement les Grandes-Indes.

« Allons-nous-en », dit Mathilde, toujours disposée à battre en retraite.

Robinson remua si énergiquement la tête pour dire : « non » qu'il fit tomber son bonnet.

« Attends-moi là, dit-il, je vais grimper tout en haut de ce gros arbre et tâcher de découvrir notre chemin.

— Ça, je ne veux pas! s'écria Mathilde avec vivacité.

— Tu ne veux pas ? Et pourquoi ?

— Parce que je resterais toute seule pendant que tu seras là-haut, et je ne veux pas rester toute seule.

— Tu resteras avec mon fusil.

— J'aurai encore plus peur; allons-nous-en.

— Tu parles toujours de t'en aller, dit Paul, tu n'es pas un bon Vendredi.

— Robinson n'a jamais laissé Vendredi en bas des arbres, répondit Mathilde; puis Vendredi était un homme.

— Tu es une femme, et c'est bien plus drôle.

— Je ne suis pas une femme, je ne suis qu'une petite fille.

— C'est cela! dit Paul d'un ton dédaigneux. A table, tu demandes un grand couteau, une grande fourchette, un verre au lieu d'une timbale, et, sous prétexte que tu es une grande personne, tu ne veux pas que l'on attache ta serviette sous ton menton. Mais à présent qu'il faut être Vendredi, tu n'es plus qu'une petite fille. »

Après ce beau discours, Robinson s'engagea sur le sentier de gauche, sans même regarder s'il était suivi.

Le craintif Vendredi, n'osant retourner seul en arrière, eut bien envie de se mettre à pleurer; craignant sans doute de ne pas attendrir Robinson qui était déjà loin, il courut le rejoindre.

Du reste, Robinson ralentissait peu à peu son pas, — peut-être n'était-il rassuré qu'à demi lui-même. On ne voyait de tous les côtés que des arbres, des arbustes, des arbrisseaux, des sous-arbrisseaux, des plantes grimpantes et des herbes. Des bruits singuliers se faisaient entendre. Par moments, on eût dit qu'on frappait sur une planche avec un marteau; l'instant d'après, résonnait le tin, tin, tin d'une clochette; puis, enfin, on entendait un sourd murmure, semblable à celui que produit l'eau lorsqu'elle tombe en cascade.

« Ce doit être la mer qui fait ce bruit-là, dit Mathilde en parlant à voix basse.

— Je ne crois pas, répondit Paul sur le même ton ; cependant nous avons marché si vite que... »

Robinson n'acheva pas sa phrase ; un animal, le corps couvert de longs poils, le front armé de cornes et le menton garni d'une grande barbe, venait d'apparaître sur le sentier.

« Un lion ! cria Mathilde, qui saisit son frère à bras-le-corps.

— Lâche-moi ! dit impérieusement l'intrépide Robinson ; si tu me tiens comme cela, je ne pourrai pas nous défendre.

— Défendons-nous en nous sauvant. »

Paul reprit vite son sang-froid.

« Ne vois-tu pas que ton lion est une chèvre, dit-il, et que c'est elle qui va avoir peur de nous et se sauvera ?

— Mais c'est une chèvre sauvage !

— Elle ne doit pas être tout à fait sauvage, puisqu'elle a une clochette au cou.

— Ça ne fait rien, j'aime mieux m'en aller. »

La chèvre disparut, et les craintes de Mathilde se calmèrent pour renaître bientôt ; car les coups de marteau, entendus d'abord, résonnèrent avec plus de violence, et cette fois, presque au-dessus de la tête des deux enfants. Par bonheur, en levant le nez, Paul découvrit un beau pic-vert qui, cramponné au tronc d'un arbre, le frappait de son bec pour effrayer les insectes cachés sous l'écorce et les dévorer. L'oiseau grimpeur était connu de nos voyageurs ; aussi passèrent-ils un quart d'heure à le regarder courir autour des grosses branches en décrivant des spirales, frapper à coups redoublés comme un menuisier qui enfonce un clou, et enlever des lambeaux d'écorce à l'aide

de son bec taillé en forme de coin. Sa chasse terminée,
l'oiseau s'enfuit de ce vol lourd et saccadé qui lui est particulier. Le bruit de la mer restait donc seul inexpliqué;
mais, en continuant d'avancer, on arriva au pied d'un
sapin. La brise, en se glissant entre les minces feuilles de
l'arbre, produisait la rumeur qui avait inquiété Mathilde.

« Tu vois, dit Paul à sa sœur, si nous nous étions
sauvés, nous n'aurions pas su ce qui nous avait fait peur.

— Tu as donc eu peur aussi? dit Mathilde.

— Pas tout à fait; la preuve, c'est que je me suis
souvenu que papa dit qu'il faut toujours marcher droit sur
ce qui effraye, parce que, vus de loin, les objets ont souvent un air terrible qui disparaît lorsqu'on les voit de
près. Ainsi tu prenais une chèvre pour un lion.

— Je n'avais vu que sa crinière, dit Mathilde.

— Sa crinière! Où cela?

— Sous son menton, donc.

— On a une crinière sur le cou, dit Paul; lorsqu'elle est placée sous le menton, c'est une barbe. »

Tout en causant, les voyageurs avançaient. Ils se trouvèrent à l'improviste sur le bord d'un fossé au fond duquel
coulait un filet d'eau.

« Hé! m'sieu, madame, voulez-vous me renvoyer Jeannette qui est passée dans votre champ? cria une petite
paysanne de sept à huit ans, assise sur le revers du
fossé.

— Qui ça, Jeannette? demandèrent à la fois Paul et
Mathilde, surpris de trouver un habitant dans ce désert.

— Ma chèvre donc, qui broute là, près de vos peupliers. Chassez-la, elle aura bien vite sauté pour me
rejoindre. »

PAUL SE MIT A FUIR ENTRAINANT VENDREDI.

Paul se dirigea vers Jeannette, et, levant les bras et poussant de grands cris, il essaya d'effrayer le ruminant. Jeannette redressa la tête, regarda le petit garçon, puis, sans tenir compte de ses cris, continua d'éplucher un sarment de vigne sauvage. Mathilde se rapprocha afin de prêter main-forte à son frère; alors Jeannette, qui avait sans doute entendu le principe posé par Paul qu'il faut marcher droit sur ce qui effraye, sauta, cabriola, se dressa sur ses pattes de derrière, et fondit tête baissée sur Vendredi, qui se mit à fuir. Robinson, intrépide et résolu, courut au secours de son fidèle associé; sans se laisser intimider, Jeannette fit volte-face et tournoya autour de Robinson. Celui-ci, battant en retraite, reçut au bas du dos un coup de tête qui le fit trébucher, envoyant son sabre à droite, son bonnet à gauche, et son fusil on ne sait où.

Pour le coup, Paul crut la chèvre enragée. Abandonnant, comme le poète Horace, ses armes sur le champ de bataille, il se mit à fuir, entraînant Vendredi qui poussait des cris de détresse. En moins de quatre minutes, on fut hors de la forêt, un peu rassuré à la vue de la maison.

« Je te l'avais bien dit que cette chèvre était sauvage! s'écria Mathilde en essuyant les deux ruisseaux de larmes qui lui inondaient les joues.

— Pourquoi l'as-tu poussée de mon côté?

— Moi, je me sauvais; c'est toi, au contraire, qui l'as poussée du mien. »

Paul ne répondit pas; il se frottait le visage, sans songer qu'il défrisait ses moustaches et les faisait empiéter sur son nez.

« Viens ! dit-il en saisissant Mathilde par la main et en se dirigeant vers le bois.

— Non, s'écria la petite fille, je n'en veux plus de tes Grandes-Indes !

— Il faut pourtant que nous allions chercher mon fusil et mon bonnet.

— Pour cette fois, vas-y tout seul. »

En ce moment, on crut entendre résonner de nouveau un bruit de clochette, et l'on reprit le chemin de la maison.

Un peu remis de leur alerte, les deux voyageurs, errant de droite à gauche, se trouvèrent près du potager ; ayant aperçu Émile accroupi devant une plate-bande, ils se dirigèrent de son côté. Arrivés près de lui, ils virent qu'il relevait les feuilles des chicorées et qu'il nouait chaque plante avec un brin de paille.

« A quoi t'amuses-tu là ? demanda Paul à son frère.

— Je ne m'amuse pas précisément, répondit Émile, je travaille à lier les chicorées.

— Pourquoi les lies-tu ?

— Afin de les blanchir, ce qui les rendra plus tendres.

— Les blanchir ! répéta Mathilde. Est-ce que tu vas les savonner ?

— Non, certes ; mais je veux empêcher les feuilles de voir la lumière et changer ainsi leur couleur verte en belle couleur d'or.

— Et pourquoi les feuilles changeront-elles de couleur ?

— Parce que la *chlorophylle*, cette matière végétale qui colore les plantes en vert, ne pourra plus se développer.

— C'est la chloro...phylle qui teint les feuilles en vert ?

— Oui, à la condition, ainsi que je viens de le dire, qu'elles subissent l'action de la lumière.

— Alors, si on plantait un chêne dans une cave, ses feuilles pousseraient donc blanches?

— Un chêne ou tout autre végétal.

— C'est drôle, dit Paul qui demeura un instant pensif. Veux-tu que je t'aide? demanda-t-il au bout d'un instant.

— Merci; il faudrait recommencer ton ouvrage, et ce serait du temps perdu.

— Alors, dis-moi, les chèvres sont donc des animaux féroces?

— Non pas; ce sont des herbivores, des ruminants, qui sont originaires de la Perse. C'est avec leur poil soyeux, tu dois savoir cela, que l'on fabrique les belles étoffes dites de Cachemire.

— Mais les chèvres sont méchantes? dit Mathilde.

— Les chèvres, comme presque tous les animaux, ne deviennent méchantes que si on les tourmente; elles donnent alors des coups de tête très violents.

— Je le sais, dit Paul en se frottant le dos.

— Moi aussi, dit Mathilde.

— Vous vous êtes donc battus avec une chèvre?

— Oui, avec une chèvre sauvage.

— Seriez-vous par hasard allés jusqu'en Perse?

— Presque », dit Mathilde.

Émile se mit à rire de la réponse et continua à lier ses chicorées, tandis que Robinson et Vendredi se dirigeaient vers une haie. Là, ils se mirent à creuser un trou pour déraciner une plante qui ressemblait à un petit arbre. L'opération terminée, on se dirigea vers la maison et l'on rôda autour de la cave. A force de s'enhardir mutuellement, Robinson et Vendredi se hasardèrent à pénétrer dans le sombre réduit, et le végétal qu'ils avaient déraciné fut soigneusement planté dans un coin obscur. On voulait s'assurer si Émile avait dit vrai, et voir ce que deviendrait la chlorophylle privée des rayons du soleil.

BIEN QU'A L'ABRI, MATHILDE RECULA.

CHAPITRE IV

Traité de paix avec Jeannette. — Les betteraves. — Les descendants de l'Auroch. — Tanneurs et corroyeurs. — Départ pour la Sibérie. — Ce que
l'on peut faire pour un sou. — Rencontre d'un boa. — Un pays extraordinaire. — La curiosité punie.

Le lendemain de leur premier voyage dans la direction
des Grandes-Indes, voyage si malencontreusement arrêté
par l'agression de Mlle Jeannette, Paul et Mathilde, armés
chacun d'une tartine beurrée, se tenaient près de la grille
d'entrée du parc. Tout à coup ils aperçurent la petite
paysanne qu'ils avaient entrevue la veille. Elle s'avançait
sur la route en chassant devant elle cinq ou six chèvres,
au nombre desquelles, reconnaissable à la clochette qui lui
pendait au cou, marchait la terrible Jeannette. Bien qu'à
l'abri derrière une grille, Mathilde recula de trois pas au
moment où les ruminants passèrent devant elle.

« Bonjour, monsieur, madame ; vous avez donc peur
de Jeannette ? dit la petite paysanne.

— Non, répondit Paul, qui se sentait protégé par le
treillage de fer.

— Mais hier vous avez eu peur d'elle ; Jeannette n'est

pourtant pas méchante, allez ! Je joue avec elle à cache-
cache, et nous jouerons ensemble quand vous voudrez.

— On ne joue pas à cache-cache en donnant des coups
de tête, surtout quand on a des cornes dessus, répliqua
Paul ; aussi j'aime mieux ne pas jouer.

— Jeannette frappe pour rire et ne fait pas de mal,
vous allez voir. »

Et, appelant ses chèvres, la petite gardienne se mit à
courir et à sauter, suivie de toute sa bande qui cabriola
autour d'elle.

« Ça doit être bon, ce que vous mangez là, madame ? »
dit-elle en revenant tout essoufflée près de la grille.

Mathilde rougit de plaisir ; être appelée madame était
une de ses ambitions, et elle trouvait la petite paysanne
parfaitement élevée. Elle se rappelait bien que la veille elle
l'avait déjà gratifiée de ce titre ; mais, la veille, les circonstances étaient si critiques, que cette qualification avait
perdu la moitié de sa valeur.

Passant son bras à travers les barreaux de la grille,
Mathilde offrit sa tartine à la gardeuse de chèvres, qui la
remercia par une belle révérence.

Paul, un peu enhardi, ouvrit la porte du parc, et Jeannette s'avança aussitôt vers lui, non plus menaçante, mais
en bêlant avec une petite voix cassée très douce et très
amusante. Sans que les deux enfants eussent pu dire
comment cela était arrivé, tant les choses se passèrent
naturellement, le père Antoine les trouva un quart d'heure
plus tard qui sautaient et qui gambadaient avec les chèvres
dans les fossés de la grande route, et déjà liés d'une
amitié si profonde avec les ruminants et leur gardienne
qu'il fallut parler haut pour les séparer.

« Rentrez, monsieur Paul ! rentrez, mademoiselle Mathilde ! répétait le père Antoine. Votre papa vous gronde-
rait s'il vous voyait hors du parc sans sa permission. Toi,
ma petite Catherine, conduis tes chèvres près de la lisière
du bois, et ne les laisse pas s'égarer. »

Catherine s'éloigna en criant :

« Adieu, monsieur, madame ; adieu, monsieur Antoine.

— Est-ce que Catherine va jouer tous les jours avec
ses chèvres dans les bois ? demanda Mathilde au jardinier.

— Catherine ne doit pas jouer, répondit celui-ci, mais
prendre soin des bêtes dont elle a la garde. Catherine n'a
plus de père ; il faut qu'elle travaille pour aider sa mère
qui n'est pas riche.

— Les chèvres ne sont donc pas à elle ?

— Non ; elles appartiennent à la mère Thibaut, et
Catherine est simplement chargée de les mener brouter.

— Alors elle gagne beaucoup d'argent ? dit Paul.

— Un sou par jour, et parfois seulement un morceau
de pain.

— Avec des confitures dessus ?

— Non, tout sec.

— Pauvre Catherine ! Vous avez pourtant dit qu'elle a
une maman ? reprit Mathilde.

— Mais une maman pauvre, qui, loin de pouvoir lui
donner des confitures, ne peut pas toujours lui acheter des
sabots, car vous avez dû remarquer qu'elle marche nu-
pieds. »

Pendant un instant, Paul et Mathilde suivirent silencieusement le jardinier ; chacun d'eux semblait réfléchir ;
puis, avec la mobilité des enfants, ils luttèrent de vitesse
pour rejoindre leur frère Lucien qu'ils venaient d'apercevoir.

« Où donc as-tu trouvé les gros radis que tu portes? demanda Paul, arrivé le premier.

— Ce ne sont pas des radis, mais des betteraves, répondit Lucien.

— Est-ce que tu vas fabriquer du sucre?

— Non; je vais simplement couper ces racines par tranches et les offrir à Babonnette afin qu'elle nous donne de bon lait.

— C'est pourtant avec ces betteraves-là qu'on fabrique du sucre, dis?

— Pas précisément, car j'ai là une betterave rouge, et c'est de la betterave blanche, introduite en France en 1815 par Mathieu de Dombasle, que l'on extrait aujourd'hui le sucre. C'est une plante bien précieuse que la betterave : on la mange en salade, on prépare du sucre, de l'alcool, des confitures avec son jus, et l'on fabrique du papier avec sa pulpe.

— Lequel est le plus sucré, le sucre de betterave ou le sucre de canne? demanda Mathilde.

— Lorsqu'ils sont raffinés, il n'y a aucune différence entre eux; c'est par préjugé que tu entendras dire le contraire.

— Qui donc a découvert le sucre de betterave?

— Margraff, en 1747; en France, c'est à M. Benjamin Delessert que l'on doit l'exploitation de ce produit, une des richesses de nos départements du Nord. »

On alla voir manger Babonnette, jolie vache noire marquée d'une étoile blanche sur le front. Grâce à Lucien. on apprit que Babonnette était un ruminant, tout comme Mlle Jeannette, et que ladite Babonnette et ses pareilles descendent de l'auroch, taureau de taille énorme, qui,

après avoir vécu longtemps en Europe, ne se trouve plus
guère aujourd'hui que dans les monts Carpathes.

« Les vaches et les taureaux, ajouta Lucien, sont peut-
être les animaux les plus utiles à l'homme, et la richesse
agricole d'un pays est le plus souvent en rapport avec le
nombre de bestiaux qu'il possède. La vache nous fournit
en abondance du lait avec lequel on fabrique plus de cent
espèces de fromages, et la chair du bœuf est la base de
notre nourriture. Avec la peau de ces animaux, préparée
avec plus ou moins de soin et transformée en cuir, on fabrique des harnais, des malles, des soufflets, des souliers
et des *vaches* de voitures. Avec ses cornes et ses os, les
tourneurs façonnent des boutons, des peignes, des dominos,
des poires à poudre et mille autres objets. La vache, il est
bon que vous sachiez cela, était adorée en Égypte sous le
nom d'Isis, et les Grecs la respectèrent longtemps avant
de l'offrir en sacrifice à leurs dieux. De nos jours, la vache
est vénérée par les Indiens, encore très ignorants, qui
croient que l'âme des morts se réfugie dans le corps de
ces quadrupèdes; c'est donc pour eux un sacrilège que de
les égorger. La grande révolte des Indiens contre les Anglais, en 1857, eut pour motif principal le bruit habilement
répandu que les cartouches distribuées aux cipayes, ou
soldats indigènes, étaient préparées avec de la graisse de
vache.

— Comment fait-on pour que la peau des vaches
devienne du cuir? demanda Paul.

— On met les peaux que l'on veut préparer en contact
avec du tan, ou écorce du chêne réduite en poudre gros-
sière. Le tan contient une substance nommée *tannin,* qui
possède la propriété de se combiner avec la matière ani-

male de la peau des animaux et de rendre ces peaux sou-
ples et imputrescibles.

— Alors on frotte les peaux avec du tan, et elles se
changent en cuir?

— L'opération est plus compliquée que cela, reprit
Lucien ; il faut d'abord laisser tremper les peaux pendant
plusieurs jours dans l'eau courante, puis les faire macérer
dans une nouvelle eau contenant de la chaux délayée, afin
de les débarrasser de leurs impuretés. Une fois bien net-
toyées, les peaux sont placées dans des cuves, couvertes
de tan, et, au bout de trois mois de macération, elles se
trouvent tannées. Il ne reste plus qu'à les livrer au corroyeur
chargé de leur donner le brillant et la souplesse nécessaires. »

On fut rappelé vers la maison par la cloche qui annonçait le déjeuner. A l'heure du dessert, on remarqua que
Paul et Mathilde mettaient de côté les biscuits et les fruits
qu'on leur offrait. Sans s'être donné le mot, les deux enfants
songeaient à la petite Catherine qui ne mangeait que du
pain sec, et ils se proposaient de guetter son retour des
champs pour lui remettre les friandises dont ils se privaient
à son intention.

Vers quatre heures de l'après-midi, le frère et la sœur
se trouvaient de nouveau sur la lisière du bois, du côté
opposé à celui qu'ils avaient visité la veille. Pour cette fois,
Paul avait renoncé à son bonnet, à sa peau de mouton,
à ses moustaches, et, armé de son fusil, que lui avait
rapporté le père Antoine, il se contentait d'être un simple
chasseur.

« Tu sais que je ne veux plus aller sur la route des
Grandes-Indes, dit résolument Mathilde.

— C'est pourquoi je t'ai amenée par ici, répondit Paul. As-tu bien chaud?

— Pourquoi me demandes-tu cela?

— Parce que nous allons tourner le dos aux Grandes-Indes et marcher vers les pays froids.

— Je vais courir chercher mon manchon.

— Ça nous mettrait trop en retard, dit Paul en retenant sa sœur par le bras; la Sibérie est pas mal loin, et nous n'avons pas de temps à perdre. »

Mathilde, il faut le dire, avait d'abord refusé d'accompagner son frère; mais elle rêvait d'acheter une paire de souliers à Catherine, et Paul avait solennellement promis de donner à sa sœur tous les sous qu'il pourrait récolter si elle se montrait docile. Voilà pourquoi Mathilde consentait à se rendre en Sibérie.

On venait de dépasser les premiers arbres, lorsque Trompette, auquel on ne songeait pas, se joignit à la caravane; fêté, caressé, le chien précéda sur le sentier nos intrépides explorateurs.

La présence de Trompette rassura la timide Mathilde; faut-il s'en étonner? L'homme lui-même se sent plus fort lorsqu'il est accompagné par le fidèle et vaillant animal que l'on nomme un chien. On dort d'un sommeil moins inquiet, gardé par ce vigilant ami, toujours prêt à se dévouer et incapable de trahir.

« Quel bon Vendredi ferait Trompette! dit Paul. C'est dommage qu'il ne sache pas parler. Toi, continua-t-il en jetant un regard tant soit peu méprisant vers sa sœur, tu marches derrière moi, tandis que Trompette court à droite, à gauche, en arrière, en avant, et regarde partout pour s'assurer qu'il n'y a pas d'anthropophages dans les buissons.

— Qu'est-ce que c'est que ces bêtes-là? demanda Mathilde.

— Ce ne sont pas des bêtes, mais des hommes qui en mangent d'autres.

— Tout crus?

— S'ils les mangeaient tout crus, ce seraient par-dessus le marché des cannibales.

— Mangent-ils aussi les femmes?

— Je ne crois pas; dans la leçon qu'il m'a donnée hier, Émile m'a expliqué que le mot anthropophage vient d'*anthropos,* homme, et de *phago*, je mange.

— Alors ce sont des ogres?

— Si l'on veut; seulement, tu sais qu'il n'y a pas d'ogres *pour de vrai?*

— Verrons-vous des *pophages* en Sibérie?

— Non; mais je te préviens qu'il faut dire anthropophages! parce que *pophages* ne veut rien dire du tout.

— Et si je veux dire *pophages*, moi?

— Personne ne te comprendra.

— Ça m'est égal, j'aime mieux dire *pophages* que *thropophages*.

— Anthropophages! cria Paul de toutes ses forces.

— J'entends bien, des *pothophages* », riposta la malicieuse petite fille, qui s'amusait en ce moment de la gravité de son frère.

Une interminable discussion se serait engagée, si un aboiement de Trompette n'eût causé une diversion. Le chien, une patte en l'air, semblait en arrêt devant un objet long et noir étendu sur le sol.

Paul s'avança rapidement.

« Un boa! » s'écria-t-il.

Sans la présence de Trompette, Mathilde se serait enfuie. Elle s'approcha peu à peu et vit un serpent étendu
sur le sol.

« Il est tout petit, ton boa, dit-elle avec dédain.

— Heureusement; s'il était gros, nous serions déjà
mangés.

— Les boas sont donc aussi des *pophages?* »

Les circonstances étaient trop graves pour que Paul
daignât répondre à cette provocation. Il s'approcha doucement du reptile, long de 40 centimètres environ, et qui
demeurait immobile. Moins prudents que Trompette, qui
se tenait à distance respectueuse, Paul et Mathilde, armés
de petits bâtons, chatouillèrent l'animal, qui ondula sans
toutefois essayer de fuir. Saisi d'une idée subite, Paul prit
son sac de toile, le posa sur le sol, et le maintint ouvert,
tandis que Mathilde poussait le serpent à l'aide d'un bâton.
Trompette protesta en vain, par des aboiements plaintifs,
contre l'imprudence des deux enfants. Tourmenté par la
baguette de la petite fille, le reptile s'engouffra dans le
sac, qui fut aussitôt refermé. Alors, avec une hardiesse
sans pareille, Paul replaça la poche à son côté.

A cent pas plus loin, on se trouva, comme la veille,
sur le bord d'un ruisseau. On s'assit, et une grande demi-
heure se passa à jeter dans l'eau des morceaux de bois,
des feuilles sèches, des brins d'herbe que le courant
emportait. Cet exercice était si amusant, qu'on serait resté
plus longtemps si un gros rat, se promenant au fond de
l'eau limpide, ne fût apparu soudain. Les deux enfants n'en
pouvaient croire leurs yeux; c'était bien un rat, un vrai
rat, qui, là, tout au fond de l'eau, se promenait comme un
poisson. Ce phénomène parut peu rassurant, et Mathilde

proposa de sortir au plus vite d'un pays où les rats couraient au fond de l'eau, et où l'on allait peut-être voir des poissons perchés sur les arbres se mettre à gazouiller. On avait fait à peine cent pas, lorsque Trompette tomba de nouveau en arrêt devant un animal étrange : on s'approcha avec précaution, et l'on découvrit une belle grenouille noire. La poche de toile fut aussitôt posée sur le sol, et l'on vit, au fond, le boa qui semblait dormir. On profita de son sommeil pour lui donner un compagnon, car, savamment poussée par de petits bâtons, la grenouille noire s'engouffra à son tour dans la poche, dont trois épingles fermèrent aussitôt l'entrée.

Cette belle opération terminée, et la poche remise à sa place ordinaire, on reprit la route de la maison. Le voyage avait duré plus qu'on ne le croyait, car on arrivait à peine sur la lisière du bois, lorsque l'on entendit retentir la cloche qui sonnait l'heure du dîner. Il fallut presser le pas, afin d'éviter une réprimande ; aussi, en atteignant la salle à manger, Paul n'eut que le temps d'accrocher sa poche au dos d'une chaise et de courir se laver les mains.

Le repas touchait à sa fin, lorsqu'un cri de terreur, poussé par Mlle Hélène, effraya tous les convives.

« Mon boa ! s'écria Paul.

— Ma grenouille ! » s'écria Mathilde.

Entraînée par la curiosité, souvent si fatale. qui conduit les enfants à toucher à tout, Mlle Hélène s'était avisée de décrocher la poche, y avait plongé la main, et avait poussé un cri d'épouvante à la vue de deux reptiles qui se promenaient maintenant en liberté sur le parquet.

CHAPITRE V

La couleuvre de verre. — Un crapaud noir. — Rat d'eau et rat des champs.
— Les vrais amphibies. — Échecs et grains de blé. — Singulière trouvaille de Mlle Hélène. — Les canards domestiques. — Du danger d'entre-
bâiller une porte lorsqu'il y a quelqu'un derrière.

Par bonheur, Mlle Hélène n'avait pas été mordue, et ce
fut d'elle-même qu'elle promit à sa grande sœur de ne
plus fouiller à l'avenir dans les poches qui ne lui apparte-
naient pas. La frayeur qu'elle avait eue devait, en effet, la
rendre plus prudente; mais elle resta un peu fâchée — et
non sans raison — contre son frère Paul, qui cachait
de si vilaines choses dans son sac. Si la peur exagérée
des animaux, même des animaux rampants, est absurde,
il n'en est pas moins vrai qu'une trop grande confiance
peut aussi avoir ses dangers.

Le boa, examiné par Lucien, se trouva être un orvet,
ou serpent de verre. Ce nom de serpent de verre attira les
enfants.

« Il n'est pas du tout en verre, puisqu'on ne voit pas
clair à travers son ventre, dit Mlle Hélène, les yeux encore
pleins de larmes; c'est un vrai serpent, et Paul a fait
exprès de le mettre dans son sac pour qu'il me morde.

· — Je ne pouvais pas savoir que tu fouillerais dans mes affaires, dit l'accusé.

— Si, tu le savais...

— Elle a raison, reprit Mathilde ; tu sais bien qu'elle veut tout voir et qu'elle grimpe sur les chaises ou sur les tables pour prendre ce qui est placé trop haut. »

Paul avait bonne envie de répliquer, mais le serpent de verre l'intriguait, et il demanda d'où venait ce singulier nom donné au reptile.

« De la fragilité de son corps, répondit Lucien, car, d'après les naturalistes, le moindre choc suffit pour le briser.

— Paul croyait avoir trouvé un boa, dit Mathilde.

— C'est trop d'imagination ; il n'y a de boas qu'en Asie, en Afrique ou en Amérique. Au résumé, cette petite couleuvre est très jolie avec sa robe argentée.

— Mord-elle? demanda Mathilde.

— Non, elle est inoffensive et vit d'insectes. Néanmoins, vous me ferez le plaisir de laisser en paix les serpents que vous rencontrerez ; vous pourriez mettre la main sur une vipère, et les vipères, dont les crochets distillent du venin, font des morsures dangereuses, bien que rarement mortelles.

— Et comment les reconnaît-on, les vipères? demanda Paul.

— A leur tête qui a la forme d'un fer de lance et qui est plus large que leur corps ; mais, encore une fois, laissez en paix les reptiles que vous trouvez sur votre route ; ce sont de mauvaises connaissances qu'il faut fuir.

— Et ma grenouille noire, la trouves-tu jolie? demanda Mathilde à son frère aîné.

— Ta grenouille noire est simplement un crapaud.

— Un crapaud ! s'écrièrent les enfants en reculant d'un pas.

— Oui, un crapaud commun, parent de la grenouille et amphibie comme elle dans sa jeunesse. De ces vilaines pustules qui lui couvrent le dos, suinte une humeur visqueuse qui, appliquée sur la peau, y fait venir des cloches. Il ne faut pas reculer devant l'expression de la vérité. Le crapaud, comme tous les reptiles, doit être laissé dans son coin ; on ne peut rien gagner à le fréquenter.

— Comme il doit être malheureux d'être si laid ! dit Mathilde avec commisération.

— Il n'est pas laid du tout ; il est un crapaud, répliqua judicieusement Mlle Hélène. Est-ce qu'il mord, Lucien ? demanda-t-elle ensuite.

— Non ; il n'a pas de dents, et c'est un des points qui le distinguent de la grenouille.

— Comment fait-il pour manger du sucre, s'il n'a pas de dents ? »

On se mit à rire, et Mlle Hélène fut embrassée à la ronde pour cette belle question.

« Nous avons vu tout à l'heure une chose très drôle, dit Mathilde à Lucien, nous avons vu une bête qui se promenait au fond de l'eau.

— Un poisson ou une écrevisse sans doute.

— Non, une bête avec quatre pattes et une queue grande comme celle des rats.

— Alors vous avez vu un rat d'eau, et si vous aviez bien regardé, vous auriez remarqué que sa queue est velue au lieu d'être lisse comme celle des rats ordinaires. Le rat d'eau est le frère du campagnol, ce rat des champs qui désespère les cultivateurs par le nombre d'épis qu'il coupe et dévore.

— Pourquoi le rat d'eau se promène-t-il au fond des rivières? Est-ce pour manger des poissons? demanda Paul.

— On le croit chasseur d'écrevisses, répondit Lucien; en réalité, il paraît se nourrir exclusivement de plantes aquatiques.

— Comment fait-il pour respirer lorsqu'il est au fond de l'eau ?

— Il ne respire pas. De même que la loutre, le phoque, le morse, le crocodile, l'hippopotame, que l'on nomme à tort des amphibies, il retient sa respiration pendant un temps plus ou moins long; mais, sous peine de se noyer, il lui faut remonter fréquemment à la surface de l'eau pour respirer. Les véritables amphibies sont les animaux qui ont à la fois des poumons, organes respiratoires des mammifères, et des branchies, organes respiratoires des poissons. L'axolotl, cet étrange poisson mexicain pourvu de pattes, que tu as vu au Jardin des Plantes, est un véritable amphibie. »

Lucien s'étant chargé de remettre le serpent de verre et le crapaud en liberté, Paul et Mathilde s'établirent dans un coin du salon et se perdirent dans les combinaisons d'une partie d'échecs qui demeura indécise.

« Qui donc a inventé ce jeu-là? demanda Paul à Lucien, tout en rangeant les rois, les reines et les pions dans leur boîte.

— Un Indien, selon la tradition la plus accréditée. On rapporte même une curieuse anecdote à propos de cette invention.

— Raconte-nous-la, dis?

— Volontiers. On prétend que l'Indien inventeur du jeu d'échecs fit hommage de son invention au roi de Perse. Ce souverain, dans son admiration pour les ingénieuses combinaisons du jeu, voulut que l'inventeur choisît lui-même sa récompense.

— Après?

— L'Indien demanda que l'on mît un grain de blé sur la première case de l'échiquier, deux sur la seconde, quatre sur la troisième, huit sur la quatrième, et que le nombre des grains fût ainsi doublé jusqu'à la soixante-quatrième case, déclarant ne vouloir d'autre récompense que le nombre des grains de blé résultant de cette opération.

— Il n'était pas exigeant, cet inventeur-là, dit Paul.

— Le roi de Perse pensa comme toi, aussi accorda-t-il à l'Indien la récompense demandée. Mais, le compte fait, il se trouva que la Perse entière ne possédait pas assez de blé pour payer l'inventeur.

— C'est impossible! s'écria Paul.

— Bien qu'il soit un peu tard, reprit Lucien, es-tu encore assez éveillé pour faire quelques multiplications?

— Oui », dit Paul, qui saisit le crayon et la feuille de papier que lui tendait son frère.

Et, se mettant à l'œuvre, le petit garçon trouva à la dixième case cinq cent douze grains de blé.

« Continue.

— 542,288, dit Paul arrivé à la vingtième case.

— Et quel nombre trouves-tu pour la quarantième?

— Il est si gros que je ne peux pas le compter; regarde. »

Le calculateur présenta à son frère la rangée de chiffres suivante :

$$549,755,813,888.$$

« Cela fait, dit Lucien, cinq cent quarante-neuf milliards, sept cent cinquante-cinq millions, huit cent treize mille, huit cent quatre-vingt-huit grains de blé. Laisse-moi achever le calcul... Tiens, il donne ce joli chiffre :

$$9,223,372,036,854,775,808,$$

dont l'énoncé écraserait ton imagination, car il s'agit d'environ neuf milliards de milliards. Or il faut 130,000 grains de blé pour remplir un boisseau ; il eût donc fallu trouver soixante-dix mille milliards de boisseaux de blé pour payer l'Indien, ce qui est impossible. »

Paul alla se coucher en se promettant, si jamais quelqu'un lui offrait une récompense, de mettre à profit le curieux calcul de l'inventeur du jeu d'échecs.

Le lendemain, après avoir guetté la petite Catherine sur la route et lui avoir remis les friandises gardées pour elle, Paul et Mathilde revenaient vers la maison prêts à bien s'amuser, — on a toujours l'âme satisfaite après une bonne action, — lorsqu'ils aperçurent Hélène qui sortait en courant de la basse-cour. La petite fille tenait son tablier relevé par les coins.

« Que portes-tu donc là ? lui cria Mathilde.

— Une jolie chose que j'ai trouvée.

— Fais voir.

— Non, tu me la prendrais.

— Dis-nous au moins ce que tu as trouvé, si tu ne veux pas nous le montrer, dit Paul d'un ton caressant.

— Eh bien, j'ai trouvé un œuf de lapin.

— Un œuf de lapin! s'écrièrent à la fois Paul et Mathilde.

— Oui, un œuf de lapin, reprit Hélène, et je le porte à Florence pour qu'elle le fasse cuire pour mon déjeuner.

— Les lapins sont des animaux mammifères, originaires du nord de l'Afrique, et ils ne pondent pas d'œufs, dit Paul.

— Ils en pondent, puisque j'ai trouvé celui-ci dans leur cage, dit Hélène qui, écartant les coins de son tablier, montra à son frère et à sa sœur un bel œuf verdâtre taché de points jaunes.

— C'est un œuf de cane! s'écria Paul en riant.

— Tu es bête! dit sans façon Mlle Hélène. Comment veux-tu qu'une canne, qui est en bois, puisse pondre des œufs? »

Égayés par la méprise de leur petite sœur, Paul et Mathilde se mirent à rire si fort que celle-ci s'éloigna indignée.

« Elle est si petite qu'elle ne peut pas encore tout savoir, dit Mathilde d'un ton plein d'indulgence.

— Et toi, sais-tu d'où viennent les canards domestiques? demanda Paul.

— Oui, répondit Mathilde.

— Dis un peu, pour voir?

— Eh bien, les canards sont des palmipèdes, des parents des cygnes et des oies; il y en a de beaucoup d'espèces, et ils émigrent durant l'été.

— Mais le canard domestique?

— C'est un canard apprivoisé qui a perdu l'habitude de voyager. Je sais encore, continua la petite fille, que l'on plume les canards deux fois par an pour avoir leur duvet, dont le plus fin sert à faire des édredons.

— Et comment se nomme le canard qui donne le véritable édredron? demanda encore l'examinateur.

— Eider. Il vit dans les contrées glaciales, et ce sont les Irlandais et les Norvégiens qui nous procurent ces grands oreillers que l'on met sur les lits.

— Je croyais être seul à savoir tout cela! s'écria Paul, surpris de la science de sa sœur.

— J'étais là lorsque Émile t'a raconté l'histoire.

— Tu étais loin, près de la fenêtre, en train de coudre.

— Tu crois donc que cela rend sourd, lorsque l'on coud? Dis donc, si nous allions voir dans la cabane aux lapins? Il y a peut-être encore des œufs de cane.

— A quoi cela nous servira-t-il? Il est défendu d'y toucher.

— Nous n'y toucherons pas, nous les regarderons. »

On se dirigea vers la basse-cour, et après avoir jeté quelques poignées d'herbe aux lapins, Mathilde s'approcha d'une cabane de planches d'où partaient de sourds grognements.

« C'est le porc qui demeure là, dit la petite. Est-il gros?

— Je ne sais pas, je ne l'ai pas encore vu, répondit Paul.

— Si nous ouvrions un peu la porte, nous pourrions le regarder.

— Et s'il se sauve, nous serons grondés.

— Il ne se sauverait pas si tu tenais bien la porte; et si tu étais assez fort.

— Je suis assez fort, répondit Paul.

MATHILDE EUT BEAU POUSSER DE TOUTES SES FORCES...

— Tu le dis, mais je ne le crois pas », répliqua Mathilde.

Il n'en fallut pas davantage pour que Paul se rapprochât de la cabane, et tout doucement enlevât la traverse qui assujettissait la porte. Celle-ci s'entre-bâilla, et Mathilde put regarder à son aise un porc énorme qui, les oreilles rabattues sur les yeux, et remuant son groin, poussa la porte et parut dans l'entre-bâillement. Paul se raidit, mais il ne tarda pas à reconnaître que le groin était très fort, car on le voyait s'avancer insensiblement. Mathilde, dont l'assistance fut requise, eut beau pousser de toutes ses forces, la porte, rejetée avec violence au dehors, renversa Paul sur Mathilde, tandis que maître *Habillé de soie,* — ainsi que le nommait la fille de basse-cour, — jetait un cri de triomphe et passait sur le corps des deux vaincus.

CHAPITRE VI

Une basse-cour en émoi. — Controverse entre Paul et un personnage habillé
de soie. — Trait d'intelligence de Trompette. — Porcs et sangliers. —
Les truffes et les pommes de terre. — Comment on greffe un arbre. —
Le chardonneret.

Paul avait été renversé sur le fumier. Fit-il un, deux
ou trois tours sur lui-même? Ce point, comme beaucoup de
points historiques, n'a jamais été bien éclairci et ne le
sera probablement jamais. Mathilde, témoin oculaire de la
chute, a toujours prétendu que son frère avait roulé trois
fois, tandis que celui-ci, très à même de juger la question, a toujours soutenu que son nez n'avait touché le fumier
que deux fois. Mais les circonstances sont trop graves
pour que nous nous arrêtions aux détails; nous laisserons
donc à chacun le soin de découvrir l'exacte vérité.

Mathilde, prestement relevée, se mit à fuir devant
l'ennemi. Rencontrant l'échelle qui servait à monter au
colombier, elle gravit quatre ou cinq échelons et se trouva
en sûreté. Paul, à peine debout, s'arma d'un bâton rencontré à propos et se lança courageusement à la poursuite
du fugitif, qui, sautant, gambadant, criant, mettait la
basse-cour en révolution. Les poules fuyaient éperdues,

battant de l'aile, poussant des cris de détresse, et semblaient appeler au secours. Maître « Habillé de soie » s'était jeté sur une bande de canards qui, clopin-clopant, parlant du nez comme Polichinelle, eurent le bon esprit de se précipiter dans l'abreuvoir. Les coqs chantaient, les poules caquetaient, les poussins piaulaient, les oies soufflaient, les canards cancanaient, les dindons gloussaient, Mathilde pleurait, le porc grognait, Paul criait, le cheval hennissait, les lapins dressaient leurs oreilles, Babonnette mugissait, et *Marquis,* l'âne du père Antoine, se mit à braire de toutes ses forces. C'était un vacarme, un brouhaha comme jamais Paul et Mathilde n'en avaient entendu, comme ils ne se doutaient pas qu'on en pût entendre.

Durant cette tragique aventure, Paul se conduisit avec une bravoure et un sang-froid qui émerveillèrent sa sœur. Le petit garçon redoutait de voir maître « Habillé de soie » sortir de la basse-cour, traverser le potager et fuir à travers champs; aussi le poursuivait-il avec ardeur pour le forcer à rentrer chez lui. Deux fois il crut avoir réussi, et deux fois l'ennemi, faisant volte-face, parcourut la cour d'un bout à l'autre, effarouchant les volatiles. A la fin, avisant dans le fumier un trou fangeux, maître « Habillé de soie » s'y coucha de tout son long et accepta comme des caresses, en poussant des grognements de satisfaction, les coups de bâton que Paul lui administrait, avec l'espérance de le voir regagner sa cabane.

Rouge, essoufflé, énervé, fatigué d'efforts inutiles, Paul commençait à se sentir pris d'une irrésistible envie de pleurer, lorsqu'un aboiement lointain se fit entendre, et Trompette apparut sur le champ de bataille. L'intelligent animal comprit immédiatement qu'il se passait quelque chose d'extraordinaire et parut en chercher la cause. A peine eut-il aperçu maître « Habillé de soie » se dorlotant dans la fange comme sur le plus moelleux des sophas, qu'il fondit sur lui, l'obligea à se relever, et le reconduisit à son domicile tambour battant, ou, pour mieux dire, Trompette courant. Ranimé par ce renfort inattendu, Paul suivit la piste; dès que la bête fut rentrée dans sa bauge, il ferma la porte, assujettit la traverse qu'il avait si malencontreusement enlevée, puis vaincu, épuisé, se laissa tomber sur une botte de paille, tandis que le victorieux Trompette lui léchait joyeusement le visage et les mains.

Une minute plus tard, Émile, Hortense, Amélie, une servante et le père Antoine apparaissaient à leur tour sur le champ de bataille, attirés par les clameurs des animaux effarés. La première personne qu'ils aperçurent fut Mathilde éplorée, cramponnée aux barreaux de l'échelle.

« Que se passe-t-il? dit Hortense en tendant les bras à la petite fille. Est-ce pour mieux tomber que tu te perches si haut?

— Paul vient de se battre avec le porc, et c'est ma faute! s'écria Mathilde d'une voix entrecoupée de sanglots.

— Comment cela? Parle au lieu de pleurer.

— J'ai dit à Paul : Ouvre un petit peu la porte de l'étable au porc, que je le voie; Paul a ouvert un petit peu, le porc a passé son nez, Paul a poussé, moi aussi, le porc aussi; c'est-à-dire non, le porc est sorti et il a couru, Paul a couru aussi, moi j'ai grimpé sur l'échelle, voilà.

— Où est le porc? demanda Émile.

— Dans sa petite maison.

— Qui l'y a reconduit? Qui a fermé la porte?

— Trompette.

— C'est Trompette qui a reconduit le porc, mais c'est moi qui ai fermé la porte », dit Paul.

Et, à son tour, le petit garçon fit un récit détaillé de l'aventure. Hortense et Amélie consolèrent les deux enfants, remirent un peu d'ordre dans leur toilette et leur recommandèrent de ne jamais pénétrer seuls dans les étables, ce qu'ils promirent de grand cœur. Trompette fut félicité de sa belle conduite.

« Votre chien est très gentil, mais votre porc est très méchant, dit Paul au père Antoine.

— Que voulez-vous, mon cher enfant, cela tient de famille ; comment être un bon garçon lorsqu'on a pour ancêtres des sangliers ?

— Si j'avais su cela, je ne t'aurais pas conseillé d'ouvrir la porte, dit Mathilde à son frère en l'embrassant.

— Est-ce seulement le porc d'ici qui a pour père un sanglier, ou tous les porcs ? demanda Paul à son frère.

— Le cochon domestique...

— Oh ! Émile, s'écria Mathilde, tu sais bien que maman ne veut pas qu'on dise cochon.

— Je le sais, toutefois il s'agit ici d'histoire naturelle, et il faut bien nommer les bêtes par leur nom. Le porc donc — tu vois que je tiens compte de tes observations — est un mammifère *pachyderme*, c'est-à-dire un animal à peau épaisse, qui a le corps couvert de poils rudes nommés *soies*, et il descend en effet du sanglier d'Europe. Le porc mâle s'appelle *verrat*, sa femelle prend le nom de *truie*, et leurs petits sont des *porcelets* ou *cochonnets*. Le porc est un animal vorace qui mange à peu près tout ce qu'on lui offre ; mais les aliments qu'il préfère sont

les glands, les faînes et les fruits sauvages. Il a aussi un
faible pour les truffes, et c'est lui que l'on emploie pour
découvrir ce fin tubercule. .

— Qu'est-ce que c'est qù'un tubercule? demanda Paul.

— On nomme tubercules, reprit Émile, les renflements
que présentent les racines de certaines plantes, renflements qui sont des amas de fécule. La pomme de terre,
comme la truffe, est un tubercule.

— Où les porcs vont-ils chercher des truffes?

— Au pied des chênes et des châtaigniers, où elles
sont enterrées à une profondeur de 20 ou 25 centimètres,
sans que rien révèle leur présence, car la truffe ne produit
ni feuilles ni racines; on la croyait le résultat de la
piqûre d'un insecte sur les radicelles du chêne et du châ-
taignier. Aujourd'hui, il paraît prouvé qu'elle n'est qu'un
champignon.

— Ça n'est pas très bon, les truffes, dit Mathilde.

— Il y aura peu de gens de ton avis, à commencer
par les Romains, qui faisaient déjà venir à grands frais
les truffes de la Libye. Chez nous, les truffes les plus esti-
mées sont celles du Périgord, où l'on dresse des chiens à
remplir le même office que les porcs. »

Mathilde, voyant Hortense retourner vers la maison,
lui prit la main.

« Est-ce que tu vas raconter à papa et à maman ce qui
vient d'arriver? dit-elle avec embarras. Je ne veux pas
que Paul soit grondé; il ne voulait pas ouvrir la porte,
c'est moi... c'est moi qui... suis cause de tout.

— Ta franchise et ton bon cœur vous vaudront votre
grâce à tous deux, répondit Hortense à sa jeune sœur en
l'embrassant.

— Et l'on me donnera tout de même les sous qu'on m'a promis pour acheter des souliers à Catherine?

— Oui; retourne jouer, mais que ce ne soit plus sur le fumier. »

Mathilde, ayant regardé autour d'elle, aperçut Paul près du potager. Le petit garçon faisait tourner son bras droit comme une aile de moulin à vent, geste qui signifiait probablement : « Viens vite! » car la petite fille partit comme une balle lancée par une raquette.

« Est-ce que l'on va cueillir des pommes? demanda-t-elle.

— Non; M. Antoine va greffer un arbre, et il veut bien que nous regardions. »

Le jardinier donnait en effet une leçon de greffe à Émile, et le sujet choisi était un prunier, poussé par hasard dans une haie. La tige du jeune arbre ayant été dépouillée de ses rejetons, on la fendit avec soin ; puis une petite branche de prunier cultivé, convenablement taillée, fut placée dans la fente, de façon que les deux écorces fussent en contact. Ce travail d'ajustement terminé, on entoura la blessure du jeune arbre de filasse, afin de la protéger contre les intempéries. Il ne restait plus qu'à laisser agir le temps, qui devait souder ensemble les deux branches ajustées, et le prunier sauvage, au lieu de fruits acides, produirait dorénavant des fruits sucrés.

Durant toute l'opération, Paul et Mathilde, bien qu'ils eussent ouvert de grands yeux et levé leur petit nez le plus haut possible, n'avaient ni très bien vu ni très bien compris ce qui se passait ; aussi les *alors*, les *pourquoi* et les *comment* tombèrent-ils drus sur Émile.

« Pour greffer, il n'y a donc qu'à fendre un arbre

UNE PETITE BRANCHE DE PRUNIER CULTIVÉ
FUT PLACÉE DANS LA FENTE.

et à fourrer la branche d'un autre arbre dans la fente? dit Paul.

— A la condition d'opérer délicatement et de bien mettre en contact le *liber* des deux branches, répondit Émile.

— Qu'est-ce que c'est que le liber?

— As-tu remarqué, lorsque tu enlèves la première écorce d'une baguette, qu'il se trouve dessous d'autres écorces très minces et de couleur verdâtre?

— Oui.

— Eh bien, ces minces couches d'écorce sont le liber; ce sont elles qui servent de conduit à la sève, et lorsqu'on les enlève, les arbres meurent. Ce que je viens de faire est une greffe en fente; il y a la greffe en écusson, qui consiste à découper un morceau de liber pourvu d'une pousse et à l'appliquer à une entaille de l'écorce de l'arbre que l'on veut greffer, à peu près comme l'on met une pièce au trou d'une robe ou d'un habit. Il y a dix sortes principales de greffes, et elles ont toutes pour base le contact des deux libers.

— Alors on pourrait greffer un noyer sur un pommier ou un oranger?

— Non; pour qu'une greffe réussisse, il faut absolument que les deux arbres, dont l'un doit servir à améliorer l'autre, soient de la même famille; l'homme peut modifier, transformer, il ne peut pas créer; c'est là un privilège que Dieu s'est réservé.

— Je comprends maintenant pourquoi l'on greffe les roses sur les églantines, dit Mathilde.

— Et le prunier que tu viens de greffer, dit Paul à son frère, doit être un arbre d'Europe, puisqu'il a poussé dans une haie?

— Tu as la même opinion que plusieurs botanistes, répondit Émile ; cependant la tradition veut que le prunier ait été apporté d'Orient par Caton l'Ancien.

— Tiens ! s'écria Paul, regarde donc cet oiseau posé sur la branche que tu viens de greffer ; il va te l'abîmer.

— Il est joli, dit Mathilde, avec sa tête noire et rouge et ses ailes bordées de jaune ; savez-vous son nom, monsieur Antoine ?

— C'est un chardonneret, ma chère demoiselle, et je me suis laissé dire que son nom lui vient de son goût pour les graines du chardon. Cet autre tout gris qui gazouille sur le buisson, c'est une chardonnerette.

— Elle n'est pas si bien habillée que son mari, dit Mathilde.

— Vous avez raison, et c'est presque toujours comme ça parmi les oiseaux, où les maris, comme vous le dites, sont mieux habillés que leurs femmes. Mais prenez garde, vous allez écraser mes poiriers !

— Ces bouts de bois qui sont plantés là sont des poiriers ?

— Oui, et voici à votre droite des semis de pommiers qui, de même que vous, deviendront grands avec l'âge et dont vous mangerez les fruits quand vous aurez quinze ans.

— Est-ce que vous avez trouvé tous ces petits arbres dans les bois ? demanda Paul.

— Non ; j'ai semé des pépins de poires, de pommes, des noyaux de prunes, et, avec le temps, chacun d'eux produira un arbuste qu'il suffira de greffer pour avoir de bons fruits.

— Alors les herbes sont des arbres qui n'ont pas encore grandi ?

— Non pas, monsieur Paul, les herbes sont des herbes et ne deviennent pas autre chose ; tenez, cette touffe de mouron qui est là, sous vos pieds, est une herbe et ne sera jamais un arbre. »

Le jardinier retourna à son travail ; Paul et Mathilde allaient regagner la maison, lorsque Émile demanda si quelqu'un voulait l'accompagner.

« Où vas-tu? demandèrent à la fois les deux enfants.

— Je vais faire le tour du parc.

— Le tour du parc ! En voiture ou par le chemin de fer ? demanda Paul.

— A pied tout simplement.

— Je vais avec toi.

— Est-ce que vous allez être beaucoup de jours ? demanda Mathilde.

— Je crois qu'en allant au petit pas, une heure nous suffira, dit Émile en souriant.

— Attends-moi, alors ; je vais chercher mon sac de voyage pour vous accompagner.

— Et moi ma carabine, dit Paul.

— C'est inutile ; je vous invite à une simple promenade qui vous fera connaître le domaine sur lequel vous allez vivre pendant un mois. Êtes-vous prêts ?

— Nous sommes prêts », répondirent les deux enfants.

Et, sur les pas d'Émile, on côtoya la haie où croissait le prunier sauvage.

CHAPITRE VII

L'ache et le céleri. — Madame la pie. — D'où viennent les céréales. — Le saule.
— Baguette divinatoire. — Sociabilité des fourmis. — Discussion ayant
pour but de se mettre d'accord. — Les geais. — Pourquoi les chiens ne
parlent pas. — Une alerte.

Dès les premiers pas, Mathilde s'arrêta :

« Pouah ! fit-elle avec une si drôle de grimace que
Paul se mit à rire.

— Que t'arrive-t-il ? demanda Émile.

— Sens, dit la petite fille, qui présenta à son frère
une tige d'herbe qu'elle venait de cueillir.

— Je n'ai pas besoin de sentir ; ce que tu tiens là est
de l'ache, ou céleri sauvage.

— Mais le céleri sent bon, et cette herbe sent mauvais.

— Parce que la culture atténue son âcreté. L'ache
est une ombellifère, parente du cerfeuil et du persil.

— Le céleri est tout blanc, reprit Mathilde, et cette
plante est si verte qu'elle paraît noire.

— Le céleri est blanc parce que les jardiniers l'enter-
rent afin que les rayons du soleil ne puissent développer la
chlorophylle, tu sais déjà cela.

— Tu m'as dit l'autre jour que les carottes, les panais,
l'anis, l'angélique, la ciguë sont des ombellifères; à présent,
voilà que le persil, le cerfeuil et le céleri sont aussi des
ombellifères. Qu'est-ce que cela veut dire, *ombellifères?*

— Les ombellifères, répondit Émile, sont une famille
nombreuse de plantes dont les fleurs, portées par des pé-
doncules partant tous d'un même point, atteignent ainsi
la même hauteur et ressemblent à un parasol, en latin
umbella. Regarde cette touffe de carottes sauvages qui est à
tes pieds et remarque de quelle façon ses fleurs sont dis-
posées.

— Comme c'est gentil! On dirait une petite ombrelle.

— Eh bien, voilà le type des ombellifères, et tu ne
l'oublieras plus.

— Dis donc, Émile, est-ce que c'est un nid de pie que
l'on voit tout en haut de ce peuplier? demanda Paul.

— Oui, et voici même la propriétaire, une parente
des geais et des corbeaux; on la reconnaît à sa belle queue
aux plumes étagées et à son plumage blanc et noir bronzé.

— M. Antoine les déteste, les pies; il prétend que ce
sont des oiseaux voleurs, qu'ils aiment ce qui reluit, et
qu'il ne faut pas laisser traîner son argent devant eux.

— M. Antoine m'a raconté, dit à son tour Mathilde, que les pies sont très gourmandes, très bavardes,
et surtout si méchantes qu'elles mangent les œufs des petits
oiseaux. Il m'a dit encore qu'on leur apprend à parler, et
que le maître d'école en a une qui crie toute la journée :
« Bonjour, Margot ! »

— Tout cela est vrai, et je ne vous croyais pas si savants.

— Nous le sommes depuis ce matin seulement, répondit Paul ; nous avons aussi demandé à M. Antoine s'il y

avait du blé sauvage dans la prairie, il nous a répondu
que ça l'étonnerait joliment et qu'il fallait demander cela à
Lucien; mais, comme deux pies sont venues se poser sur
la haie, il nous a raconté l'histoire des pies.

— Si vous le désirez, je vais vous raconter l'histoire du blé, reprit Émile.

— Est-elle amusante? demanda Mathilde. D'abord,
d'où vient-il?

— Sa patrie primitive, comme celle des animaux domestiques, se perd dans la nuit des temps. Les céréales...

— Bon ! voilà que tu appelles le blé des céréales, dit
Paul.

— C'est là le nom collectif des plantes de la famille
des graminées, du blé, du seigle, de l'orge, de l'avoine, du
maïs.

— Et que veut dire *graminée?*

— Graminée vient du mot latin *gramen,* gazon. Les
graminées sont des plantes qui ont pour tige un chaume
creux, ou paille, et dont les fruits se groupent en forme
d'épis.

— On dit un épi de millet; le millet est donc une
graminée ?

— Parfaitement. Donc, les céréales ont été de tous
temps cultivées par l'homme, et, jusqu'à présent, les botanistes les ont vainement cherchées à l'état primitif. On
croit cependant qu'elles sont originaires de l'Asie; mais
le savant Humboldt pensait que le blé et l'avoine trouvés dans cette contrée étaient tout simplement devenus
sauvages. On a fait successivement honneur à Cérès,
à Triptolème, à Osiris, de la découverte du blé; c'est
là une origine fabuleuse, la vérité reste encore à

découvrir. Maintenant, un phénomène qui peut vous intéresser, car il est bien singulier, c'est qu'un côté de notre planète ait été habité, jusqu'à la découverte de l'Amérique, par des peuples auxquels le lait et la farine étaient complètement inconnus, tandis que, dans l'autre hémisphère, presque toutes les nations cultivaient les céréales et élevaient les animaux qui fournissent du lait.

— Alors, les habitants de l'Amérique ne connaissaient ni le blé, ni l'orge, ni l'avoine, ni le seigle?

— Non.

— Eh bien, ils ne connaissaient pas grand'chose, car Lucien m'a dit l'autre jour qu'ils n'ont connu les bœufs, les vaches, les moutons et les chevaux qu'à l'arrivée des Espagnols dans leur pays.

— Mais il y a en Amérique de grands troupeaux de chevaux et de taureaux sauvages, dit Mathilde.

— Tu veux dire qui sont redevenus sauvages, comme le blé d'Asie », répliqua Émile.

On avait atteint le bord d'un ruisseau que l'on côtoya, et les deux enfants furent surpris à la vue de vieux arbres dont le tronc était creux et qui ne vivaient plus que par le liber.

« Ce sont des saules, leur dit Émile, des arbres très utiles. Leurs fleurs fournissent une abondante pâture aux abeilles; les chèvres et les moutons aiment à brouter leurs feuilles, et c'est avec leurs grosses branches que l'on fabrique les cercles des tonneaux. Le bois de vos crayons est ordinairement du bois de saule, et l'on extrait de ce bois une substance qui sert à combattre la fièvre et que l'on nomme *salicine*.

— Un noisetier ! s'écria Mathilde en frappant ses
mains l'une contre l'autre en signe de joie.

— Et il y a des noisettes au bout des branches », ajouta
Paul le nez en l'air.

Grâce à Émile, les petites dents du frère et de la sœur
croquèrent bientôt les fruits du noisetier ou coudrier.

« Est-ce un arbre d'Europe que le noisetier? demanda
Paul à Émile.

— Oui; il pousse naturellement dans nos bois.

— Il ne sert qu'à donner des noisettes, n'est-ce pas?

— Tu te trompes; on fabrique avec ses branches des
fourches, des cercles de barils, des cannes pour la
pêche, et son bois, carbonisé, donne le fusain avec lequel
tu apprends à dessiner. Autrefois, les chercheurs de sour-
ces ou de trésors se servaient d'une baguette de coudrier
pour aller à la découverte; aujourd'hui, il n'y a plus
que les ignorants qui puissent s'imaginer qu'une branche
de coudrier tenue à la main s'agite d'elle-même aussitôt qu'elle se trouve au-dessus d'une source ou d'un
trésor enterré; on ne croit plus à la baguette divinatoire. »

Tout en parlant, Émile continuait de cueillir des noisettes, et Paul s'était assis sur une motte de gazon
pour mieux écouter, et aussi pour mieux juger de l'abondance de la récolte. Soudain, le petit garçon se releva
et se mit à sauter, lançant ses jambes tantôt à droite,
tantôt à gauche, comme s'il voulait les détacher de son
corps.

« Qu'est-ce que c'est que cette danse-là? » demanda Émile.

Au lieu de répondre, Paul courait en tous sens, poussant des sons inarticulés.

« Il fait Polichinelle », dit Mathilde.

La petite fille recula de trois pas lorsque Paul se rapprocha d'elle en criant :

« Tu m'as fourré des épingles plein mon pantalon !

— Moi! » dit Mathilde, qui leva ses bras en l'air en signe d'indignation.

Sans attendre sa réponse, Paul avait repris sa course effrénée. Émile, qui commençait à s'inquiéter, courut après lui et le saisit par le bras.

« Que t'arrive-t-il ? Parle !

— Ce ne sont pas des épingles, ce sont des aiguilles, car ça me pique partout », dit le petit garçon.

Émile découvrit enfin la vérité. Loin de vouloir imiter les gestes baroques du sieur Polichinelle, le malheureux Paul ne songeait nullement à rire. Il était couvert de morsures pour s'être assis par mégarde au beau milieu d'une fourmilière. Troublées dans leurs travaux, sentant leur habitation s'effondrer, les industrieuses petites bêtes s'étaient bravement élancées à l'assaut de l'ennemi et avaient cruellement puni leur innocent agresseur.

Émile dut emmener la victime derrière un buisson et la déshabiller presque entièrement pour la débarrasser de ses persécutrices acharnées. Il faut rendre justice à Paul, il eut le courage de ne pas verser une larme. Pourtant la douleur qu'il ressentait était bien forte, car, le soir même, il avoua à Mathilde que les petites morsures de fourmi étaient aussi douloureuses que si l'on recevait deux fois les verges à la même place.

Naturellement, ce fut d'une oreille distraite que le blessé écouta les explications d'Émile sur l'intelligence des fourmis. Les merveilles de l'état social de ces hyménoptères, la sagesse de leur gouvernement le touchèrent peu. La cuisson des piqûres qu'il avait reçues était encore trop vive pour que notre héros pût admirer de bonne foi celles qui les lui avaient infligées ; il faut une force d'âme peu commune pour rendre justice à l'ennemi dont on ressent encore les coups.

Les choses étant rentrées dans l'ordre, les promeneurs abandonnèrent le sentier pour s'enfoncer dans le bois à la recherche de nouveaux noisetiers, et, après avoir traversé un terrain marécageux, ils débouchèrent à l'improviste devant un vaste étang. Pour le coup, Mathilde se crut en présence de la mer, et, apercevant une île au centre de laquelle s'élevait un pavillon rustique, elle demanda si ce n'étaient pas là l'île et la maison de Robinson.

« Pas précisément, répondit Émile. Cette maison, comme tu veux bien l'appeler, est un pavillon dans lequel je vous amènerai déjeuner un jour que vous aurez été d'une sagesse exemplaire.

— Ce sera demain, si Mathilde veut, s'écria Paul.

— Comment, si je veux ! répliqua Mathilde.

— Certainement, c'est lorsque nous sommes fâchés ensemble et que tu pleures que l'on dit que nous ne sommes ni sages ni raisonnables. Eh bien ! tu n'as qu'à ne pas toucher à mes affaires, à m'obéir, à ne pas me taquiner, et je n'aurai pas besoin de te chercher dispute. Si nous ne nous disputons pas, tu n'auras pas d'occasion pour pleurer, tu seras donc sage, moi aussi, et nous déjeunerons dans la petite maison.

— C'est plutôt toi, répliqua Mathilde au logicien, qui es cause que nous sommes grondés ; tu veux toujours jouer aux jeux que je n'aime pas, ou me conduire là où je

ne veux pas aller ; si je refuse, tu te fâches, tu cries, on
nous entend, et c'est ta faute si nous sommes punis.

— Ce n'est pas toujours ma faute, répliqua Paul.

— Si, monsieur, c'est toujours de ta faute.

— Non, mademoiselle.

— Je te dis que si.

— Je te dis que non. »

En ce moment, — c'est avec douleur que l'historien
enregistre cette action, car Paul et Mathilde sont deux enfants bien élevés, — on se fit la moue, on se montra
les dents, et finalement on se fit la grimace.

« Silence ! » s'écria Émile d'une voix indignée.

Les deux langues, surprises, rentrèrent prestement
dans les bouches d'où elles n'auraient pas dû sortir.

« Voilà un beau début, continua le grand frère ; est-ce
en se disputant que l'on doit prendre la résolution de ne
plus se disputer ? J'ai cru voir deux langues... non, je me
suis trompé et, dans tous les cas, je compte bien ne les
revoir jamais.

— C'était pour rire, dit Paul ; nous ne sommes pas
fâchés du tout. Veux-tu des noisettes, ma petite Mathilde ? ajouta-t-il d'un ton caressant.

— Tu es heureux dans ton offre, dit Émile en souriant,
car, chez les anciens, le noisetier était précisément le
signe de la réconciliation. Mais chut, voici deux beaux geais.

— Ces gros oiseaux au plumage bleu, noir et blanc ?

— Oui ; tu sais que ce sont des parents de maître
corbeau. De même que madame la pie, ils apprennent à
parler.

— Parlent-ils aussi bien que les perroquets ? demanda Mathilde.

FINALEMENT ON SE FIT LA GRIMACE.

— Pas tout à fait ; le perroquet, pour l'élocution et la mémoire, ne connaît point de rivaux.

— C'est tout de même drôle, dit Paul, que l'on apprenne à parler aux oiseaux et jamais aux singes ni aux chiens.

— On perdrait son temps ; les animaux que tu viens de nommer n'ont pas le larynx construit pour articuler des sons.

— On a essayé de les faire parler ?

— Certainement.

— On s'y est peut-être mal pris, dit Paul ; il faudra que je donne des leçons à Trompette ; il est si intelligent que...

— Un orang-outang ! s'écria Mathilde, qui saisit le bras d'Émile.

— Où ? demanda Paul.

— A la petite fenêtre de la cabane de Robinson. »

Un visage grimaçant se montrait en effet à la lucarne du pavillon, et, sans la présence d'Émile, Paul et Mathilde se seraient enfuis.

CHAPITRE VIII

La loutre et le loup. — Chien et chat. — Une famille de carpes. — Caprice de Mlle Hélène. — Le parc devient trop petit. — Le trésor. — La lampe d'Aladin. — Le parc devient trop grand.

Le prétendu orang-outang, passant son bras par la lucarne, fit un geste qu'Émile parut comprendre, car il ramena les deux enfants en arrière, les abrita derrière le tronc d'un arbre et leur enjoignit, à voix basse, de ne plus remuer ni parler. Une ou deux fois, Paul et Mathilde entr'ouvrirent la bouche pour risquer une observation ; mais la main droite d'Émile la leur ferma, tandis que sa gauche leur montrait une large pierre blanche placée sur le bord de l'étang.

On regarda la pierre pendant cinq minutes qui parurent aussi longues qu'une heure ; puis, ne voyant rien paraître et la pantomime n'ayant pas été défendue, les deux enfants échangèrent des signes d'interrogation.

Soudain, l'eau s'agita, et un gros poisson, dont les écailles reluisaient au soleil, apparut sur la pierre blanche. Chose extraordinaire, ce poisson était tenu par une gueule, laquelle tenait à une tête, et ladite tête s'emmanchait à un corps pourvu de quatre pattes et d'une longue

6

queue, ainsi que Paul et Mathilde eurent le temps de le remarquer lorsque le tout fut entièrement hors de l'eau.

« Qu'est-ce que c'est que cette bête-là? ne put s'empêcher de demander Mathilde.

— Une loutre », répondit Émile, mais si bas, que Mathilde l'entendit à peine : aussi, lorsque Paul l'interrogea à son tour, la petite fille répondit-elle :

« C'est un loup. »

Paul secoua la tête avec énergie pour dire « non »; Mathilde secoua la sienne plus énergiquement pour dire « oui », et la pantomime allait recommencer, lorsqu'une détonation se fit entendre. Mathilde poussa un cri de terreur, Émile s'élança vers la pierre, et l'orang-outang, sortant du pavillon, se montra sous les traits de Lucien.

« Tu as manqué le gibier, cria Émile à son frère; mais nous voilà en possession d'une carpe pesant au moins quatre livres. »

Un instant plus tard, dirigeant un léger canot dont la vue ravit Paul, Lucien débarqua près de la pierre blanche. Bien que les loutres ne se livrent guère à la pêche que la nuit, celle qui dévastait l'étang avait été remarquée plusieurs fois vers le coucher du soleil. Lucien s'était caché dans le pavillon pour la surprendre et tromper sa vigilance.

« N'est-ce pas, Lucien, que c'est un loup que tu viens de tuer? demanda soudain Mathilde.

— Je n'ai rien tué, répondit Lucien, mais l'animal sur lequel j'ai tiré est un parent du chien et se nomme une loutre.

— Tu vois tout de travers, dit Paul à sa sœur; tu prends les loutres pour des loups, Lucien pour un orang-outang,

QU'EST-CE QUE C'EST QUE CETTE BÊTE-LA?
DEMANDA MATHILDE.

et tu vas dire tout à l'heure que Trompette est un chat.

— Je ne le dirai pas tout à l'heure, répliqua Mathilde piquée, mais bien tout de suite.

— Trompette est un chat?

— Oui, monsieur, répliqua Mathilde avec un air sérieux des plus comiques, Trompette est un chat. Que faut-il pour faire un chat? Une gueule, des yeux, des oreilles, quatre pattes, une queue et une peau avec du poil dessus. Est-ce vrai?

— C'est vrai, répondit Paul.

— Eh bien, Trompette a tout ça, donc c'est un chat. »

Paul demeura un moment suffoqué; sa sœur venait de lui emprunter les formes ordinaires de sa logique, et il cherchait à rompre les mailles du filet dans lequel il se sentait pris.

« Trompette n'attrape pas les souris, dit-il enfin.

— Il les attrape, dit Mathilde, il attrape même des rats.

— Trompette ne grimpe pas sur les toits.

— Tu n'en sais rien.

— Trompette aboie, et les chats miaulent. »

La discussion s'échauffait, on commençait à parler haut, lorsque Émile intervint.

« Comment, dit-il, vous avez mangé des noisettes ensemble, et voilà que vous vous querellez de nouveau?

— C'est à cause des chats et des chiens, répondit Paul.

— Le sujet, en effet, est bien choisi pour des gens qui ne veulent pas être d'accord.

— Mathilde soutient, dit le petit garçon, que les chats et les chiens, c'est la même chose.

— Pas tout à fait, répondit Émile ; cependant, si étrange que cela puisse paraître, le chien et le chat appartiennent à la même famille ; ce sont des carnassiers digitigrades, ainsi appelés parce qu'ils marchent sur leurs doigts sans jamais toucher le sol de la plante de leurs pieds. Le chat domestique descend de ces chats sauvages qui habitent encore nos forêts d'Europe. Quant au chien, on ignore quelle est sa patrie originaire ; on ne l'a jamais connu qu'à l'état domestique, ce qui laisse supposer qu'il est né le compagnon de l'homme.

— Et quelle différence y a-t-il entre un loup et une loutre ?

— Le loup, bien qu'il soit son ennemi mortel, est un parent du chien, et la loutre, en dépit de ses mœurs aquatiques, appartient aussi à la même famille. Chats, loups, chiens et loutres sont donc cousins germains ; mais leurs mœurs les séparent. Le chien vit dans nos maisons, le loup au fond des bois, la loutre sur le bord de l'eau, et le chat un peu partout. Autrefois, les paysans suédois dressaient les loutres à rapporter le poisson. Aujourd'hui, on cherche à détruire ces animaux, car ils dépeuplent très rapidement les étangs. »

Lucien avait attaché le canot, et il promit à son tour aux deux enfants de les conduire dans l'île, comme récompense de leur bonne conduite. On s'engagea dans le bois pour regagner la maison ; Paul avait voulu se charger de la carpe abandonnée par la loutre.

« Est-ce un digitigrade que tu portes là ? demanda l'incorrigible Mathilde à son frère.

— Tu serais bien attrapée si c'en était un », répondit Paul.

Mathilde se mit à rire, puis elle reprit :

« C'est tout de même drôle d'être poisson, de n'avoir ni bras ni jambes. Dis donc, Paul, si ta carpe allait se mettre à chanter, qu'est-ce que tu ferais ? »

Paul, par mouvement instinctif, étendit les bras pour éloigner de lui son fardeau.

« Les poissons sont muets », dit-il.

Puis, se rapprochant de son frère aîné, il lui demanda si les carpes devenaient encore plus grosses que celle qu'il portait.

« Mais oui, dit Lucien ; on prétend même qu'autrefois les carpes du Rhin, qui, avec celles de la Seine, passent pour les meilleures, atteignaient une longueur de trois pieds et pesaient jusqu'à quarante livres. La carpe — tâche de t'en souvenir — appartient à la famille des *cyprinoïdes* ; elle est originaire des contrées méridionales de l'Europe, et ce n'est que peu à peu qu'on a pu l'acclimater dans les régions septentrionales. Ce fut Pierre Marshall qui la porta en Angleterre en 1504, et, en 1560, Pierre Oxe réussit à l'acclimater en Danemark.

— Est-ce que c'est vrai que les carpes pondent des œufs ?

— C'est vrai ; de même que les reptiles et les oiseaux, tous les poissons, à l'exception de la *blennie*, sont des animaux ovipares. On a calculé qu'une carpe de la grosseur de celle que tu portes peut pondre jusqu'à trois cent mille œufs.

— Ça doit être drôle de voir une carpe se promener avec tous ses enfants », dit Mathilde.

Sur les pas de Lucien, on côtoya le ruisseau qui alimentait l'étang, et l'on déboucha sur la grande pelouse, à l'extrémité opposée à celle par laquelle on était parti ; on avait donc fait le tour du parc.

En approchant de la maison, on rencontra Mlle Hélène, qui admira convenablement le grand poisson qu'elle prit naturellement pour une baleine. Mathilde, demeurée seule avec sa petite sœur, essaya de rectifier son jugement. Elle lui expliqua que les baleines vivent dans la mer et qu'elles sont grosses comme des maisons, assertion un peu exagérée. Mais Mlle Hélène avait décidé dans sa petite tête que la carpe était une baleine, et elle soutint hardiment son dire.

« Puisque tu ne veux pas que ce soit une baleine, dit-elle enfin, rends-moi le sou que tu m'as pris hier.

— Je n'ai pas pris ton sou, répondit Mathilde, c'est toi qui me l'as donné pour acheter des souliers à la pauvre petite Catherine.

— C'est égal, je veux mon sou.

— Alors Catherine marchera nu-pieds.

— Mon sou ! » cria Hélène.

Mathilde, cette fois, se trouvait prise au piège qu'elle tendait si souvent à son frère Paul, lorsqu'elle voulait le taquiner ; mais elle faisait cesser la contradiction à son gré, tandis que Mlle Hélène refusait de rien entendre.

Il fallut s'exécuter, car Mlle Hélène menaçait de pleurer, ce qui pouvait compromettre la promenade dans l'île. Avec lenteur et sans cesser de faire valoir des raisons de nature à convaincre le mulet le plus entêté, Mathilde ramena sa sœur vers l'habitation, alla chercher sa bourse, et, prenant un sou, l'offrit à la petite fille.

« Ça n'est pas mon sou, dit celle-ci, aussitôt qu'elle eut jeté ses regards sur la pièce de monnaie qu'on lui tendait.

« — Qu'est-ce que cela fait ? dit Mathilde, tous les sous sont la même chose ; d'ailleurs, choisis toi-même. »

Hélène remua tous les sous, puis déclara que le sien n'était plus là, que Mathilde l'avait caché exprès. La sœur Hortense, prise pour arbitre, rendit justice à la patience de Mathilde et la félicita de sa complaisance pour sa jeune sœur, qui n'avait pas encore l'âge de raison. Pour satisfaire Mlle Hélène, on lui offrit une pièce de deux sous. L'enfant obstinée déclara qu'elle ne voulait pas un sou de deux sous, mais son vrai sou, lequel était jaune et par conséquent en argent.

Un pareil entêtement méritait une punition ; aussi Mlle Hélène fut-elle mise en pénitence derrière la porte de la cuisine, côte à côte avec le balai. Seulement le balai se tenait silencieux, tandis que Mlle Hélène cria au moins pour dix sous.

Mathilde, ayant profité de l'occasion pour compter son argent, s'aperçut qu'avec les pièces blanches dont lui avaient fait don ses grands frères et ses grandes sœurs, heureux de s'associer à sa bonne action, il s'en fallait de bien peu qu'elle ne possédât la somme nécessaire pour l'achat qu'elle méditait. Paul lui devait trois sous ; un, parce qu'elle l'avait accompagné jusqu'à la basse-cour, et deux autres exigés pour un voyage au fond du potager, alors qu'il faisait presque nuit, ce qui avait nécessairement augmenté le prix du voyage. Avec l'argent que l'on recevait le dimanche matin en échange des bons points mérités durant la semaine, il y aurait de quoi suffire à la dépense projetée. Mais, pour trouver une boutique de cordonnier, il fallait se rendre à un village éloigné de quatre kilomètres environ. Émile, mis au courant de l'embarras de Mathilde,

promit de la conduire à Chaumuzy et s'engagea même à
parfaire la somme si par hasard elle se trouvait insuffi-
sante. Il fut convenu qu'on se mettrait en route le surlendemain, et la petite fille, après avoir embrassé son frère
pour le remercier, s'élança dans le parc afin de communiquer à Paul le résultat qu'elle venait d'obtenir.

Paul était introuvable. Aussi Mathilde finit-elle par
l'appeler de toutes ses forces. Il répondit enfin du haut de
la montagne, et Mathilde, en le rejoignant, le vit tristement assis sur l'herbe, le regard morne, les bras fléchis,
dans l'attitude d'une personne accablée par le poids d'un
immense chagrin.

« Est-ce que tu as mal au ventre? dit Mathilde à son
frère.

— Non, répondit sèchement celui-ci.

— Tu as été grondé?

— Non.

— La carpe t'a mordu?

— Non.

— Si tu réponds toujours non, je ne pourrai jamais
savoir ce que tu as.

— J'ai que je voudrais retourner à Paris, dit Paul.

— Retourner à Paris! Mais on s'amuse bien mieux
ici.

— C'est trop petit.

— Comment, c'est trop petit! s'écria Mathilde en promenant ses regards sur les bois et les plaines dont on était
entouré.

— Peut-on passer de l'autre côté du ruisseau? demanda Paul.

— Non, c'est défendu.

— Eh bien, que veux-tu que nous fassions dans un jardin d'où l'on ne peut sortir? Si je jette ma balle en l'air, elle ira tomber de l'autre côté du ruisseau, elle sera perdue. »

Paul exagérait évidemment, car nous l'avons dit, le parc n'avait pas moins de dix hectares; mais le petit bonhomme avait rêvé des voyages à perte de vue, et, maintenant qu'il connaissait les limites de la propriété, il s'y trouvait trop à l'étroit.

Mathilde essaya de combattre les idées de son frère, de lui en démontrer l'exagération; elle alla même jusqu'à essayer de le taquiner pour le tirer de son découragement. Paul écouta silencieux, répétant de temps à autre :

« Tu as beau dire, c'est trop petit, il n'y a pas de place pour s'amuser.

La cloche sonna pour le dîner, et Paul suivit sa sœur d'un air résigné qui faisait peine à voir. Hélène vint se jeter dans les bras de Mathilde, lui demanda pardon d'avoir été méchante, et offrit de donner les cordons de ses souliers pour ceux qu'on achèterait à Catherine, ce qui lui valut d'être embrassée. Quant à Paul, il se plaça devant son assiette avec gravité et s'abîma plus que jamais dans ses sombres réflexions. Peu à peu, il releva la tête, ouvrit démesurément les yeux et même un peu la bouche, afin de mieux écouter ce que racontait son frère Lucien.

Les ruines d'un couvent se trouvaient à un kilomètre de la maison, et, au moment de la grande révolution française, ce couvent possédait d'immenses richesses en or, en argent et en pierres précieuses. Craignant de se voir ravir ce trésor, les religieux l'avaient enterré dans le parc que Paul trouvait trop étroit; puis, dispersés aux quatre coins

de l'Europe, ils étaient morts successivement. Or, au dire
de tous les habitants de la contrée, le trésor du couvent
dormait toujours dans sa cachette. Depuis cinquante ans,
le terrain avait été fouillé cent fois par les propriétaires du
parc; mais aucun d'eux n'avait pu mettre la main sur les
richesses convoitées.

« Sans nous en douter, ajouta Lucien en terminant sa
narration, nous passons peut-être, soir et matin, sur les
vingt millions confiés à la terre par les bons religieux.

— Viens », dit Paul à Mathilde dès que l'on eut achevé
le dîner.

Et, courant de toutes ses forces, le petit garçon grimpa
sur la montagne où Mathilde ne tarda pas à le rejoindre.

« As-tu entendu ce qu'a raconté Lucien? demanda-t-il
alors à sa sœur sans lui donner le temps de reprendre
haleine.

— Oui, répondit celle-ci.

— Et qu'as-tu décidé?

— Que veux-tu que je décide?

— Alors, tu ne veux pas être riche, acheter un château à papa, un cheval à Lucien, une brouette à Hélène,
une voiture pour toi, deux paires de souliers à Catherine,
et le grand bonhomme de pain d'épice de la rue Vivienne
pour moi?

— Si, répondit Mathilde éblouie.

— Eh bien, tu n'as qu'à chercher le trésor?

— Où veux-tu que j'aille le chercher?

— Si je le savais, j'irais moi-même.

— Tu crois donc que c'est vrai, l'histoire du trésor?

— J'en suis sûr, Lucien l'a dit.

— Il a dit aussi que ce n'était qu'un conte.

— Eh bien, est-ce que l'on ne trouve pas toujours des trésors dans les contes? Qu'a trouvé Ali-Baba dans la caverne des quarante voleurs?

— Un trésor.

— Et Aladin dans les jardins souterrains?

— Un trésor.

— Il n'y a donc qu'à chercher, et, si tu veux m'aider, nous trouverons bien celui du couvent.

— Cherchons-le tout de suite, dit Mathilde convaincue.

— Il faut d'abord découvrir le bon endroit, dit Paul, et le parc est si grand que nous aurons de la peine.

— Comment, si grand? tu le trouvais trop petit avant le dîner.

— Il est petit pour jouer; mais il est grand pour y chercher un trésor », dit Paul.

Lorsque les deux enfants redescendirent de la montagne, ils avaient résolu de se mettre en quête, dès le lendemain, de l'endroit où pouvait être enterrée la lampe d'Aladin, car Paul affirma qu'elle faisait partie du trésor des religieux. Il fut convenu que l'on garderait le silence sur les recherches entreprises, afin d'avoir, d'une part, tout l'honneur de la découverte, et, de l'autre, pour jouir de la surprise générale lorsqu'on apparaîtrait les mains pleines de cadeaux. Il fut encore décidé que Trompette, que l'on rencontra, aurait un collier enrichi de diamants, que l'on donnerait une bêche d'or à M. Antoine, et que, dès son retour à Paris, Mathilde serait mise en possession d'une voiture découverte traînée par huit chevaux. On eût voulu commencer les recherches sur l'heure; mais il faisait nuit, il fallut se coucher, et l'on s'endormit avec la crainte que le soleil oubliât de se lever le lendemain.

CHAPITRE IX

Le grand régulateur du mouvement de notre globe et
des autres planètes, le grand dispensateur de la chaleur
et de la lumière, le plus considérable de tous les corps célestes, car il est quatorze cent mille fois plus gros que
notre terre, et si éloigné d'elle qu'un boulet conservant sa
vitesse première de 390 mètres par seconde cheminerait
pendant dix-sept ans avant de l'atteindre, — le soleil, en
un mot, venait de se lever, et ses rayons, qui arrivent jusqu'à nous en huit minutes treize secondes, éclairaient déjà
le parc de Chambrecy lorsque Paul se réveilla.

Le petit garçon bâilla, se frotta les yeux, s'étira, opé-
rations nécessaires à l'homme et aux animaux pour arracher leurs muscles à l'engourdissement produit par le sommeil et les ramener ainsi sous l'empire de la volonté. Ayant,
par conséquent, repris possession de lui-même, Paul
sauta hors de son lit, s'habilla rapidement et descendit
dans le parc, où il s'attendait à trouver Mathilde. Sa sœur
dormait encore, mais il rencontra dans le jardin Lucien
qui préparait des balances pour la pêche des écrevisses.

Un silence si profond régnait dans la maison que Paul,
qui avait songé d'abord à réveiller son associée, résolut
d'attendre qu'elle se levât d'elle-même.

« Cela ne peut tarder, pensa-t-il, car elle tient à la

voiture et aux huit chevaux que nous achèterons avec notre trésor. »

Il se dirigea donc vers son frère pour lui souhaiter le bonjour, et, en côtoyant la pelouse, il remarqua qu'une goutte d'eau brillait à l'extrémité de chaque brin d'herbe.

« Il a donc plu, que la pelouse est mouillée? demanda-t-il à Lucien.

— Les gouttes d'eau que tu remarques sur les plantes, répondit le grand frère, sont de la rosée.

— Et la rosée n'est pas de la pluie ?

— Non ; il pleut lorsque les nuages laissent échapper l'eau qu'ils tiennent en suspension, tandis que la rosée se produit lorsque les vapeurs aqueuses mêlées à l'air se condensent sur les corps refroidis. Tu as dû voir, lorsqu'on place sur la table une carafe d'eau glacée, que l'extérieur de la carafe se couvre aussitôt de buée.

— Oui, et la même chose arrive lorsqu'on souffle longtemps sur une vitre.

— Eh bien, dans les deux cas, la buée produite est de la rosée.

— Les laitues ont l'air d'avoir été trempées dans l'eau, et sur les feuilles de chou il y a de grosses gouttes, dit Paul.

— Cela tient à ce que les feuilles de chou sont couvertes d'une fine poussière de même nature que la cire, et que l'eau glisse sur elles. C'est pour une raison analogue que les oiseaux aquatiques plongent au fond de l'eau et reviennent à la surface sans être mouillés.

— Le chou, le trouve-t-on à l'état sauvage ?

— Certainement ; on le rencontre surtout sur les bords de la mer. Le chou appartient à la famille des *crucifères,* plantes dont les pétales sont disposés en forme de croix.

Le chou, chez les anciens, occupait le premier rang parmi les plantes potagères, et il a été longtemps regardé comme un remède contre toutes les maladies. »

Paul se promena un instant entre les carrés de légumes, puis il se rapprocha de son frère.

« On a vu des gens trouver des trésors, n'est-ce pas? lui demanda-t-il brusquement.

— A n'en pas douter. Le père Michel vient même de découvrir dans son champ un amas de monnaies anciennes.

— Est-elle vraie, l'histoire que tu as racontée hier au soir?

— Elle n'a rien d'impossible; du reste, on retrouve cette tradition de richesses confiées au sol à l'entour de tous les anciens couvents ou châteaux. Tu sais sans doute ce que les historiens rapportent de Montezuma, empereur du Mexique, qui fit jeter les trésors qu'il possédait dans un des lacs qui entourent Mexico, afin de les soustraire à l'avidité des Espagnols. Depuis lors, vingt particuliers ont dépensé des millions pour chercher, ou mieux dit, pour repêcher ces trésors, restés introuvables. »

En ce moment, Mathilde apparut à l'extrémité de la pelouse, et Paul courut la rejoindre.

« As-tu trouvé le trésor? »

Telle fut la première question de la petite fille.

« Je ne l'ai pas encore cherché, je t'attendais.

— Me voilà, où faut-il aller? »

Paul ne répondit pas, il promena ses regards de la montagne à la pelouse, de la pelouse au potager, et du potager au petit bois.

« Si tu voulais cacher un trésor, où le mettrais-tu? demanda-t-il enfin à sa sœur.

— Dans l'armoire de maman, répondit Mathilde.

— Alors tout le monde saurait que tu as un trésor. Mais si tu voulais le cacher pour de bon ?

— Je le mettrais... je le mettrais... je ne sais pas où, et toi ?

— Moi non plus, répondit Paul ; le malheur, vois-tu, c'est que le parc est trop grand, ajouta-t-il.

— Ça, c'est ta faute ; si tu ne l'avais pas trouvé trop petit hier, il ne serait pas trop grand aujourd'hui. »

Il fallut aller coudre, étudier, déjeuner, et l'on ne se retrouva que dans l'après-midi.

« As-tu pensé au trésor ? demanda Paul de nouveau.

— Un peu. Je me suis rappelé qu'on apprend aux chiens à chercher des truffes ; il faut apprendre à Trompette à découvrir les trésors.

— Tu as une bonne idée, mais comment faire ?

— Il n'y a qu'à enterrer un ou deux millions et à mettre une truffe dessus.

— Et où veux-tu que nous les prenions, ces millions ?

— Dans le grand trésor.

— Il faut d'abord le découvrir.

— C'est vrai. En attendant, je vais jouer un peu à la poupée avec Hélène. Lorsque tu auras découvert le trésor, tu m'appelleras.

— Tu n'es pas digne, répondit Paul, d'avoir une voiture avec huit chevaux ; aussi je ne t'achèterai qu'un âne, et ce sera bien assez ! »

Il se dirigea vers le lieu où le père Antoine gardait ses outils ; il y avait là une bêche et une pioche à sa taille, et il les transporta sur la lisière du bois ; là il se mit à creuser un trou, rencontra bientôt les racines d'un arbre et

« C'EST DONC DÉFENDU DE FAIRE DES TROUS? »
DIT PAUL.

changea de place. Dans son après-midi, il creusa ainsi une vingtaine de trous, un peu à tort et à travers.

« Est-ce que vous croyez que les taupes ne suffisent pas à déniveler notre terrain, monsieur Paul? demanda le père Antoine qui apparut soudain.

— C'est donc défendu de faire des trous?

— En cet endroit, oui; mais vous pouvez en creuser tant que vous voudrez dans le bois. Puis-je vous demander ce que vous voulez planter?

— Je ne veux rien planter du tout; je veux voir ce qu'il y a sous la terre.

— A la place où vous creusez en ce moment, répondit le jardinier, vous trouverez environ cinquante centimètres de terre végétale, c'est-à-dire une belle et bonne terre composée de débris animaux et végétaux, terre que les savants nomment de l'*humus* et les jardiniers du *terreau*. Au-dessous, vous rencontrerez un mètre de sable fin dont la présence prouve que la Marne, qui se trouve pourtant à une distance de trois lieues, a débordé autrefois jusqu'ici. Plus bas encore votre pioche se heurtera contre de grosses pierres.

— Comment savez-vous cela, monsieur Antoine?

— Parce que, depuis dix ans, j'ai maintes fois retourné ce sol.

— Et c'est partout la même chose?

— Pas tout à fait, et cela me paraît bien singulier. Ainsi, près du grand noyer que vous voyez là-bas, on trouve, au-dessous de la terre végétale, un banc de coquillages qui, d'après ce que m'ont dit vos frères, est posé là depuis le déluge. Plus loin, à droite du mur, on tombe sur du plâtre, ce qui est moins extraordinaire, puisqu'il y en a des carrières dans les environs. »

7

Le père Antoine enseigna au petit garçon la vraie manière de se servir d'une bêche et d'une pioche, puis s'éloigna. Fatigué d'avoir creusé tant de trous, Paul renonça, pour le moment, à travailler davantage. Il était satisfait de sa conversation avec le jardinier ; ce qu'il avait appris l'empêcherait de perdre son temps, puisqu'il savait qu'il serait inutile de creuser plus bas, là où il rencontrerait des coquilles fossiles, le trésor ayant été enterré après le déluge. Bien qu'un peu dépité contre Mathilde qui l'avait abandonné, il alla la rejoindre et consentit même à être le papa de la poupée d'Hélène que l'on s'apprêtait à mettre en pension. La pension était située sous un groseillier, et la poupée y fut si bien oubliée que Trompette, l'y trouvant deux jours plus tard, la ramena triomphalement au logis, non sans lui avoir mordillé la tête d'une façon tellement déplorable que la jeune personne en fut à jamais défigurée.

Après le dîner, Mathilde consentit à suivre son frère sur la lisière du bois, et l'on procéda sérieusement à la recherche de l'endroit où gisaient les millions. Un noisetier, rencontré à propos, rappela aux deux enfants que l'on se servait autrefois d'une baguette de cet arbuste pour trouver les trésors. Mathilde, dépêchée en ambassade à la cuisine, revint bientôt armée d'un couteau, et l'on coupa une demi-douzaine de baguettes de différentes grosseurs. Il fut convenu que le lendemain Mathilde enterrerait un sou, tandis que Paul regarderait d'un autre côté, et qu'il chercherait ensuite à découvrir ce trésor à l'aide d'une baguette. Si la baguette retrouvait le sou, elle retrouverait à plus forte raison les vingt millions ; on se félicita de cette heureuse idée et l'on regagna la maison, la tête pleine de projets ambitieux. Mathilde voulait des chevaux blancs à son carrosse ; quant à Paul, il ne se contentait plus du bonhomme de pain d'épice de la rue Vivienne ; il se proposait d'acheter l'éléphant en baudruche qui se balance si majestueusement à l'entrée du Théâtre-Miniature.

Le lendemain, Paul, Mathilde et le soleil apparurent presque en même temps sur l'horizon. Les oiseaux, tout joyeux, chantaient à tue-tête sur les arbres et les buissons ; ici des mésanges, là des chardonnerets, plus loin des pinsons, et sur les dernières branches des peupliers, les pies et les corbeaux causaient d'une voix si rauque, si criarde, qu'ils semblaient échanger des injures. Cinq ou six oiseaux au ventre d'un beau jaune, aux ailes d'une couleur noirâtre, criaient à la fois d'une voix si forte qu'on eût dit une nuée d'écoliers en récréation.

« Qu'est-ce que c'est que ces oiseaux-là, monsieur Antoine ? demanda Mathilde au jardinier après lui avoir souhaité le bonjour.

— Ça, mademoiselle, ce sont des loriots, les plus jolis oiseaux de nos pays. En ce moment ils se réunissent pour se mettre en route, car, de même que les hirondelles, ils vont visiter les pays chauds pendant l'hiver.

— On n'en voit jamais en cage.

— Les loriots sont comme moi, répondit en riant le jardinier, ils aiment le grand air et ne peuvent vivre que près des bois et des cours d'eau.

— Et ce tout petit moineau qui se promène dans vos salades et dont le ventre est un peu rouge, savez-vous son nom?

— C'est une linotte, et vous le devinez sans doute, son nom lui vient de ce qu'elle aime la graine de lin. C'est une étourdie qui chante et voltige à tort et à travers.

— Une linotte ! répéta Mathilde. Est-ce qu'elle me ressemble ?

— Tu crois donc avoir un bec et des ailes! s'écria Paul.

— Non, monsieur, je n'ai pas de bec; mais maman m'a dit l'autre jour que j'avais une tête de linotte.

— Mlle Mathilde est vive, même un peu étourdie, à ce que j'ai entendu raconter, reprit le père Antoine qui se caressait le menton, et c'est son étourderie que l'on reproche à la linotte, dont la tête est si petite qu'elle semble ne pouvoir y loger deux idées. »

Mathilde, peu flattée de la comparaison, allait se justifier, lorsque Paul, passant son bras sous le sien, l'entraîna vers le bois où les baguettes de coudrier attendaient l'heure d'être mises à l'épreuve. Ainsi qu'il avait été convenu la veille, Paul se cacha le visage avec ses mains, et Mathilde enterra le sou apporté pour tenter l'expérience. L'opération terminée, Paul s'arma d'une baguette de noisetier et se promena gravement de long en large, regardant avec soin la baguette pour voir si elle s'agitait. Mathilde, assise au pied d'un arbre, souriait malicieusement toutes les fois que son frère tournait le dos à la cachette; comme le chercheur faisait sans cesse fausse route, elle finit par lui conseiller d'attacher un hameçon au bout de sa baguette et un gâteau au bout de l'hameçon, attendu que les sous et les gâteaux allaient si bien ensemble qu'ils chercheraient sans nul doute à se rapprocher. Paul ne répondit même pas à cette plaisanterie déplacée, et les six baguettes qu'il avait préparées la veille furent successivement essayées, en vain, hélas! Le persévérant chercheur venait de saisir la dernière et la tenait délicatement du bout des doigts lorsqu'elle tomba sur la mousse; Paul, rouge d'émotion, s'écria : « C'est ici! »

CHAPITRE X

A l'exclamation poussée par son frère, Mathilde répondit par un bel éclat de rire.

« Ta baguette ment, dit-elle, le sou n'est pas là du tout. »

Paul devint plus rouge encore.

« Si le sou n'est pas là, le trésor y est, répondit-il; et, au lieu de rire, tu ferais mieux d'aller chercher ma bêche et ma pioche. »

Mathilde se laissa convaincre et obéit; aussi, cinq minutes plus tard, un large trou commençait à se former. Paul travaillait sans relâche, et c'était plaisir de le voir manier alternativement sa pioche et sa bêche avec une adresse que Mathilde, assez bon juge, déclara être au moins égale à celle que déployait M. Antoine lorsqu'il s'amusait à creuser la terre pour planter des arbres.

Au bout d'un quart d'heure, le travailleur, obligé de s'arrêter pour reprendre haleine, confia ses outils à Mathilde afin qu'elle continuât d'agrandir le trou. Après avoir failli se percer le pied d'un coup de pioche et avoir frotté sa tête contre le manche de la bêche, ce qui donna une bosse pour résultat, la petite fille préféra creuser la terre avec ses mains.

Paul, ayant recouvré ses forces et pansé la bosse de sa
sœur en la traitant de maladroite, se remit bravement à
l'œuvre. Cette fois, comme un bon et sage ouvrier, il
travailla avec mesure, ce qui le fit avancer davantage. Il
s'arrêtait de temps à autre, s'appuyait sur le manche de la
bêche, prenait son mouchoir pour s'essuyer le front, ainsi
que le faisait M. Antoine, et, durant les moments de répit,
on projetait, on discutait sur l'emploi du trésor. Mathilde
ayant demandé si la lampe d'Aladin serait pour elle, Paul
repoussa bien loin cette prétention. D'ailleurs, cette lampe
devait avoir perdu ses propriétés depuis que le Français
Lebon avait découvert le gaz, et la seule chose sur laquelle on pût réellement compter, c'était sur le tas d'or,
d'argent et de pierreries que trois ou quatre coups de
bêche de plus allaient sans nul doute mettre à découvert.

Tout à coup la pioche heurta un corps dur, et des
étincelles jaillirent.

« Le trésor! » s'écria Paul.

Mathilde se rapprocha et vit bientôt tirer du trou une
pierre blanche au dehors, noire à l'intérieur.

« Est-elle précieuse, ta pierre? demanda-t-elle à son
frère avec anxiété.

— Je crois que oui, car elle a jeté du feu.

— Tape encore dessus. »

Sous le choc de la pioche, de nouvelles étincelles
jaillirent, et la pierre fut soigneusement posée sur la
mousse pour être examinée plus tard.

Soudain Paul lâcha sa bêche et se laissa tomber sur le
bord du trou.

« Le sable! dit-il d'un air consterné.

— Eh bien, qu'est-ce que cela fait?

— Cela fait que le trésor n'est pas là.

— Pourquoi ?

— Parce que ce sable a été apporté ici par la Marne, pendant le déluge.

— Mais les religieux ont peut-être creusé un trou dedans.

— Il serait alors mélangé avec de la terre », dit avec sagacité le jeune logicien.

Néanmoins, il creusa encore un peu ; puis, convaincu qu'il faisait fausse route, il combla d'un air morne le trou si péniblement ouvert. Mathilde proposa de recommencer le travail un peu plus loin, mais Paul était fatigué. N'étant pas accoutumé au maniement de la bêche et de la pioche, il déclara que les mains lui cuisaient trop pour qu'il pût travailler plus longtemps ; les nouvelles recherches furent donc remises au lendemain.

« Reprends ton sou, dit-il à sa sœur, et allons jouer un peu. »

Mathilde avança, recula, tourna autour des arbres, frotta le bout de son nez et finit par s'écrier :

« Voilà que je ne sais plus où est le sou !

— Comment, tu ne sais plus où est le sou ? s'écria Paul.

— Non ; je croyais l'avoir enterré au pied de cet arbre-là ; mais comme il y en a beaucoup qui lui ressemblent, je ne sais plus lequel est le bon.

— Alors tu m'as fait travailler pour rien !

— Pourquoi cela ?

— Si tu ne sais pas toi-même où tu as enterré le sou, comment la baguette aurait-elle pu deviner la cachette ? »

On fureta au pied de dix arbres au moins, on gratta

la mousse, on écarta les pierres, on coupa l'herbe, ce fut en vain : on n'avait pas découvert le trésor, mais en revanche on avait perdu un sou; aussi fut-ce d'un air attristé que Mathilde, portant la pierre qui produisait des étincelles, sortit du bois, suivie de son frère chargé de la bêche et de la pioche.

Les instruments ayant été déposés en lieu sûr, on alla trouver Lucien.

« Connais-tu cette pierre? demanda Paul à son frère.

— Oui, on la nomme vulgairement silex ; c'est un composé de silice et d'oxygène. Selon que ce composé est plus ou moins pur, il prend les noms de sable, de pierre à fusil, comme celui que tu me présentes, et de cristal de roche. La silice est un corps simple, très répandu dans la nature; beaucoup de plantes, particulièrement les graminées, savent se l'approprier; ainsi la paille des céréales renferme de grandes quantités de silice, et c'est avec la silice que l'on fabrique le verre, plusieurs espèces de poteries et les pierres précieuses artificielles. »

A ces derniers mots, Paul et Mathilde échangèrent un long regard.

« Alors, reprit Paul d'une voix un peu émue, ma pierre est une pierre précieuse?

— Non pas, dit Lucien ; ta pierre est un simple silex qui, lorsqu'on le frappe avec du fer, a la propriété de produire des étincelles. Avant la découverte du fer, les hommes fabriquaient des haches, des couteaux, des sabres en silex; c'est l'époque que les savants nomment *âge de pierre*.

— Mais tu as parlé de pierres précieuses!

— Je t'ai dit, ce qui est vrai, que ton caillou, composé d'oxygène et de silex, est de l'acide de silicium impur.

Lorsque cet acide est pur et incolore, il porte le nom de cristal
de roche. Le cristal de roche, coloré par des oxydes métal-
liques, devient topaze s'il est jaune, rubis s'il est rouge,
émeraude s'il est vert, et ce sont là des pierres précieuses
naturelles. Mettant à profit cette découverte, les chimistes,
en purifiant les silex, en les fondant et en les colorant,
ont réussi à produire des pierres précieuses artificielles.

— Tu sais la chimie, dit Paul à son frère; veux-tu que
je te donne mon caillou? tu me le changeras en rubis, en
topaze, ou en émeraude, cela m'est égal, pourvu qu'il soit
changé. »

Lucien ne put s'empêcher de rire de la proposition;
puis il expliqua aux deux enfants que la fabrication des
pierres précieuses artificielles est un art très compliqué.
Tous ces mots d'acide de silicium, de silice pure et impure
se brouillaient un peu dans la tête de Paul et de Mathilde.
Pour les leur faire bien comprendre, il eût fallu entrer
dans des explications trop sérieuses et trop savantes pour
leur âge. En général, ce que se proposaient les grands
frères dans leurs leçons, c'était de jeter, dans les jeunes
esprits qu'ils voulaient éclairer, de simples notions. Plus
tard, leurs études les amèneraient à creuser les questions
qu'ils ne faisaient qu'effleurer pour le moment.

Les deux enfants retournèrent au jardin et leur attention
fut attirée par les aboiements de Trompette, qui sautait
autour de son maître. Le jardinier portait une immense
ratière et se dirigeait vers le bois.

« Où donc allez-vous, monsieur Antoine? demanda Paul.

— Je vais tendre un piège sur la lisière du verger, et
voir si celui que j'ai placé hier ne renferme pas de gibier.

— Que veut Trompette, et pourquoi saute-t-il si haut?

— Il croit qu'il y a un rat dans mon piège ; or, vous le savez, Trompette n'aime pas les rats.

— Voulez-vous que nous allions avec vous, monsieur Antoine ?

— Certainement ; cela peut vous fournir l'occasion de voir un écureuil, un lérot ou un loir.

— Si vous trouvez un écureuil, vous me le donnerez ? dit Mathilde.

— Très volontiers, répondit le jardinier.

— Pourquoi donc cherchez-vous à attraper ces pauvres bêtes-là ? demanda Paul.

— Parce que loirs , écureuils et lérots sont des rongeurs, parents des rats, qui, de même qu'eux, dévastent mes espaliers et croquent les plus beaux de mes fruits. »

Dans le piège tendu la veille, on trouva un loir commun. Il avait le dos gris, le ventre roussâtre, la queue touffue comme un panache ; le petit quadrupède ressemblait si bien à un écureuil que Mathilde crut que c'en était un.

« Lucien répète toujours que je dors comme un loir, dit Paul ; celui-ci n'a pas l'air endormi du tout.

— C'est que nous sommes encore en été, répondit le père Antoine ; mais, aussitôt l'hiver venu, les loirs se rouleront en boule et ne bougeront plus. Moi qui vous parle, monsieur Paul, j'en ai souvent trouvé dans le creux des vieux arbres ; on peut alors les retourner en tous sens, ils ne bougent point, tant ils sont engourdis.

— Ils sont alors comme les marmottes. Je voudrais bien voir un lérot.

— Peut-être quelque étourdi sera-t-il pris demain ; en tout cas, sachez que le lérot ressemble si bien au loir qu'on

les prend souvent l'un pour l'autre. Cependant le lérot est
plus petit que le loir; il n'a de longs poils qu'au bout de la
queue, et il s'enhardit jusqu'à venir vivre dans les maisons,
tandis que le loir, plus poltron, n'abandonne jamais les bois.

— Et qu'allez-vous faire de celui-ci?

— Le mettre dans une cage où je gardais un écureuil, et voir s'il consent à y vivre. — Tout beau, Trompette, ce gibier n'est pas pour vous. »

Un nuage noir s'avançait à l'horizon, et des gouttes
d'eau ayant commencé à tomber, le jardinier renvoya les
deux enfants vers la maison. Ils jouèrent un instant sous
le vestibule; mais ils se pressèrent bientôt vers la porte
vitrée pour mieux voir les éclairs.

« D'où vient la pluie? demanda Paul à Émile.

— De la liquéfaction des nuages, tu sais déjà cela.

— Pourquoi tombe-t-elle en petites gouttes rondes?

— Parce que la forme sphérique est la forme naturelle de l'équilibre des liquides.

— Et où pleut-il le plus, ici ou à Paris?

— La différence ne doit pas être grande. A Paris, il
tombe annuellement 50 centimètres cubes d'eau par mètre
carré; à Lyon, la proportion est de 89. Kendal, en Angleterre, passe pour le lieu de l'Europe où il tombe la
plus grande quantité de pluie, et Château-Thierry est la
ville de notre pays où il pleut le moins.

— Avec quoi fabrique-t-on les paratonnerres? demanda soudain Mathilde, passant d'un ordre d'idées à un
autre avec la mobilité ordinaire aux personnes de son âge.

— Les meilleurs sont en cuivre rouge, parce que le
pouvoir conducteur de ce métal est plus grand que celui
du fer.

— Il tonne partout, n'est-ce pas ?

— Non ; à Lima, capitale du Pérou, on n'a jamais vu d'éclairs ni entendu de tonnerre.

— Le tonnerre et la foudre, c'est la même chose, dis?

— En aucune façon. Un éclair est le phénomène lumineux qui accompagne la foudre ; la foudre est la décharge de l'électricité que contient l'atmosphère, et le tonnerre est le bruit ou phénomène acoustique qui accompagne la foudre.

— Lucien m'a dit l'autre jour que, lorsqu'il tonne, il est dangereux de s'abriter sous un grand arbre, près d'une grande maison ou sur le bord d'une rivière; pourquoi est-ce dangereux ?

— Parce que les objets élevés facilitent l'explosion d'un nuage orageux ; et le corps de l'homme étant un meilleur conducteur de l'électricité qu'un arbre, un édifice ou de l'eau courante, il attire la foudre de préférence.

— Lucien m'a dit encore, reprit Paul, que, pendant un orage, il vaut mieux avoir sur le corps des vêtements mouillés que des vêtements secs.

— Cela tient à ce que, les vêtements mouillés étant bons conducteurs de l'électricité, celle-ci peut alors s'écouler facilement. Franklin a le premier découvert qu'on peut tuer un rat sec par une décharge électrique, tandis qu'un rat mouillé la subit impunément. »

L'orage, après avoir courbé les arbres, rendu le ciel tout noir et inondé la terre, s'éloigna peu à peu. Le soleil reparut alors plus éclatant, car les pluies d'été purifient l'atmosphère. Paul et Mathilde s'élancèrent aussitôt dehors ; mais, la terre étant détrempée, ils se dirigèrent vers la basse-cour. Les volatiles s'étaient mis à l'abri, et les pi-

geons, presque toujours en voyage, se montraient aux
lucarnes du colombier.

« Est-ce que tu as visité la chambre des pigeons ? demanda Mathilde à son frère.

— Pas encore, répondit Paul.

— Si tu grimpais à l'échelle, tu pourrais regarder
par la porte et me dire à quoi ça ressemble.

— L'échelle est un peu haute, dit Paul en mesurant
du regard l'espace compris entre le premier et le dernier
échelon.

— On peut monter tout de même. Le jour où tu t'es
battu avec le porc, j'ai été presque jusqu'en haut. Grimpe
un peu pour voir, tu me diras s'il y a des petits pigeons. »

Paul s'aventura sur l'échelle, gravit quatre échelons,
puis huit, puis douze et put voir alors l'intérieur du colombier. Trois échelons de plus le conduisirent dans la chambre
que Mathilde désirait tant visiter. De cette hauteur il fit à
sa sœur une description si intéressante de ce qu'il voyait,
que Mathilde, grimpant à son tour, ne tarda guère à le
rejoindre. Les pigeons ne s'effarouchèrent pas trop ; mais,
comme le soleil brillait au dehors, ils s'envolèrent à la file.
Paul et Mathilde, à travers les lucarnes, admirèrent le
paysage. Lorsqu'ils eurent regardé par toutes les petites
fenêtres, examiné tous les nids, visité toutes les man-
geoires, ils songèrent à redescendre. Paul, qui s'avança le
premier, jeta un cri de détresse.

« Qu'y a-t-il? demanda vivement Mathilde.

— Il y a qu'elle n'y est plus.

— Qui, elle?

— L'échelle donc.

— Comment peut-elle être partie ?

— Je n'en sais rien; ce qu'il y a de sûr, c'est que la voilà là-bas, près du hangar. »

Mathilde, ayant vérifié le fait, regarda son frère avec anxiété.

« Je veux m'en aller! dit-elle.

— Moi aussi, répondit Paul; mais c'est trop haut, on ne peut pas sauter.

— Nous allons mourir de faim ici, et c'est ta faute.

— Comment ! c'est ma faute? C'est toi qui m'as dit de grimper.

— Il ne fallait pas m'écouter; si tu m'avais laissée en bas, l'échelle ne serait pas partie. »

On se tut pour mieux entendre la cloche qui sonnait l'heure du dîner, puis on récrimina de nouveau. Au bout de dix minutes, la cloche, remise en branle, tinta plus fort.

« J'ai très faim, dit Mathilde.

— Moi aussi, répondit Paul.

— Est-ce que nous allons rester ici jusqu'à demain?

— Peut-être. »

A cette perspective, Mathilde se mit à pleurer, d'abord doucement; mais, lorsque la cloche fit entendre un troisième appel désespéré, la petite fille sanglota. Paul, regardant par une des lucarnes, vit Émile, Lucien, Hortense, M. Antoine et Trompette courir dans tous les sens; il lui sembla même entendre crier son nom et celui de sa sœur. De son côté, il se mit à appeler au secours; un canard répondit en ricanant, tandis que le porc, logé non loin du pigeonnier, fit entendre un sourd grognement. Mathilde, le visage inondé de larmes, s'assit sur le plancher et déclara qu'elle se sentait mourir de faim.

CHAPITRE XI

Susceptibilité de Mlle Hélène. — Groseilliers, framboisiers et mûriers. — Coquilles fossiles. — Ablettes, goujons et brochets. — Les feux follets. — Chasseur et pêcheur. — Les orties. — Mathilde est dévalisée par une bande de voleurs.

Un bon quart d'heure s'écoula, durant lequel Mathilde ne cessa de gémir avec plus ou moins d'entrain. Paul, plus résolu, essayait parfois de la consoler.

« Si tu ne m'avais pas menti, répétait la petite fille, je ne serais pas ici.

— Moi! je t'ai menti?

— Tu m'as dit que cette chambre était très jolie, et elle n'est pas jolie du tout. Elle est même très sale et sent mauvais.

— Tu ne disais pas ça tout à l'heure.

— Parce qu'il y avait une échelle pour redescendre. Toi, tu es dur, tu ne pleures pas.

— Si ça pouvait faire revenir l'échelle, je pleurerais plus fort que toi. »

Paul appela, essaya même de siffler dans l'espoir d'être entendu de Trompette, ce qui était en effet plus rationnel que de pleurer.

Tout à coup, Mlle Hélène apparut à l'entrée de la basse-cour.

« Hélène! » cria Paul avec énergie.

En s'entendant nommer sans voir personne, la petite fille regarda avec méfiance du côté de la cabane aux lapins; puis, à un second cri, elle s'éloigna d'un canard qui barbotait, le soupçonnant de l'avoir appelée.

« Hélène! » dit à son tour Mathilde d'une voix suppliante.

Pour le coup, le petit nez de Mlle Hélène se leva en l'air, et la stupéfaction se peignit sur son visage lorsqu'elle aperçut son frère et sa sœur à la porte du colombier.

« Qui vous a portés là-haut? demanda-t-elle.

— Cours à la maison dire que nous sommes là, cria Mathilde.

— Je veux d'abord savoir qui vous a portés si haut.

— Nous avons monté par l'échelle. »

Mlle Hélène, promenant ses regards de droite à gauche, aperçut enfin l'échelle, mesura la distance qui séparait le hangar du colombier, et, concluant avec raison que l'on ne pouvait sauter d'un point à l'autre, elle s'écria :

« Ce n'est pas vrai!

— Va tout de même prévenir que nous sommes là, répéta Mathilde.

— Non, je veux monter avec vous dans la petite maison.

— On ne peut plus y monter, puisque nous ne pouvons pas descendre.

— Alors je ne dirai rien », riposta Mlle Hélène en s'éloignant.

Mathilde jeta un cri de désespoir, rappela sa petite

POUR LE COUP, LE PETIT NEZ DE Mlle HELÈNE SE LEVA
EN L'AIR.

sœur, lui offrit sa boîte à ouvrage, sa grande poupée,
et l'assura qu'elle lui prêterait ses ciseaux si elle consentait à prévenir Hortense ou Lucien qu'elle était prisonnière dans le colombier.

« Je veux d'abord être prisonnière avec toi, et j'irai
faire ta commission après. »

De nouveaux pourparlers s'engagèrent. Mlle Hélène se
montra inflexible.

« On ne peut rien lui faire comprendre, elle est bête!
s'écria Paul avec dépit.

— Non, monsieur, je ne suis pas bête, répliqua Mlle Hélène avec vivacité ; puis, c'est défendu d'appeler les autres
bêtes, et je vais le dire à Hortense. »

La petite fille partit en courant, ce qui porta le désespoir de Mathilde à son comble.

Au bout de cinq minutes, Hortense parut, ramenant
Hélène par la main. On juge de la stupéfaction de la grande
sœur à la vue des deux prisonniers. Toute la maison était
en émoi, on les croyait perdus, volés, noyés peut-être. La
fille de basse-cour, ayant eu besoin de l'échelle, n'avait
ni vu ni entendu les deux enfants occupés à regarder la
campagne par les lucarnes, et elle avait négligé de repla-
cer l'échelle près du colombier. Paul et Mathilde furent
sévèrement réprimandés ; comme châtiment des inquiétudes
qu'ils avaient causées, on leur servit à dîner un beau morceau de pain sec; ils durent aussi se coucher de très bonne
heure.

« Est-ce que la servante dort? demanda Paul au moment de se mettre au lit.

— Non, lui dit Hortense, as-tu donc besoin de quelque
chose?

8

— Je n'ai besoin de rien; mais elle aussi mérite de manger du pain sec et de se coucher de bonne heure, puisque c'est elle qui a retiré l'échelle.

— Dormez, monsieur le raisonneur », dit la grande sœur.

Paul, fatigué de sa journée, ne tarda pas à obéir.

« Est-ce que vous retournez au colombier? demanda Émile, qui, le lendemain matin, rencontra les deux enfants près du potager.

— Pour ça, non, répondit Mathilde; Hortense m'a permis de cueillir des groseilles pour notre goûter de tantôt, et je vais en remplir mon panier.

— Dis donc, Émile, y a-t-il des groseilliers dans le bois? demanda Paul à son frère.

— Oui; le groseillier commun ou en grappes, le groseillier à maquereau et le groseillier noir, ou cassis, sont des arbrisseaux européens.

— Et le framboisier ?

— Il pousse aussi naturellement dans notre pays.

— Et le mûrier?

— Celui-là est un étranger, originaire de l'Asie Mineure; il est le type de la famille des *morées*, il compte deux espèces principales : le mûrier noir, bel arbre dont les fruits sont agréables à manger et dont l'écorce sert à fabriquer des cordes, et le mûrier blanc, originaire de la Chine. Le mûrier blanc n'a été cultivé en France que sous Charles VIII; ses feuilles, de temps immémorial, servent à la nourriture des vers à soie. Henri IV, sur les conseils d'Olivier de Serres, établit des pépinières de cet arbre dans plusieurs de nos provinces du Midi; aujourd'hui, on le rencontre dans toute la France.

— Et le ver à soie, d'où vient-il?

— De la Chine, comme le mûrier blanc, et c'est pour
le nourrir et propager la sériciculture qu'Henri IV encou-
ragea la plantation des mûriers. Je n'ai pas besoin de t'expliquer que le ver à soie tisse un cocon dans lequel il se
renferme pour se changer en chrysalide, puis en papillon, lequel papillon pond des œufs qui donnent naissance
à de nouveaux vers. Tu as élevé l'année dernière une
douzaine de ces intéressants travailleurs, et tu sais à quoi
t'en tenir sur leurs métamorphoses.

— Mais il y a des mûres dans les bois et elles ne viennent pas sur des arbres, dit Mathilde.

— Tu veux parler du fruit de la ronce, nommée vulgairement mûrier sauvage. Ce mûrier appartient à la
famille des rosacées, il n'a donc rien de commun avec ceux
dont nous venons de parler. »

Mathilde, après avoir déposé son panier à la cuisine,
rejoignit Paul sur la lisière du bois, et l'on se mit de nouveau à la recherche du trésor. On ébaucha plusieurs trous,
mais à peine se croyait-on sur la voie, que le sable appa-
raissait. On se transporta dans une autre région, et, en
cinq ou six coups de bêche, Paul mit à découvert une
terre blanche mêlée de coquillages qui tombaient en poudre aussitôt qu'on les saisissait. Le trou ayant été agrandi,
on recueillit une douzaine de coquilles plus solides que les
premières. Ravis de cette trouvaille, les deux terrassiers
se mirent à la recherche de Lucien ou d'Émile, qui venaient de partir pour l'étang avec l'intention de pêcher.
Mathilde arriva près de l'eau, juste au moment où Lucien
lançait un grand filet nommé épervier. Ramené sur le bord,
le filet contenait une douzaine de poissons de différentes
grosseurs.

« Le beau petit goujon! dit Paul en saisissant un des poissons; il sera pour moi.

— Ton goujon est une ablette, dit Émile, une parente de la carpe, reconnaissable à son corps aplati, à sa tête pointue, à sa mâchoire inférieure plus longue que la supérieure.

— Elle est bonne à manger, n'est-ce pas?

— Pas trop, car sa chair est molle et sans goût. Cependant l'ablette est précieuse: c'est avec ses écailles que l'on donne aux perles fausses leur couleur nacrée.

— Comment s'y prend-on?

— Les écailles d'ablettes, bien broyées et lavées, produisent une huile épaisse que son inventeur, M. Jeannin, a nommée *essence de l'Orient*. Une goutte de cette essence, introduite dans la bulle de verre qui forme le corps des perles fausses, donne à cette bulle la couleur nacrée des perles vraies.

— Et cet autre poisson, est-ce aussi une ablette? demanda Mathilde.

— Non; celui-ci est le vrai goujon, reconnaissable à son dos d'une couleur bleu foncé, tandis que ses flancs sont couverts de taches brunes. On le reconnaît encore aux barbillons que tu vois à chaque coin de sa bouche. Le goujon appartient à la famille des *cyprinoïdes*.

— Et ce poisson-là, comment se nomme-t-il?

— Prends garde qu'il te morde, car tu as affaire à un jeune brochet. Remarque que le brochet a le museau long, la gueule fendue jusqu'au delà des yeux, et garnie à l'intérieur de dents implantées jusqu'au fond de son gosier. Il est si vorace qu'on l'a surnommé le *requin des rivières*. Il appartient à la famille des *ésoces*.

— Pourquoi le rejettes-tu dans l'eau?

— Parce qu'il est encore trop petit pour être mangé.

— Comment, trop petit! Il est plus gros que tes goujons.

— Mes goujons ont acquis tout leur développement, tandis que ce brochet, avec le temps, peut atteindre une longueur d'un mètre. Alors, il fera la guerre aux carpes, aux rats d'eau et même aux oiseaux.

— Il grimpe donc sur les arbres? s'écria Paul.

— Il se contente, répondit Lucien en riant, de sauter hors de l'eau et de happer les oiseaux aquatiques qui passent à sa portée. »

Un second coup de filet compléta la friture, et Mathilde, chargée du panier qui la contenait, se dirigea vers la maison. Paul, après avoir aidé ses frères à étendre le filet pour le faire sécher, leur montra ses coquilles et apprit que c'étaient des *helix fossiles,* c'est-à-dire datant des premiers âges du monde. On côtoya un marais formé par les eaux de l'étang, et le petit garçon, ayant remarqué qu'une multitude de globules venaient crever à la surface de l'eau, interrogea ses frères.

« Ces globules sont formés par le gaz hydrogène protocarboné, nommé vulgairement gaz des marais, lui dit Lucien. Ce gaz, qui provient de la décomposition des matières animales, peut s'enflammer facilement; il est de même nature que celui qui donne naissance aux feux follets.

— C'est donc vrai qu'il y a des feux follets?

— Certes.

— Et ils courent après le monde?

— Oui, parce qu'en marchant près des lieux où ils

se forment, on produit un courant d'air dans lequel se
précipite le gaz enflammé. »

Tout à coup, oubliant qu'elle n'était plus à son côté,
Paul appela Mathilde. Il voulait lui montrer un bel oiseau
au plumage d'azur et de pourpre, qui venait de s'envoler.
C'était un martin-pêcheur, oiseau de la famille des alcyons.
Bientôt Paul le vit raser l'eau, planer en poussant de
petits cris, se laisser tomber, puis reprendre son vol en
emportant un goujon ; tout cela avec la rapidité de l'éclair.
Paul ne se sentait pas de joie d'avoir vu un martin-pêcheur
à l'œuvre, et il eût couru conter l'aventure à Mathilde, si
son attention n'eût été attirée par un énorme oiseau, qui,
posé sur une patte, le corps d'une couleur gris cendré,
le derrière de la tête orné d'une huppe noire, se tenait
immobile parmi les roseaux. On demeura silencieux pendant un quart d'heure sans que l'oiseau fît un mouvement.
Paul commençait à le croire empaillé lorsque son cou se
détendit, s'allongea comme un glaive, disparut dans l'eau
et reparut tenant par le travers un énorme poisson. Le
héron, — car c'était un héron, — gagna la rive, posa sa
proie sur l'herbe, poussa un cri sauvage, puis saisissant
de nouveau le poisson, prit son vol et s'éleva dans l'air.
Presque aussitôt, un busard, qui l'épiait sans doute, se
lança à sa poursuite, et chasseur et pêcheur se perdirent
derrière le bois.

« Est-ce qu'ils vont se battre ? demanda Paul.

— Cela pourrait bien arriver, répondit Lucien.

— Mais le héron est le plus gros, il sera le plus fort.

— Voilà qui n'est pas sûr ; le busard est un rapace,
un oiseau de proie, tandis que le héron n'est qu'un échas-
sier, c'est-à-dire un pacifique pêcheur. »

Paul s'attrista en songeant que le héron allait peut-être se voir ravir son dîner, et cette loi de la nature qui fait chasser le héron par le busard, le brochet par le héron, la carpe par le brochet, les vers et les mouches par la carpe, lui parut un peu cruelle.

Un faux pas qui le fit tomber, les mains et le visage sur une touffe d'orties, ne contribua pas à le réconcilier avec la nature.

« Ça me cuit ! criait-il ; cette herbe-là doit être empoisonnée.

— C'est l'ortie commune, type de la famille des *urticées*, dit Lucien.

— Ça brûle, on dirait que j'ai un charbon allumé sur le nez.

— C'est que l'ortie, comme tous les membres de sa famille, est hérissée de poils implantés dans un tubercule qui contient un liquide caustique. Lorsqu'on se frotte aux orties, ce liquide pénètre sous la peau et cause la douleur que tu ressens. »

Lucien baigna d'eau le visage et les mains du pauvre Paul qui, cinq minutes plus tard, sentit ses douleurs se calmer et respira plus à l'aise.

« Oh ! la vilaine plante ! s'écria-t-il avec conviction.

— Ses piqûres ont pourtant leur utilité, répondit Lucien.

— C'est utile d'être piqué par des orties ?

— Parfois ; ainsi l'on combat certaines fièvres et certains rhumatismes par l'urtication.

— Mais je n'ai pas de rhumatismes, répliqua Paul, je n'avais donc pas besoin de ces piqûres. Si Mathilde était tombée à ma place, ajouta-t-il, je suis sûr qu'elle aurait pleuré pendant une heure.

— Je crois qu'elle est tombée pour son propre compte, car il me semble l'entendre », dit Lucien.

On se tut pour écouter ; des cris assez perçants retentissaient en effet. Les trois frères partirent en courant, et, dépassant un massif, ils se trouvèrent près de Mathilde, qui, des fleurs dans chaque main, pleurait avec entrain.

« Qu'y a-t-il ? crièrent Lucien et Émile, tandis que Paul s'approchait de sa sœur.

— C'est la chatte... hou, hou, hou.

— Eh bien, qu'a-t-elle fait ?

— La chatte avec ses petits... hou, hou, hou. »

Mathilde ne pouvait s'expliquer, les sanglots l'étouffaient.

« Parle donc, dit Paul. Ils t'ont griffée ?

— Non ; je cueillais des fleurs... ils sont venus, je ne les ai pas entendus, et ils ont... hou, hou, hou.

— Ils ont ?...

— Parbleu, dit Émile en montrant le gazon semé d'écailles et de débris autour du panier renversé, ils ont mangé les poissons. »

PENDANT QUE MATHILDE CUEILLAIT DES FLEURS
LES CHATS ONT MANGÉ LES POISSONS.

CHAPITRE XII

Voyage à Chaumusy. — Les commissions de Mlle Hélène. — Couleuvres et anguilles. — Le fruit des ronces. — Le furet. — Un paquet incommode. — Le gypse. — Pourquoi l'on cuit les pierres. — Paul descend à cent pieds sous terre.

Les coupables, le ventre arrondi comme un tonneau, se roulaient joyeux au soleil; mais ce ne fut pas une mince affaire que de consoler Mathilde, qui, bien qu'elle connût la tragique histoire du petit Chaperon rouge, avait commis la faute de s'amuser en route alors qu'elle était chargée d'une mission. Peu à peu, voyant ses frères rire de l'aventure au lieu de la gronder, elle cessa de pleurer, et, tandis que Lucien et Émile retournaient vers l'étang pour recommencer leur pêche, Paul acheva de consoler sa sœur.

« Tu as donc aussi pleuré, que tu as le nez tout rouge? demanda celle-ci.

— Non, dit Paul, je me suis seulement frotté contre des orties.

— Exprès?

— Ça, non! Je suis tombé dessus, et je te recommande de ne jamais en faire autant. Mais toi, tu as donc donné les poissons à la chatte?

— Pas du tout; en passant ici, j'ai vu de belles fleurs roses, j'ai posé le panier sur le gazon pour les cueillir, et, lorsque je me suis retournée, le panier était renversé, et les chats se battaient avec les poissons.

— C'est-à-dire qu'ils les mangeaient.

— Oui, tout crus », répondit Mathilde.

Le soir, après le dîner, Émile annonça que l'on partirait le lendemain de bonne heure pour Chaumusy, afin de procéder à l'achat des souliers de Catherine. Mlle Hélène, qui se trouvait présente, déclara aussitôt qu'elle voulait être du voyage. Elle était encore trop jeune pour faire une si longue course, on eut quelque peine à le lui faire comprendre. Mathilde, pour la décider à rester, offrit de lui rapporter ce qu'elle pouvait désirer, et Mlle Hélène dicta aussitôt la liste de ses commissions, liste sur laquelle figuraient un bâton de sucre d'orge, une boîte de veilleuses et un chien comme Trompette, à la condition que ce chien serait moins gros et que ses poils seraient bleus au lieu d'être blancs.

Le lendemain, à la pointe du jour, Paul, le sabre à la ceinture et le fusil sur l'épaule, arpentait le perron. Mathilde, chargée du sac qu'elle avait cousu pour Robinson, marchait fièrement près de son frère. Le sac était si rebondi, qu'il ne pouvait plus se fermer; interrogée sur son contenu, la petite fille déclara qu'il renfermait des effets de rechange pour elle et pour Paul.

« Nous n'allons ni aux Grandes-Indes ni en Perse, dit Émile, et nous serons de retour avant midi; par conséquent, vide ton sac, et toi, Paul, laisse là ton sabre et ton fusil.

— Tu as dit hier que nous allions traverser une forêt pleine de sangliers.

— C'est vrai, mais nous aurons soin de les éviter. Voilà Lucien qui nous appelle. En route! »

On embrassa les habitants de la maison, comme si l'on devait rester un mois absent, et, à la suite de Trompette, on gravit une côte; puis, prenant un sentier escarpé, on s'engagea dans la forêt. A peine avait-on fait vingt pas sous les arbres que Paul s'écria : « Un serpent!

— Où? demanda Lucien qui revint sur ses pas.

— Je l'ai vu se fourrer sous cette pierre. »

La pierre ayant été soulevée avec précaution, Lucien prit une belle couleuvre commune, longue d'un mètre environ, et dont la langue noire et fourchue apparut à Paul comme un dard. Il s'enhardit pourtant jusqu'à toucher le reptile, ayant appris que sa morsure est inoffensive, et que les couleuvres se nourrissent de grenouilles, de lézards, d'insectes et de souris.

« Est-ce vrai, demanda-t-il, que les couleuvres vont dans les champs où paissent les vaches pour boire leur lait?

— C'est là une croyance populaire dont quelques naturalistes se sont faits l'écho, mais que l'expérience n'a jamais confirmée, répondit Lucien.

— Et les anguilles, ce sont des couleuvres d'eau?

— Non, la couleuvre est un *ophidien*, un reptile, tandis que l'anguille est un poisson, type de la famille des *anguilliformes*. L'anguille est amphibie, car elle peut vivre hors de l'eau, et on la trouve parfois la nuit dans les prés.

— Est-elle bonne à manger?

— Oui, et la couleuvre aussi : c'est pour cette raison que les paysans de certaines provinces de France, qui ne dédaignent pas sa chair, la nomment « anguille de haie ».

On arriva sur le bord d'un ruisseau, où Lucien, secondé par Émile, se mit à la recherche d'une espèce de mousse qui manquait à son herbier. Les rives du ruisseau étaient bordées de ronces chargées de fruits dont Paul et Mathilde se régalèrent. Puis, en manière de jeu, et se servant des mûres en guise de pinceaux, le frère et la sœur eurent l'idée de se dessiner toutes sortes d'ornements sur le visage. Le suc de mûre est d'un rouge si foncé, qu'on l'emploie souvent pour colorer les vins blancs; mais il a un inconvénient : les taches qu'il produit s'enlèvent difficilement. Lucien, ayant trouvé ce qu'il cherchait, se retourna pour appeler les enfants et demeura stupéfait en voyant deux petites figures dont la bouche, les joues et le nez étaient bariolés d'une belle couleur rouge.

« Voilà du joli! s'écria-t-il. Vous avez l'air de deux Indiens des montagnes Rocheuses.

— Je ne suis pas si barbouillé que Mathilde, dit Paul.

— Tu l'es suffisamment pour être affreux », fit Lucien.

On courut au ruisseau pour se laver ; or le suc de mûre est une teinture de bonne qualité; aussi refusa-t-il de se délayer dans l'eau et de disparaître. On tint conseil, et il fut question de renoncer au voyage, car Émile, pas plus que Lucien, ne se souciait de conduire à Chaumusy deux enfants devenus des curiosités. Mais on voulait que Catherine eût ses beaux souliers pour le lendemain dimanche, et l'on continua d'avancer. Il fut convenu qu'aussitôt en vue des maisons du village, Paul et Mathilde tiendraient leurs mouchoirs sur leur nez comme s'ils étaient enrhumés, afin de dissimuler leur mésaventure. On se remit en marche, Paul et Mathilde avec un air d'autant plus piteux, que leurs grands frères, chaque fois qu'ils se retournaient, ne réussissaient pas toujours à contenir leur envie de rire.

« Tu aurais dû me dire que ça ne s'en allait pas, répétait sans cesse Mathilde.

— Est-ce que je le savais? répondait Paul.

— Tu es laid comme tout !

— Et toi donc ! On dirait que tu t'es frottée avec un pot de confitures.

— Est-ce que ça ne s'en ira plus jamais?

— Je crois que si, seulement il faudra frotter très fort. »

Lucien, interrogé, déclara que cette peinture pouvait persister pendant trois jours, ce qui désola Mathilde.

On rencontra une paysanne qui, aidée par deux petits garçons, s'occupait à ramasser du bois mort.

« Hé! Joseph, cria l'aîné, viens donc voir des masques! »

Paul et Mathilde se couvrirent à la hâte le visage et passèrent en courant.

Au sortir du bois, on aperçut à ses pieds, au bas de la montagne, le village où l'on se rendait. On tint de nouveau conseil : Lucien fut d'avis qu'Émile se rendît à Chaumusy pour faire les achats projetés, tandis qu'il resterait avec les deux petits sauvages sur la lisière du bois. A cette résolution Mathilde ne put retenir une larme. Elle avait si bien caressé l'idée de choisir elle-même les souliers de Catherine, qu'elle ne pouvait y renoncer sans un gros chagrin.

« Si nous avions un morceau de craie, dit Paul, nous pourrions nous blanchir.

— C'est ça, pour ressembler à M. Pierrot; je ne veux pas ressembler à M. Pierrot.

— Voilà Trompette qui porte une bête dans sa gueule », s'écria Paul.

Le caniche sortait du bois et semblait tenir un lapin. Il vint déposer son gibier aux pieds de Lucien et fit le beau, suivant sa coutume.

« Oh! la drôle de bête! s'écria Paul.

— C'est un furet, dit Lucien, un parent de notre putois.

— Il y a donc des furets en France?

— Non; le furet, originaire de la Barbarie, a été introduit en Espagne et s'y est acclimaté. Chez nous, le froid de l'hiver le fait périr.

— Trompette n'a pas été chercher celui-ci en Espagne?

— Tu as raison; aussi doit-il appartenir à quelque braconnier qui l'aura laissé échapper.

— Pourquoi les braconniers ont-ils des furets?

— Pour chasser. Cet animal est l'ennemi né des lapins, et, grâce à son corps effilé, il peut les poursuivre dans leurs terriers. Les braconniers mettent à profit l'instinct sanguinaire des furets; ils placent des poches aux différentes issues des terriers, et les lapins, fuyant leur ennemi, viennent donner tête baissée dans le piège. »

On se remit en marche, mais on eut quelque peine à décider Trompette à ne point emporter son gibier. Aussitôt que Lucien atteignit la première maison du village, Paul et Mathilde se couvrirent le visage de leur mouchoir, n'osant regarder ni à droite ni à gauche. On entra dans un magasin où l'on vendait du sucre, des souliers, de la vaisselle et des étoffes.

« Ces enfants ont mangé des mûres ! s'écria la marchande.

— Oui, dit Lucien, ils se sont même amusés à se dessiner des moustaches, et les voilà bien punis. »

La marchande était une très bonne dame; elle emmena Paul et Mathilde dans sa cuisine, versa de l'eau et du vinaigre dans une cuvette et les aida à se frotter. Il fallut s'y reprendre à trois fois pour que la peau du frère et de la sœur reprît sa couleur naturelle, et ce fut de grand cœur qu'ils embrassèrent la marchande pour la remercier.

On acheta des souliers, des bas, et même un coupon de robe pour le compte d'Hortense et d'Amélie, qui voulaient contribuer à monter la garde-robe de Catherine. Il y avait un joli bonnet qui eût complété l'ajustement; par malheur, Mathilde n'avait plus d'argent, et le bonnet coûtait quarante sous. Paul ayant accepté la responsabilité

« JE NE VEUX PLUS PORTER LE PAQUET, »
S'ÉCRIA MATHILDE.

d'une partie de la somme, — il comptait sur la découverte
prochaine du trésor, — on pria Lucien de prêter les quarante
sous. Le bonnet fut donc acheté, ainsi que le bâton de sucre
d'orge et la boîte de veilleuses réclamés par Mlle Hélène.
Quant au chien bleu, la marchande en possédait bien un ;
mais il était en sucre et Mathilde hésitait ; Émile acheta le
chien pour son compte, et l'on se remit en route.

On traversa la grande rue de Chaumusy, à visage découvert cette fois, grâce à l'eau vinaigrée de la marchande.
On se querella un instant pour savoir qui porterait le paquet, et Lucien déclara que l'on s'en chargerait à tour de
rôle. On batailla de nouveau pour savoir qui le porterait
le premier ; Lucien nomma Mathilde, et la petite fille partit
d'un pas triomphant. On gravit la montagne sur un sentier
si étroit, qu'il fallait marcher à la file. Mathilde passait
son paquet de son bras droit à son bras gauche, et regrettait vivement de n'en pas posséder un troisième pour soulager les deux premiers. A chaque évolution du fardeau,
elle était forcée de s'arrêter et perdait du terrain.

« A ton tour, dit-elle enfin à Paul.

— Pas encore, répondit celui-ci.

— Je ne veux plus porter le paquet, il devient trop lourd.

— Tu as voulu faire la forte, tu n'as pas voulu me le
donner lorsque j'ai voulu le prendre ; à présent, porte-le. »

A trois pas plus loin, le paquet s'échappa des bras
exténués de Mathilde. Paul, revenant à de meilleurs sentiments, s'empara du fardeau, le plaça sur son épaule, et
l'on allongea le pas pour rejoindre les grands frères.

On suivait un autre chemin que celui par lequel on était
venu, chemin bordé de ronces chargées de fruits, auxquels
on se garda cette fois de toucher. On arriva près d'une maison

construite sur la lisière du bois, et l'on s'arrêta près d'un
puits où deux hommes tournaient une manivelle sur laquelle
s'enroulait une grosse corde. Au lieu d'un seau plein d'eau,
que Paul et Mathilde s'attendaient à voir paraître, un énorme
panier rempli de grosses pierres blanches sortit du puits.

« Qu'est-ce que c'est que cela ? s'écria Paul.

— Du gypse ou plâtre, répondit Lucien.

— Mais le plâtre est en poudre ?

— C'est vrai, répondit un des ouvriers, on le réduit
en poudre après l'avoir cuit.

— Faire cuire des pierres! dit Mathilde étonnée!

— Certainement, ma petite demoiselle, on cuit les
pierres pour obtenir de la chaux, et le *plâtreau* que voici,
pour obtenir du plâtre. Voulez-vous descendre dans le puits
pour visiter la carrière ?

— On voit donc clair là dedans?

— Oui, mes camarades ont des lampes.

— Où est l'escalier ?

— Il n'y a pas d'escalier, répondit en riant le plâtrier;
pour descendre dans la carrière, on se place dans le panier
que voici, et l'on arrive tout doucement jusqu'en bas.

— J'aime mieux ne pas descendre, dit Mathilde.

— Moi, je veux bien aller au fond du trou, dit Paul,
mais pas tout seul. »

Émile et Lucien s'étant consultés, et Paul insistant
beaucoup pour visiter la plâtrière, le petit garçon fut placé
au fond du panier. Lucien s'accommoda près de lui, et,
la manivelle tournant avec lenteur, les deux voyageurs disparurent peu à peu dans les ténèbres. Quand Mathilde, pen-
chée sur la balustrade qui bordait le trou, cessa de les apercevoir, elle se rejeta en arrière et se mit à pleurer.

CHAPITRE XIII

La carrière de plâtre. — Étoiles en plein jour. — La lune et le soleil. — L'air.
— Un écho. — Nouvelle chasse de Trompette. — Visite à Catherine. —
Une bonne idée de M. Paul.

Le panier toucha le sol, et deux ouvriers, auxquels leurs camarades avaient crié qu'ils leur envoyaient des visiteurs, reçurent Paul et Lucien. Précédés par un des plâtriers portant une petite lampe, on s'engagea dans une galerie soutenue par d'énormes piliers. Bientôt de longs couloirs s'ouvrirent à droite et à gauche. Paul apprit que ces vastes souterrains s'étaient formés à mesure qu'on avait retiré le gypse en exploitation. Un bruit sourd, assez semblable au bruit du tonnerre, s'entendait presque continuellement ; il était produit par les coups de pioche donnés pour détacher le gypse. Paul vit cinq ou six ouvriers à l'œuvre, et, la galerie où il se trouvait étant moins enfumée que les premières, les parois et le plafond lui apparurent blancs et scintillants ; on eût dit qu'ils étaient de neige.

« C'est comme si nous étions dans une grotte, n'est-ce pas ? dit Paul à son frère.

— Nous sommes dans une grotte artificielle.

9

« — Pourquoi laisse-t-on ici ces gros piliers? ils me paraissent être en plâtre.

— Ils sont nécessaires pour soutenir la voûte qui, sans cette précaution, pourrait s'écrouler.

— Et malgré ce soin, dit un des ouvriers, les éboulements dévastent de temps à autre nos carrières. »

Paul regarda la voûte et, par un mouvement instinctif, enfonça son chapeau sur sa tête comme pour se garantir de la chute du plafond.

En parcourant les galeries, il fut surpris de voir un ruisseau longer une des parois et se perdre dans une crevasse. Il apprit ainsi qu'il y avait des cours d'eau souterrains parfois si considérables, qu'ils envahissent les mines et noient les pauvres ouvriers.

« Ce n'est pas le seul danger que nous ayons à redouter, dit le plâtrier qui servait de guide; notre plus grand ennemi, ce sont les gaz.

— Oui, dit Lucien, surtout le gaz acide carbonique, qui asphyxie en peu d'instants. »

Les galeries étaient si nombreuses qu'il eût fallu plus d'une heure pour les parcourir: comme elles se ressemblaient toutes, Lucien jugea inutile d'entreprendre cette longue promenade et ramena Paul près du panier. Levant la tête vers l'orifice du puits, le petit garçon poussa un cri de surprise.

« Combien donc y a-t-il de temps que nous sommes descendus? demanda-t-il.

— Une demi-heure environ, répondit son frère.

— Il y a plus longtemps que cela, il fait nuit; je vois là-haut des étoiles.

— Nous sommes dans l'obscurité, et la lueur des étoiles

PAUL REGARDA LA VOUTE.

n'étant pas noyée dans l'éclat du soleil, nous pouvons les apercevoir.

— Les étoiles brillent donc en plein jour ?

— Certes ; si nous ne les voyons pas, c'est, ainsi que je viens de te le dire, parce que la lumière du soleil les éclipse par son intensité. A mesure que nous allons remonter, elles vont graduellement disparaître. »

Les ouvriers qui tournaient la manivelle ayant été prévenus, Lucien et Paul remontèrent avec lenteur. Les étoiles devinrent invisibles, et Paul, ébloui par le soleil, dut fermer les yeux afin — ainsi que le lui expliqua son frère — que ses pupilles eussent le temps de se contracter.

Mathilde, qu'Émile avait eu de la peine à tranquilliser, courut embrasser les explorateurs aussitôt qu'ils furent débarqués du panier, et accabla Paul de questions. On alla voir les fours où le plâtre cuisait. Là, on apprit qu'il y a trois sortes principales de plâtre : le fin, qui sert à mouler ; le plâtre blanc, qui sert à modeler, et le plâtre gris employé pour les constructions. On apprit encore que le stuc, qui a la blancheur et la dureté du marbre, n'est que du plâtre délayé dans une eau chargée de colle forte, et enfin que le plâtre le plus estimé se tire des carrières de Montmartre, près Paris, et de celles de Lagny, dans le département de Seine-et-Marne.

On se remit en route. Mathilde se montra incrédule lorsque Paul l'assura que, du fond du puits, il avait vu briller les étoiles.

« Et la lune, l'as-tu vue ? demanda-t-elle.

— Non ; il eût fallu pour cela qu'elle se trouvât en face du puits.

« En quoi est-elle, la lune? demanda soudain la petite fille. Le sais-tu?

— Elle est en terre comme notre monde, puisqu'elle a des montagnes et des volcans.

— Et qui est le plus loin d'ici? la lune ou le soleil?

— Le soleil donc! Lorsque tu apprendras la cosmographie, tu verras que la lune est quarante-neuf fois plus petite que la terre et qu'il y a 85,000 lieues de distance entre elle et nous. »

— Y a-t-il des hommes comme toi et moi dans la lune?

— D'abord, toi et moi nous ne sommes pas des hommes, répondit Paul; puis l'on croit la lune inhabitée parce qu'elle n'a pas d'atmosphère.

— Qu'est-ce que c'est que cela, l'atmosphère?

— On nomme atmosphère, dit Lucien, la couche d'air qui enveloppe tous les corps célestes, la lune exceptée.

— Et l'air, en quoi est-il?

— L'air, que les anciens considéraient comme un corps simple, est un mélange d'oxygène et d'azote; il renferme en outre un peu d'acide carbonique et de vapeur d'eau. L'air est indispensable à la vie des animaux et des plantes; c'est pourquoi, la lune en étant privée, on la suppose inhabitée.

— Alors, s'il n'y avait pas d'air autour de notre terre, nous ne pourrions ni respirer ni vivre?

— Non; car, pour vivre, nous avons besoin d'en absorber environ 850 litres par jour.

— L'air qui nous entoure ne monte donc pas jusqu'à la lune?

— Les savants ont calculé, reprit Lucien, que notre atmosphère a 20 lieues au plus d'épaisseur.

— Pourquoi l'air ne s'envole-t-il pas jusqu'à la lune ; qui l'en empêche ?

— Sa pesanteur. La pression exercée par la colonne atmosphérique, sur une surface d'un centimètre carré, est égale à un poids d'un kilogramme ; or, la surface d'un corps humain étant d'environ 120 mètres carrés, il en résulte que nous supportons tous un poids de 12,000 kilogrammes.

— Moi, dit Paul, je porte 12,000 kilogrammes ?

— A peu près, répondit Lucien.

— Diras-tu encore que je ne suis pas fort ? s'écria le petit garçon en s'adressant à sa sœur.

— Je n'ai jamais dit cela ; cependant, lorsqu'il s'agit de pousser une porte, je connais un monsieur qui les pousse plus fort que toi. »

Paul se souvint de son aventure avec maître *Habillé de soie ;* il ne répliqua pas.

En ce moment, Trompette aboya, et presque aussitôt des aboiements répondirent aux siens. On s'écarta pour écouter, et Lucien découvrit que les cris de Trompette étaient renvoyés par un écho.

« D'où vient donc l'écho ? demanda Paul.

— L'écho, dit le grand frère, est le résultat de la réflexion du son, lorsqu'il rencontre un obstacle fixe. Ainsi ce sont les rochers que tu vois en face de nous qui nous renvoient les aboiements de Trompette. Le son parcourt 340 mètres par seconde, c'est à peu près la distance qui nous sépare des rochers ; aussi le son nous revient-il en deux secondes. A cette distance de 340 mètres, un écho peut répéter sept ou huit syllabes. Essaye.

— Bonjour, monsieur l'Écho ! » cria Paul.

Presque aussitôt, une voix, qui semblait venir des rochers, répéta très distinctement : Bonjour, monsieur l'Écho !

« Deux des échos les plus remarquables du monde, reprit alors Lucien, sont ceux de Woodstock, en Angleterre, et de Simonetta, près Milan. Le premier répète le son vingt fois et le second quarante. »

Mathilde ne voulut pas s'éloigner sans faire redire son nom par l'écho, puis celui d'Hélène. Trompette, qui, ce jour-là, se trouvait en bonne humeur, mit fin à ce jeu en rapportant une nouvelle pièce de gibier; c'était un putois, le plus sanguinaire des petits carnassiers.

« Cet animal est un frère de la martre, de la belette, de la fouine, du furet et de l'hermine, dit Lucien à Paul, et tu remarqueras que le corps allongé de tous ces animaux leur permet de s'introduire dans les poulaillers. Le putois, comme tu le vois, a le pelage d'un brun noirâtre, le museau, la pointe des oreilles et le front blancs; il fait la guerre aux taupes, aux perdrix, aux rats, aux alouettes, et, durant l'hiver, il va manger le miel des ruches. L'été, le putois habite les bois; dans la saison froide, il se rapproche des maisons et se loge dans les décombres, où il est plus à portée de dévaster les poulaillers. »

Paul eût bien voulu emporter le gibier pris par Trompette; mais l'odeur nauséabonde, à laquelle l'animal doit son nom, lui retira l'envie de s'en charger. Une heure plus tard, on atteignait la maison, assez satisfait du voyage.

Mlle Hélène, mise en possession de son bâton de sucre d'orge et de sa boîte de veilleuses, se montra enchantée. En un instant, les veilleuses jonchèrent le sol, et l'on apprit alors que c'était seulement la boîte que la petite personne

ambitionnait. Quant au chien bleu, il fut placé sur la cheminée : on devait permettre à Mlle Hélène de le mordre
chaque fois qu'elle aurait été très sage. La petite fille voulut goûter au chien sur l'heure, afin de savoir s'il était
bon ; Émile y consentit, et, après l'avoir retourné dans tous
les sens, Mlle Hélène lui enleva la queue d'un coup de dent.

Satisfaites des achats faits pour leur compte, Hortense
et Amélie, accompagnées de Mathilde, se rendirent chez la
mère de Catherine. La petite gardeuse de chèvres était revenue des champs, et elle devint toute pâle quand on la fit
asseoir pour lui essayer les bas et les souliers achetés pour
elle. Lorsqu'on lui ordonna de se tenir droite afin de lui
prendre mesure d'une robe neuve, elle dansa, sauta presque aussi haut que ses chèvres, courut embrasser sa mère,
puis Mathilde, et revint enfin se poser devant Hortense et
Amélie, qui voulaient confectionner elles-mêmes le vêtement.

Les mesures prises, Catherine, tandis que sa mère
causait avec Hortense, alla chercher sa poupée pour la
montrer à Mathilde. C'était une simple poupée de carton
qui ne possédait qu'un œil, et aucun vestige de bras ni de
jambes. Pour tout vêtement, la pauvrette n'avait qu'un vieux
lambeau de chiffon. Cette poupée avait un air si malheureux
et le visage si noir, que Mathilde en fut attendrie et con-
seilla de la débarbouiller. Catherine raconta que le dimanche précédent elle avait voulu faire la toilette de sa petite
Margot, et que c'était dans cette opération que l'infortunée
avait perdu l'œil qui lui manquait.

On se retira, et, à peine hors de la chaumière, Mathilde
demanda à Hortense s'il ne serait pas bon de donner à Catherine une des poupées qu'elle possédait. L'idée fut ap-

prouvée, et la petite fille résolut d'offrir à sa protégée celle de ses poupées qu'elle avait achetée sur ses économies, poupée dont la tête en porcelaine pouvait se laver sans qu'il en résultât aucun accident. Aussitôt rentrée dans le parc, Mathilde se mit à la recherche de Paul ; elle le trouva sous un prunier, croquant les fruits tombés sur le sol, dans le but de s'assurer s'ils étaient mûrs. La petite fille fit à son frère un récit détaillé de sa visite chez Catherine. Elle lui raconta que la pauvre chaumière était si tristement meublée, que les casseroles étaient en terre, la table boiteuse, et que Catherine et sa mère couchaient sur des matelas de paille au lieu d'avoir comme eux de bons matelas de laine.

« Il faut absolument, dit la petite fille, que tu découvres le trésor aujourd'hui ou demain ; d'abord pour payer les 40 sous que nous devons à Lucien, puis pour acheter des effets et des meubles à la mère de Catherine. Pauvre dame ! elle disait à Hortense que, si elle possédait seulement un jardin assez grand pour y planter des pommes de terre et des légumes, cela l'aiderait beaucoup. Nous lui en achèterons un. Sais-tu combien ça coûte, un jardin ?

— Je n'en ai jamais acheté, répondit Paul ; mais un jardin ordinaire, avec du persil, des oignons, de la salade et un prunier dedans, ça doit coûter pas mal cher.

— Combien ? »

Paul réfléchit un instant, puis déclara qu'un jardin assez grand pour donner des prunes devait coûter au moins 52 francs 75 centimes.

« On l'aurait peut-être pour 50 francs en marchandant un peu, dit Mathilde.

— C'est possible, répondit Paul.

— Eh bien, je vais préparer les effets de la poupée de

Catherine; pendant ce temps-là, cherche le trésor; si tu le trouves avant que je sois revenue, tu m'appelleras. »

Demeuré seul, Paul gravit la petite montagne et mesura une fois de plus du regard l'immense étendue du parc. Il redescendit, fit le tour du potager et s'enfonça résolument dans le bois, examinant les arbres, le sol, soulevant çà et là quelques pierres, fouillant le tronc des arbres creux. Sa promenade dura près d'une demi-heure, et, toujours pensif, il revint vers la maison. Il fit le tour du hangar, du pigeonnier, de la grange, cherchant partout sur les murs les traces d'une porte secrète, et ne découvrit rien.

Après le dîner, Mathilde ayant été voir ses sœurs tailler la robe de Catherine, Paul, tout en regardant ses frères jouer aux échecs, continua de réfléchir. A la grande stupéfaction de Lucien et d'Émile, il entreprit soudain une série de culbutes sur le canapé. Interrogé sur les motifs de cette gymnastique, il déclara qu'il les révélerait plus tard.

Un moment avant de se mettre au lit, il put échanger quelques mots avec Mathilde.

« J'ai trouvé, lui dit-il à voix basse.

— Quoi? demanda la petite fille. Les millions ou les pierres précieuses?

— Ni les uns ni les autres; j'ai seulement trouvé une bonne idée pour les découvrir.

— Raconte-la-moi.

— Ce serait trop long, voilà qu'on t'appelle pour te coucher; mon idée est bonne, tu verras demain. »

Rendons cette justice à Mathilde : l'espoir de la dé cou- verte des millions ne la fit pas songer tout d'abord à la belle voiture et aux quatre chevaux qui devaient la conduirc au Bois de Boulogne, mais bien à Catherine et à sa mère, dont elle pourrait améliorer le mobilier et garnir les matelas d'une bonne laine qui rendrait les lits doux et chauds. Elle se représenta Catherine chaussée de ses beaux souliers, vêtue de sa robe neuve, coiffée de son joli bonnet; et, heureuse comme on l'est toujours après avoir accompli une bonne action, elle rêva qu'elle avait des ailes et qu'elle se promenait parmi les étoiles.

CHAPITRE XIV

Le roi des Huns. — Projet de canal. — La scolopendre. — Les lézards. —
Marquis. — Pommes de terre et haricots. — Chardons et artichauts. —
De l'entêtement d'un âne et de ses terribles conséquences.

Paul et Mathilde s'étaient promis de se lever au petit
jour, mais le voyage de la veille les avait si bien fatigués
qu'ils dormirent jusqu'à près de huit heures du matin. Une
fois debout, il leur fallut travailler jusqu'au déjeuner, aussi
ne se trouvèrent-ils libres que vers midi.

Paul était radieux ; il avait si couramment récité ses
leçons et si bien composé son thème, que son frère Lucien
lui avait promis, s'il continuait à remplir ses devoirs avec
cette ponctualité, de le tenir quitte des vingt sous avan-
cés pour l'achat du bonnet de Catherine. Mathilde n'était
pas moins satisfaite : elle avait reçu d'Amélie une pièce
de dix sous comme récompense de sa couture. La dette
contractée pour l'achat du bonnet se trouvait donc presque
amortie, et l'on n'aurait pas besoin d'écorner les vingt millions pour la rembourser.

« Et ton idée ? dit Mathilde à son frère, est-elle toujours bonne ?

— Je crois bien ! encore meilleure qu'hier. Viens, tu
vas voir. »

Paul se chargea de sa pioche, confia la bêche à sa sœur, et, prenant la route de la Sibérie, — cette fois sans hésiter, car il savait où elle aboutissait, — il arriva sur le bord du ruisseau et regarda un instant l'eau s'enfuir en murmurant.

« Qu'allons-nous faire? demanda Mathilde.

— Attends un peu, répondit Paul, qui semblait mesurer les environs du regard.

— Tu me fais trop attendre, répondit Mathilde au bout de cinq minutes, tu as donc perdu ton idée?

— Non, mais il faut bien que je prenne mes mesures. Nous allons, continua-t-il, creuser un canal depuis ici jusque tout là-bas, à l'endroit où il y a un creux. »

Mathilde secoua la tête d'un air désapprobateur.

« Après? dit-elle.

— Une fois l'eau dans le canal, le lit de la petite rivière restera à sec.

— Après?

— Connais-tu l'histoire d'Attila?

— Le fléau de Dieu?

— Oui.

— Certainement, écoute : « Attila, roi des Huns, entra « dans les Gaules avec cinq cent mille guerriers, et y porta « de tous côtés le ravage et la désolation. Aétius, général « des Romains, s'unit avec Théodoric, roi des Visigoths, etc.

— Assez! dit Paul, je vois que tu connais son histoire.

— Je sais aussi, reprit la petite fille, que sainte Geneviève l'empêcha de s'emparer de Paris, et que c'est pour cela que les Parisiens l'ont prise pour patronne.

— Bien. Sais-tu, maintenant, comment Attila fut enterré?

— Non; ça n'est pas dans mon histoire de France.

— Eh bien, ses soldats fabriquèrent un canal pour détourner un fleuve, et, lorsque le lit du fleuve fut à sec, ils creusèrent un grand trou au milieu ; dans ce trou, on enterra Attila avec ses trésors, puis on remit tout à sa place. J'ai trouvé cela dans ma leçon d'avant-hier ; alors l'idée m'est venue que les religieux devaient connaître l'histoire d'Attila, et que, n'ayant pas de fleuve dans leur propriété, ils ont probablement enterré le trésor dans la petite rivière.

— Ton idée est peut-être bonne, dit Mathilde ; mais si M. Antoine voit son eau s'en aller dans le bois au lieu de couler le long de son jardin, il ira le dire à papa, on nous renverra à Paris, et Catherine continuera à coucher sur de la paille. Sans compter que tu ne viendras jamais à bout de creuser ton canal tout seul.

— Je ne le creuserai pas tout seul, parce que tu m'aideras.

— Pour ça, non ; le manche de ta bêche est trop dur, il me fait pousser des petites cloches plein les mains. »

Paul s'entêta dans son idée, et Mathilde l'eût abandonné si elle n'eût craint de traverser le bois sans escorte.

On alla reconnaître le grand creux où devait aboutir le canal, et, pénétrant à travers les taillis, Paul fut surpris de se trouver tout à coup en face d'un monceau de pierres adossé à un vieux pan de murailles.

« Il y a eu ici une maison, dit-il à sa sœur.

— Si le trésor était caché sous le gros tas de pierres ? dit Mathilde.

— Ça ne m'étonnerait pas ; tout le monde ignore qu'il y a ici des ruines, car ni papa, ni M. Antoine, ni Lucien, n'en ont jamais parlé. Si tu voulais m'aider, nous dérangerions les pierres pour voir ce qu'il y a dessous.

— Ça, je veux bien », dit Mathilde.

Paul tourna par trois fois autour des vieilles murailles qui s'élevaient à peine à un pied au-dessus du sol, puis il revint près du tas de pierres.

« Il sera toujours temps de faire le canal, dit-il ; cherchons d'abord là-dessous. Nous allons enlever les pierres, toi les petites, moi les grosses, et nous les jetterons là pour aller plus vite. Y es-tu ?

— Oui », dit Mathilde.

On se mit à l'œuvre, et, pendant un quart d'heure, les deux ingénieurs transportèrent les pierres de droite à gauche.

Soudain, Mathilde poussa un cri et laissa tomber le moellon qu'elle portait.

« Une bête ! » s'écria-t-elle.

Paul accourut et vit se glisser dans la mousse une espèce de ver possédant dix paires de pattes. Sur les indications de son frère, Mathilde fabriqua un cornet de papier, et la bête aux vingt pieds s'engouffra d'elle-même dans le cornet qui fut aussitôt fermé. On se remit à l'ouvrage et ce fut encore Mathilde qui découvrit un beau lézard vert. Paul s'empara du reptile, mais il eut beau affirmer à sa sœur que le lézard est l'ami de l'homme, celle-ci déclara qu'il n'était peut-être pas l'ami des femmes et refusa de le tenir pendant que son frère fabriquerait une boîte pour le garder. En fin de compte, le lézard fut roulé dans un mouchoir où l'un de ses pareils, de couleur brune, alla bientôt lui tenir compagnie. Au bout d'une heure, fatigués et ne voulant pas être surpris dans leur tâche, les deux travailleurs, dont l'intention était de ne révéler le secret de leurs recherches qu'une fois le trésor trouvé, retournèrent vers la maison.

LES DEUX INGÉNIEURS TRANSPORTÈRENT LES PIERRES
DE DROITE A GAUCHE.

Les tabliers blancs avaient beaucoup souffert du contact des moellons; ils étaient de toutes les couleurs, car l'humidité des pierres, couvertes de plantes et de mousses, les avait noircis, rougis ou verdis. Mathilde, pour le lendemain, se chargea d'apporter de vieilles serviettes : à l'heure du travail on s'attacherait lesdites serviettes sous le menton, ce qui protégerait les tabliers de toute souillure et préserverait de toute réprimande.

On se mit à la recherche de Lucien, afin de savoir le nom de l'animal à vingt pattes que l'on avait découvert. Le grand frère était dans sa chambre.

« C'est une *scolopendre*, vulgairement nommée mille-pieds, dit-il aussitôt qu'il eut regardé l'insecte que Paul lui présentait, et vous avez dû trouver ce *chilopode* sous une pierre. Il est très commun en Europe; on le confond souvent avec les *myriapodes* proprement dits.

— Est-ce qu'il est méchant? demanda Mathilde.

— On dit sa morsure venimeuse, mais je crois qu'on exagère; ce qu'il y a de certain, c'est qu'il est carnassier et qu'il se nourrit principalement de vers de terre. Dans l'Inde et en Amérique il y a des scolopendres qui atteignent une longueur de trente centimètres

— J'ai là deux lézards, dit Paul en déroulant son mouchoir : l'un est vert et l'autre couleur chocolat; regarde.

— Le lézard, dit Lucien, est un serpent pourvu de pattes, comme disait Aristote. Prends garde de briser la queue de celui que tu tiens, car les anneaux flexibles qui la composent se déboîtent facilement; il est vrai que cette queue repousse, mais il est inutile de mutiler cet inoffensif *saurien*. Le premier de tes lézards, le vert, ne se trouve ici que par accident; il est commun dans le midi de la France et même aux environs de Paris; c'est un mets assez délicat, disent les gourmets. Quant au second, c'est le lézard gris des murailles, il passe pour être grand amateur de musique.

— Pauvre petit, dit Mathilde une fois hors de la chambre de Lucien, apporte-le au salon, je vais lui jouer une polka, puisqu'il aime la musique. »

Un quart d'heure plus tard, Lucien trouva Paul et Mathilde furetant dans tous les coins du salon. Les lézards et la scolopendre aimaient peut-être la musique, mais ils aimaient encore mieux la liberté. Posés au milieu du salon, ils s'étaient d'abord tenus immobiles; aux premiers accords du piano, chacun d'eux avait tiré de son côté, et Paul, chargé de les surveiller, et voulant les rattraper tous à la fois, avait vu le lézard brun disparaître sous le canapé, la scolopendre derrière une étagère, et le lézard sous une porte. En somme, on ne reçut de reproches que de Mlle Hélène, qui se plaignit amèrement qu'on ne l'eût pas appelée pour lui montrer la bête aux mille pattes et surtout le lézard qui touchait du piano.

Après avoir sauté à la corde, joué au volant et au chat perché, on alla voir M. Antoine, qui récoltait des pommes de terre dans un champ situé derrière la mare. On s'arrêta un instant pour regarder Marquis, lequel, attelé à une petite charrette et attaché à un buisson, dégustait un beau chardon. Marquis, joli petit âne, appartenait au père Antoine et lui obéissait presque aussi bien que Trompette. A la seule voix de son maître, Marquis tournait à droite, ou marchait tout droit. Lorsqu'on le conduisait à l'abreuvoir, il suivait comme un chien. Un jour, Paul avait voulu se charger de faire boire Marquis, et Marquis, docile à son ordinaire, avait suivi le petit garçon. Au retour, au lieu de rentrer à l'écurie, Marquis, pris d'une idée subite, s'était mis à gambader sur la pelouse, puis s'était attablé devant une corbeille de fleurs. Paul l'avait poursuivi; mais, au moment où il croyait l'atteindre, maître Asinus avait repris sa course pour ne s'arrêter qu'au bord d'un carré de laitues. Relancé de nouveau, il avait piétiné un carré d'oignons, deux carrés de choux et brouté les salades à tort et à travers. Qui sait où se seraient arrêtés les dégâts si Marquis, tout fier de son ouvrage, ne s'était mis à braire? M. Antoine, arrivant à la hâte, avait gratifié le baudet d'un bon coup de gaule et consolé le malheureux Paul qui, depuis cette époque, refusa toujours énergiquement de conduire Marquis à l'abreuvoir, même en le tenant par un licol.

Émile, à qui pareille aventure ou à peu près était autrefois arrivée et qui avait qualifié l'âne du titre de Marquis, se divertit beaucoup de la mésaventure de son jeune frère; il profita de l'occasion pour lui apprendre que le têtu quadrupède qu'on nomme âne est, ainsi que son parent le cheval, originaire de l'Arabie, et que les savants le font descendre de l'onagre, lequel vit encore en troupes dans les déserts de l'Asie centrale.

Paul, une fois arrivé près du jardinier, l'aida à déterrer les pommes de terre.

« Est-ce qu'il y a longtemps que vous avez semé ces pommes de terre, monsieur Antoine? demanda le petit garçon.

— Je ne les ai point semées, monsieur Paul, répondit le père Antoine; je me suis contenté d'en choisir de grosses, et de les couper par quartiers que j'ai ensuite enterrés. C'est là une opération que l'on pratique vers le mois d'avril, quand les fortes gelées sont passées. Vous savez sans doute que c'est un certain M. Parmentier, dont on parlait beau-

10

coup quand j'avais votre âge, qui a propagé chez nous la culture de la pomme de terre. Je me suis laissé dire que c'est une plante qui nous vient d'Amérique où elle pousse toute seule.

— Bon, répondit Paul, c'est justement sur la pomme de terre que j'ai composé mon thème ce matin, et ça n'a pas été facile, allez, de dire en latin que la pomme de terre est originaire du Pérou, qu'on la cultiva d'abord en Bourgogne, en Franche-Comté, et que Jean Hawkins l'introduisit en Irlande en 1565.

— Et dans votre petite machine en latin, on ne parlait donc pas de Parmentier ?

— Si, on raconte que c'est lui qui a rendu générale en France la culture de la pomme de terre.

— Vous voyez, dit le vieillard, que j'avais raison.

— Oui, monsieur Antoine; mais, quand il n'y avait pas de pommes de terre, que mangeait-on ?

— Des légumes, surtout des haricots et des lentilles. Autrefois il n'y avait qu'une espèce de pommes de terre; maintenant il y en a de jaunes, de blanches, de rouges, de noires, de plates, de violettes, c'est à n'en plus finir... Même histoire pour les haricots; il y a ceux de Soissons, d'Espagne d'Amérique; puis les haricots nains, flageolets, et un autre qui nous vient des Indes et dont je ne sais plus le nom.

— C'est peut-être le haricot vert, dit Mathilde.

— Non, mademoiselle; les haricots verts sont les gousses du haricot commun, recueillies avant leur maturité.

— Comment se nomment ces plantes-là, monsieur Antoine? Est-ce que ce sont des chardons que vous cultivez pour Marquis ?

— Ce sont bien des chardons, répondit le jardinier, mais ils sont trop fins pour Marquis. Quoi ! vous ne reconnaissez pas les artichauts ? Je sais cependant que vous les aimez.

— Ça, des artichauts ?

— C'est au moins la plante qui les produit. Elle est originaire d'Éthiopie, à ce que m'a dit votre grand frère, et ce sont les Romains qui l'ont apportée chez nous. Oh ! oh ! n'est-ce pas la cuisinière qui m'appelle là-bas ?

— Oui, monsieur Antoine, elle vous demande des légumes. »

Le jardinier s'éloigna, et les deux enfants s'approchèrent alors de Marquis, auquel Mathilde offrit des feuilles d'artichaut que l'âne dégusta en amateur. Bientôt Paul grimpa dans la charrette et fit le simulacre de se mettre en route.

« Si c'était pour de vrai, lui dit Mathilde, tu ne pourrais pas conduire Marquis.

— Je l'ai déjà conduit.

— Oui, dans les carrés d'oignons et de laitues.

— Ce jour-là, il n'avait ni mors ni bride.

— S'il n'était pas attaché, pourrais-tu le mener jusqu'à la grille ?

— Certainement.

— Et tu reviendrais jusqu'ici ?

— Parbleu.

— Ça, je voudrais le voir.

— Détache-le et tu le verras. »

Après avoir failli perdre patience en luttant contre les complications du nœud qui tenait Marquis prisonnier, Mathilde réussit à détacher l'âne.

« Hue ! » cria Paul.

Et Marquis se mit aussitôt en route; arrivé près de la

grille, il tourna sur lui-même et ramena la petite charrette presque à l'endroit d'où elle était partie, près d'un beau chardon dont il se régala.

« Eh bien, dit Paul, ai-je été jusqu'à la grille?

— Oui, dit Mathilde, mais tu ne pourrais pas conduire s'il y avait quelqu'un dans la charrette.

— Comment es-tu venue ici?

— Dans une voiture.

— Et qui conduisait cette voiture?

— Toi, avec le cocher.

— Eh bien! si j'ai conduit une voiture avec des chevaux, il est bien plus facile de conduire une charrette avec un âne. »

Mathilde, après une longue conversation, se hissa, non sans effort, près de son frère, qui avait solennellement promis de conduire l'âne tout doucement. On atteignit la grille, puis on revint; arrivé devant le champ de pommes de terre, Marquis refusa de s'arrêter. Paul se raidit pour le retenir, et Marquis marcha à reculons. Ce fut un parti pris; Marquis semblait ne plus connaître d'autre façon de marcher.

« Si tu ne l'arrêtes pas, je vais crier, dit Mathilde.

— Comment veux-tu que je l'arrête? Il marche à reculons.

— Fais-le tenir tranquille que je descende.

— S'il voulait se tenir tranquille, je descendrais moi-même. »

Soudain maître Marquis se mit à braire, se dirigea vers la mare, pénétra jusqu'au milieu et s'arrêta net. Paul essaya de le faire avancer ou reculer, vains efforts; la fraîcheur de l'endroit plaisait à Marquis, et le frère et la sœur, debout sur leur charrette, entourés d'eau de tous côtés, ressemblaient à deux naufragés perdus sur un îlot.

« FAIS DONC AVANCER TON ANE, » RÉPÉTAIT MATHILDE
A SON FRÈRE.

CHAPITRE XV

Mathilde savait que la mare n'était pas profonde; aussi,
bien qu'elle fût un peu effrayée, elle ne pleurait pas, ce qui
constituait pourtant sa ressource suprême en pareille occasion.

« Fais donc avancer ton âne, répétait-elle à son frère.

— Il ne veut pas, répondait celui-ci.

— Fais-le reculer.

— Il ne veut plus.

— Alors nous mangerons pour sûr du pain sec ce soir,
et par ta faute.

— C'est toujours de ma faute, dit le malheureux cocher
avec amertume. Sais-tu ce qui me manque? ajouta-t-il après
un nouvel essai infructueux pour décider Marquis à se
mettre en marche. C'est un fouet ou une baguette; retire
tes souliers et va m'en chercher une; je te prêterai mon
couteau.

— Je mouillerais ma robe et j'aurais de l'eau par-
dessus la tête; va la couper toi-même, ta baguette. »

« FAIS DONC AVANCER TON ANE, » RÉPÉTAIT MATHILDE
A SON FRÈRE.

CHAPITRE XV

Mathilde savait que la mare n'était pas profonde; aussi,
bien qu'elle fût un peu effrayée, elle ne pleurait pas, ce qui
constituait pourtant sa ressource suprême en pareille occasion.

« Fais donc avancer ton âne, répétait-elle à son frère.

— Il ne veut pas, répondait celui-ci.

— Fais-le reculer.

— Il ne veut plus.

— Alors nous mangerons pour sûr du pain sec ce soir,
et par ta faute.

— C'est toujours de ma faute, dit le malheureux cocher
avec amertume. Sais-tu ce qui me manque? ajouta-t-il après
un nouvel essai infructueux pour décider Marquis à se
mettre en marche. C'est un fouet ou une baguette; retire
tes souliers et va m'en chercher une; je te prêterai mon
couteau.

— Je mouillerais ma robe et j'aurais de l'eau par-
dessus la tête; va la couper toi-même, ta baguette. »

Paul retira bravement ses bottines, ses bas, son pantalon, et il se disposait à descendre dans l'eau, lorsque sa
sœur le saisit par sa veste et s'écria :

« Je ne veux pas rester seule ici.

— Tu ne resteras pas seule; je vais prendre Marquis
par la bride et le conduire là-bas.

— Non, dit Mathilde, je ne veux pas que tu me
quittes. »

Comme c'était là une idée déraisonnable, Paul voulut.
passer outre. Par malheur, il avait posé son pantalon sur le
bord de la charrette, et, en se débattant contre les petites
mains de sa sœur, il poussa le pantalon, qui glissa, puis
s'étendit à plat sur l'eau. Cet accident mit fin à la lutte;
au lieu de continuer la discussion, on se pencha pour voir
le vêtement s'imbiber et s'enfoncer peu à peu.

« Oh! fit Paul.

— Ah! » fit Mathilde.

Le vêtement disparut; on se regarda un instant d'un
air consterné.

« C'est toi qui as jeté mon pantalon dans la mare,
et tu vas aller me le chercher.

— Je ne l'ai pas jeté, il est tombé, répondit Mathilde
avec douceur.

— Va me le chercher tout de suite », répéta Paul, qui
commençait à devenir rouge.

Mathilde joignit les mains pour l'implorer; avec ses
nattes qui lui pendaient sur le dos et son visage éploré,
elle ressemblait à l'infortunée Mme Barbe-Bleue, au moment
critique où son mari s'apprêtait à la tuer pour la punir de
sa curiosité.

Sur ces entrefaites, M. Antoine apparut; à la vue de

sa charrette plantée au milieu de la mare, le jardinier leva les bras vers le ciel et les laissa retomber avec lenteur.

« Ah ! les petits malheureux ! dit-il, ils ont détaché Marquis. Hue ! » cria-t-il en s'adressant à l'âne.

Celui-ci, à la voix de son maître, dressa ses longues oreilles, poussa un formidable braiment, puis s'élança vers la rive. Paul et Mathilde qui ne s'attendaient pas à ce brusque départ, furent renversés au fond de la charrette, ce qui ne contribua pas à leur rendre leur belle humeur. Une fois sortis de la mare, craignant que Marquis n'eût l'idée d'y retourner, ils se précipitèrent à la fois hors du véhicule.

Les bras du père Antoine se levèrent de nouveau vers le ciel.

« Qu'est-ce que c'est que ce costume-là ? demanda-t-il en regardant Paul. Est-ce une nouvelle manière d'imiter M. Robinson ?

— Il a retiré son pantalon, dit Mathilde.

— Ça se voit parbleu bien, et je lui conseille de le remettre au plus vite.

— Il ne peut pas.

— Comment, il ne peut pas ?

— Non, le pantalon est tombé dans la mare. »

Mathilde raconta longuement ce qui venait d'arriver, et, durant cette narration, le malheureux Paul, impatient, accroupi, tenait les pans de sa chemise que le vent s'obstinait à faire flotter. Le père Antoine monta dans la charrette, conduisit Marquis dans la mare, repêcha le pantalon et regagna la rive. Paul, les mains tendues, se précipita sur son indispensable, comme disent les Anglais ; mais le jardinier l'arrêta.

« Vous ne pouvez remettre ce vêtement trempé, dit-il; il faut que Mlle Mathilde le porte à la maison et vous en rapporte un autre.

— Je n'oserai jamais raconter ce qui s'est passé », dit la petite fille.

Le père Antoine la prit par la main, et, chargé du pantalon, se dirigea vers l'habitation, promettant d'arranger l'affaire de façon que les deux imprudents ne fussent pas trop réprimandés. En attendant, Paul devait se tenir près des buissons, du côté du soleil, afin de ne pas attraper froid.

Il y avait à peine cinq minutes que le jardinier était parti, lorsque Paul entendit des pas s'avancer vers l'endroit où il se trouvait. Il courut se réfugier dans une allée voisine et tomba au milieu de quatre ou cinq dames, venues pour rendre visite à sa maman.

Le petit garçon rebroussa chemin et rencontra Hortense qui se promenait avec trois de ses amies. On l'appela. C'était bien du temps perdu; il courait de toutes ses forces, poursuivi par Trompette qui ne le reconnaissait pas. Sur le perron de la maison, il rencontra Mathilde et le père Antoine. Tout le monde étant au jardin, Mathilde n'avait pu se procurer de pantalon sec. Paul traversa le salon en courant, gagna sa chambre et se fourra dans son lit. Là, il se mit à réfléchir sur l'entêtement des ânes, et, de même que le corbeau de la fable, il jura un peu tard de ne plus se laisser prendre à retirer son pantalon.

Le reste de la journée se passa tristement; ce fut tout honteux que Paul apparut à table. Il était un peu fâché contre Mathilde, car, lorsqu'il nous arrive une aventure désagréable, nous en rejetons volontiers la faute sur notre

prochain. Mais Paul avait l'esprit droit; aussi, à l'heure de
gagner son lit, — pour dormir cette fois, — il était plus
que jamais l'ami de Mathilde, qui avait bravement assumé
sa bonne part de l'imprudence commise.

Le lendemain, dans l'après-midi, le frère et la sœur
rôdaient sur la lisière du bois. Ils épiaient le moment de
retourner près des ruines sans attirer l'attention du père
Antoine, qui, tout près de là, coupait des plantes assez
semblables à de jeunes sapins dont les branches porte-
raient des fruits rouges.

« Pourquoi coupez-vous ces jolis petits arbres, monsieur Antoine? demanda Mathilde.

— Ces petits arbres, ma chère demoiselle, sont simplement des asperges montées en graine.

— Les asperges ne sont pas faites comme ça.

— Parce qu'on les coupe aussitôt qu'elles sortent de
terre, avant que leurs rameaux soient développés comme
ceux que vous voyez là.

— Alors, si l'on semait ces graines rouges dans la
terre, il pousserait des asperges?

— Oui; cependant on préfère multiplier les asperges
par *griffes,* c'est-à-dire par des rejetons que l'on repique.
Il faut trois ans pour que la griffe donne une asperge
assez grosse pour être mangée.

— Est-ce qu'il y a des asperges sauvages, monsieur Antoine?

— Certes; on les trouve dans les terrains sablonneux;
principalement, d'après ce que je me suis laissé dire, dans
les îles du Rhône et de la Loire.

— Et qu'est-ce que c'est donc que ces herbes qui grim-
pent le long des grands bâtons que vous avez plantés là?

— Ces herbes sont des houblons que j'ai trouvés dans les haies, et que je cultive pour me fabriquer de la petite bière. Vous savez sans doute que la fleur ou le fruit du houblon — c'est tout un — se récolte en grande quantité dans le nord et dans l'est de notre pays. Ces belles grappes blondes sont en quelque sorte le raisin des pays froids. Quand le houblon commence à pousser, il est tendre, un peu amer, et se mange exactement comme les asperges.

— Pourquoi dites-vous que le houblon est du raisin? demanda Mathilde. Le raisin et le houblon ne se ressemblent pas du tout.

— J'ai seulement dit que le houblon est le raisin des pays froids, ma chère demoiselle; car, si le raisin produit le vin, le houblon, avec l'orge, sert à préparer la bière.

— Ça n'est pas bon, la bière.

— Le roi Gambrinus n'était pas de ton avis, s'écria Paul, car j'ai appris hier que c'est lui qui l'a inventée.

— J'aime mieux de l'eau sucrée avec de l'eau de fleurs d'oranger dedans que la bière de ton roi », répliqua Mathilde.

Puis, se tournant vers le jardinier, la petite fille ajouta :

« Voilà un oiseau qui vient presque tous les jours se promener sur la terre que vous avez bêchée, monsieur Antoine; que cherche-t-il donc?

— Des vers et des insectes; c'est un beau garçon avec ses plumes d'un brun métallique pointillées de gris, de blanc, quelquefois de bleu et de rouge; on le nomme étourneau ou sansonnet.

— Un sansonnet! s'écria Paul. Émile m'avait promis de m'en attraper un; il prétend qu'ils apprennent à siffler et à parler.

— M. Émile a raison, et, s'il veut s'emparer d'un sansonnet, il n'a qu'à grimper dans le clocher de notre église,
c'est là que nombre de ces messieurs font leur nid. Seulement votre frère fera bien de se hâter, car voici la saison où
les sansonnets regagnent les pays chauds.

— Et ces autres oiseaux gris et blancs, qui remuent
sans cesse leur grande queue, comment s'appellent-ils,
monsieur Antoine?

— Des lavandières. On les appelle aussi bergeronnettes, parce qu'ils rôdent souvent autour des bergeries.
Du reste, ces oiseaux ne manquent pas de noms; le balan-
cement de leur queue que vous avez remarqué leur a valu
celui de hoche-queue. De même que les sansonnets, les
lavandières, bergeronnettes ou hoche-queue émigrent durant l'hiver.

— Et des rossignols, y en a-t-il à Chambrecy?

— Je le crois bien! Si vous étiez venue ici pendant les
grandes chaleurs, vous en auriez entendu plus d'un chanter la nuit.

— Comment sont-ils faits?

— Les rossignols ont le plumage roussâtre, la gorge
et le dessous du corps de couleur grise. Si j'en rencontre
un, je vous appellerai.

— Et vous le ferez chanter?

— Le cher petit ne chante que lorsque cela lui plaît;
d'ailleurs, dans cette saison, les rossignols ont la voix
rauque et désagréable. »

Le jardinier, ayant terminé son travail, se dirigea vers
une autre partie du potager. Dix minutes plus tard, Paul et
Mathilde, affublés de vieux tabliers, avaient repris leur
tâche de la veille et transportaient les pierres dans le bas-

fond du bois ; Paul s'attaquait aux plus grosses. Bientôt
il s'en présenta d'une taille si considérable, qu'il dut re-
quérir l'assistance de sa sœur. On roula les blocs avec
effort, risquant à chaque instant de s'écraser les pieds ;
mais on se croyait sur la piste du trésor ; aussi travaillait-on
avec ardeur.

Sous la première couche de pierres, Paul découvrit des
morceaux d'assiettes ornées de fleurs bleues et roses ; ces
fleurs étaient si jolies que les fragments furent mis de côté
pour être soumis à l'examen des grands frères. Tout à coup,
Mathilde se trouva en présence d'un rat et fut prise d'une
telle frayeur qu'elle supplia son frère de la reconduire jusqu'au verger, déclarant que pour rien au monde elle ne tou-
cherait à ces vieilles pierres moisies. Elle prétendit que les
religieux n'avaient pu choisir un endroit si malpropre pour
enterrer leur trésor, et qu'il valait mieux aller chercher
autre part.

« Je le découvrirai donc seul, dit Paul, et tu seras bien
attrapée quand tu me verras assez riche pour ne plus marcher à pied, pour avoir chaque jour à mon goûter un grand
pot de confitures, de celles qui ont des groseilles dedans,
et qui doivent coûter très cher, car Hortense en donne peu
à la fois.

— Alors, tu vivras tout seul?

— Oui, dans un château que je m'achèterai.

— Tu t'ennuieras.

— Non ; je me ferai faire une toupie en or, des billes
en diamant, et un volant avec des plumes de perroquet ;
j'achèterai un singe, il fera des grimaces toute la journée,
et j'éclaterai de rire.

— Tu m'inviteras, dis?

— Jamais, puisque tu ne veux plus travailler.

— J'irai te voir tout de même.

— Je saurai bien t'en empêcher.

— Comment cela?

— Je mettrai des rats plein mon château. »

Mathilde poussa un cri d'horreur, Paul reprit son travail, et bientôt il se trouva en face d'une pierre si grosse, que l'aide de sa sœur devenait indispensable. Il lui parla de Catherine, lui démontra que le rat devait avoir encore plus peur d'elle qu'elle n'avait peur de lui, que par conséquent il était déjà loin. Une transaction suivit cette conversation; il fut convenu que Paul porterait les pierres à mi-chemin, après s'être assuré qu'il n'y avait de rat ni dessus ni dessous, et que Mathilde les reprendrait alors pour les rejeter plus loin. Comme récompense la petite fille aurait droit à un château, à un pot de confitures, à une grande volière pleine d'oiseaux de paradis, et à une robe de soie dont la queue serait assez longue pour couvrir du haut en bas les marches du perron. Paul ayant souscrit à ces conditions, on se remit au travail, et le tas de pierres diminua sensiblement. Tout à coup, un cri lugubre se fit entendre. Mathilde, qui, en ce moment, se trouvait plus rapprochée que Paul du tas de pierres, recula en déclarant que le cri était parti des décombres. Paul ne fit que rire de cette assertion.

« Tu n'as donc rien entendu? lui dit sa sœur.

— Si, mais c'est la voix d'un oiseau, perché là-haut dans les arbres.

— Ça n'est pas dans les arbres qu'on a pleuré, c'est dans le tas de pierres.

— C'est peut-être le rat.

— Non; j'en ai entendu un crier l'autre jour, et ils ne crient pas comme ça.

— Continue à travailler, dit Paul; puisque tu n'as qu'à prendre les pierres au bord du tas, tu n'as rien à craindre.

— Et si tu es mangé par quelque bête, qu'est-ce que je ferai?

— Il faudrait au moins un lion pour me manger, et les lions vivent dans les cavernes et non sous les tas de pierres.

— Allons-nous-en », répliqua Mathilde.

Paul, sans daigner répondre, continua son travail; il grimpa même sur le tas de pierres pour faire rouler celles qui se trouvaient près de la muraille.

Un nouveau cri retentit, et le petit garçon se redressa brusquement. Cette fois le doute n'était plus permis. Les lugubres gémissements sortaient bien du tas de pierres.

CHAPITRE XVI

Mathilde avait reculé d'au moins vingt pas, et Paul, plus surpris qu'effrayé de ce qu'il venait d'entendre, était néanmoins descendu du tas de pierres; il regrettait de n'avoir là ni son sabre ni son fusil, armes indispensables à ceux qui s'aventurent dans les forêts. En dépit des remontrances de sa sœur, le petit garçon se mit en quête d'un bâton, trouva juste ce qu'il lui fallait, et, ainsi armé, se rapprocha de la muraille. Deux ou trois moellons écartés à l'aide du bâton laissèrent à découvert un grand trou au fond duquel apparurent deux yeux ardents. Mathilde, appelée pour constater le fait, eut à peine aperçu les deux yeux, qu'elle recula de nouveau, affirmant que le diable seul pouvait avoir des prunelles si rouges et si luisantes.

Paul, on le sait déjà, ne s'intimidait pas facilement et gardait presque toujours son sang-froid. Évidemment c'était une chose étrange, effrayante même, que ce trou habité par deux yeux flamboyants; mais, après avoir réfléchi, le petit garçon conclut que les deux yeux devaient appartenir à un putois ou à une belette, et non point au génie gardien du trésor, ainsi que Mathilde le lui criait de loin.

Que faire? Paul eût bien voulu s'emparer de l'animal qui venait de crier d'une si étrange façon. Comment s'y prendre? Celui-là, on ne pouvait songer à l'enfermer dans un cornet de papier, encore moins à le rouler dans un mouchoir. C'était le cas d'aller chercher Émile ou Lucien; mais alors adieu la surprise du trésor, il faudrait révéler l'endroit où il gisait. D'ailleurs, Mathilde refusait de se rendre seule à la maison, et elle consentait encore moins à garder le trou pendant que Paul s'éloignerait. Ce dernier trancha la question de la même façon qu'Alexandre le nœud gordien : il fourra hardiment son bâton dans le trou. Presque aussitôt, un gros oiseau blanc parut, prit son vol, décrivit trois ou quatre cercles et s'enfuit en poussant des cris de détresse. A la grande stupéfaction des deux enfants, cinq ou six moineaux se lancèrent à la poursuite du fugitif.

« C'est un hibou, dit Paul à sa sœur.

— Un hibou! comment le sais-tu?

— Parce que Lucien m'en a montré un l'autre soir; il était posé sur la crête du mur, et c'est peut-être bien celui que nous venons de voir, car Lucien m'a dit que les hiboux se logent dans les trous des rochers, dans le creux des arbres, ou parmi les pierres des ruines.

— As-tu vu comme les petits oiseaux se sont mis à courir après lui?

— Ils ne se sont pas mis à courir, mais à voler, répondit le logicien Paul, et cela prouve qu'ils sont plus braves que toi. Tu disais l'autre jour que, lorsque je serai général, tu voulais être cantinière dans mon régiment. Les cantinières doivent aller relever les blessés sous le feu des canons; tu auras peur des boulets, si tu as peur d'un hibou, et tu ne pourras pas me relever.

— Je veux bien être cantinière pour avoir des pantalons rouges, un petit chapeau et un petit baril, répondit Mathilde; mais je ne veux pas me battre contre les canons.

— Alors, quand je serai blessé sur un champ de bataille, tu me laisseras là? »

A l'idée de voir Paul blessé sur un champ de bataille, Mathilde s'attendrit de telle façon que ses joues se couvrirent de larmes. Elle embrassa son frère et le supplia, si jamais il allait à la guerre, de se mettre derrière les canons et non pas devant. Paul le lui promit afin de la consoler, mais avec la ferme résolution de se conduire en brave, et il continua son œuvre. Bientôt la fatigue obligea les travailleurs à remettre au lendemain la continuation de leur tâche, et, chargés de leurs morceaux d'assiettes, ils se dirigèrent vers la chambre de Lucien pour lui soumettre leur trouvaille.

« Est-ce pour que je les raccommode que vous me rapportez ces débris? demanda le grand frère.

— Non, c'est pour que tu voies les fleurs qui sont dessus.

— Sur ma foi, voilà de la porcelaine de Chine. Où avez-vous trouvé cela?

— Dans le bois, sous un tas de pierres, dit Paul.

— Et ce morceau-là, est-ce aussi de la porcelaine? demanda Mathilde.

— Non; celui-ci est de la faïence.

— Il ressemble pourtant aux autres; quelle différence y a-t-il donc entre la faïence et la porcelaine?

11

— La faïence, dit Lucien, est une poterie commune fabriquée avec de l'argile que l'on fait cuire et que l'on recouvre ensuite d'un émail composé d'oxyde de plomb ou d'étain. D'après quelques historiens, c'est à Faenza, vers le xive siècle, que furent établies les premières fabriques de faïence ; selon d'autres, c'est dans le bourg de Fayence, en Provence. Bernard Palissy dans notre pays, Wedgwood en Angleterre, ont beaucoup perfectionné les faïences ; aussi celles qui nous restent de leur époque sont-elles considérées aujourd'hui comme des œuvres d'art.

— Alors la faïence n'est que de la terre cuite ?

— Pas autre chose, comme la porcelaine du reste, qui se fabrique avec une argile blanche nommée *kaolin*. La porcelaine est en quelque sorte de la faïence fine.

— Tu as dit que ce morceau-là est de la porcelaine de Chine. Comment l'as-tu deviné ?

— A sa dureté, à sa teinte bleuâtre et aussi à l'étrangeté de ses fleurs. Les Chinois, dès le 1er siècle de notre ère, connaissaient la porcelaine. On croit qu'elle a été importée en Europe par les Portugais. Les Anglais essayèrent les premiers d'en fabriquer, et les Français les imitèrent bientôt. En 1710, on découvrit du kaolin en Saxe, et l'on fabriqua une porcelaine dure, encore célèbre de nos jours sous le nom de vieux saxe. Aujourd'hui, la manufacture de Sèvres, en France, est sans rivale pour la fabrication des porcelaines d'art ; c'est un établissement que nous irons visiter lorsque nous serons rentrés à Paris : là, vous en apprendrez plus en une heure sur la porcelaine qu'avec une semaine d'explications.

— Dis donc, Lucien, est-ce que les hiboux sont méchants ? demanda Mathilde.

— Pas précisément; ce sont des rapaces nocturnes qui vivent d'insectes, d'oiseaux et de petits mammifères.

— Nous venons d'en voir un; il avait de grands yeux ronds brillants, un bec crochu et deux petites oreilles.

— Ces oreilles sont simplement des aigrettes de plumes, dit Lucien; quant à ses yeux, ils ne brillent que la nuit; pendant le jour, le hibou voit à peine clair.

— Si j'en prenais un, est-ce qu'il me mordrait? demanda Paul.

— Certes, et je t'engage à ne pas tenter l'expérience. Est-ce dans le creux d'un arbre que vous avez découvert un hibou?

— Non, c'est dans un trou de muraille; il nous a fait peur, car il criait comme quelqu'un qui pleure. J'ai fourré mon bâton dans son trou, il s'est envolé, et tous les petits oiseaux du parc l'ont poursuivi.

— Les passereaux, reprit Lucien, que les hiboux, les chouettes, les chats-huants, les effraies et les autres oiseaux nocturnes vont surprendre la nuit sur les branches où ils dorment, pour les croquer, se vengent lorsqu'ils rencontrent leurs ennemis aveuglés par la lumière du jour. Les paysans sont comme les petits oiseaux, ils ont horreur des chouettes et des hiboux, les considèrent comme des êtres de mauvais augure et les tuent impitoyablement. Ils ont tort, car chouettes et hiboux débarrassent leurs champs des mulots, des taupes, des souris, en un mot, de tous les rongeurs qui causent tant de dégâts dans les moissons. »

En sortant de la chambre de leur frère, Paul et Mathilde se souvinrent de la plante qu'ils avaient enterrée dans la cave afin de voir ce que deviendrait la chlorophylle, et ils allèrent la visiter. La pauvre plante était blanche, Lucien

avait dit vrai. Sur les conseils de sa sœur, Paul apporta la
malade dans le potager et la planta en plein soleil avec l'espoir que l'astre bienfaisant aurait le pouvoir de la rendre
verte de nouveau. L'opération terminée, on alla voir ce
que faisait Émile le long de la treille ; il cueillait des
grappes de raisin pour le dessert ; on lui proposa de l'aider ;
Mathilde fut chargée de tenir le panier, et Paul d'y déposer
les grappes.

« Dis donc, Émile, la vigne est un arbre, n'est-ce pas ?
demanda Paul.

— Ce n'est qu'un arbrisseau dont le tronc, en vieil-
lissant — et la vigne peut vivre plusieurs siècles —
acquiert des proportions considérables. Ainsi on prétend
que la statue de Diane, à Éphèse, avait été taillée dans un
tronc de vigne.

— Et d'où vient-elle, la vigne ?

— On la trouve un peu partout. Comme les céréales,
comme le chien, l'âne, le cheval, elle semble avoir toujours
été la compagne de l'homme. La Bible cite Noé comme
ayant le premier découvert la vigne ; les Égyptiens font
honneur de cette découverte à Osiris, et les Grecs à Bac-
chus. Ce qu'il y a de certain, c'est que la vigne paraît avoir
été cultivée de tout temps. L'empereur Domitien la fit arracher dans les Gaules, et ce fut l'empereur Probus, vers le
IIIe siècle, qui en favorisa de nouveau la culture dans notre
pays.

— Pourquoi la vigne vierge, qui grimpe le long de la
grille du parc, ne porte-t-elle pas de raisins ?

— Parce que c'est une plante de la famille du lierre,
et qu'elle ne ressemble à la vigne proprement dite que par
son nom ; elle est originaire du Canada. »

La récolte étant suffisante, Émile se chargea du panier qui la contenait et se dirigea vers la maison. Les deux enfants le suivaient à peu de distance et causaient avec animation. Les voix s'élevèrent peu à peu, et les « je te dis que si », les « je te dis que non » se croisèrent avec tant de vivacité qu'ils présageaient une dispute.

« Que se passe-t-il ? cria Émile en se retournant.

— C'est Mlle Mathilde, s'écria Paul, — et le mot mademoiselle, dans sa bouche, révélait un commencement de brouille, — c'est Mlle Mathilde qui ne veut pas croire que l'on fait du vin blanc avec le raisin noir.

— Elle a tort, dit Émile ; ainsi les grappes noires que nous venons de cueillir servent à fabriquer le vin de Champagne. Pendant la fermentation, la matière colorante bleue, qui réside dans les pellicules du fruit, passe au rouge par les acides, et se trouve même détruite. Si l'on a soin d'enlever ces pellicules, le vin reste blanc. »

Pendant le dîner, Émile annonça qu'on irait déjeuner le lendemain dans le pavillon où l'on avait cru voir un orang-outang ; aussi, dès six heures du matin, Paul et Mathilde étaient-ils debout. Ce ne fut qu'à huit heures que Lucien se trouva prêt, et l'on se rendit sur les bords de l'étang avec un panier contenant une bouteille de vin, du pain, un poulet froid, du raisin, des pommes et un demi-pot des fameuses confitures dont Hortense ne donnait qu'une cuillerée à la fois. On monta dans le canot ; Émile et Lucien prirent chacun une rame, et bientôt la petite barque glissa sur l'eau. On fit un grand tour pour aller aborder, et Paul sauta le premier à terre. Il courut au pavillon, qu'il trouva meublé d'une table et de chaises ; Lucien et Émile se mirent en devoir de pêcher. Paul et Mathilde restèrent donc seuls dans l'île, le premier enchanté de ressembler enfin à Robinson, tandis que sa sœur, un peu inquiète, ne se rassura que lorsque ses grands frères lui eurent affirmé qu'elle ne perdrait pas de vue le canot, puisqu'ils allaient pêcher autour de l'île.

Paul, aussitôt qu'il se vit seul avec sa sœur, lui proposa de faire le tour de leur nouveau domaine, et de visiter le bois qui couvrait l'une de ses extrémités. Il lui recommanda de regarder partout, attendu que, bien qu'on fût certain d'être sur la trace du trésor, il pouvait se faire qu'une partie eût été enterrée dans l'île. Les explorateurs se mirent en route, épouvantant des nuées de grenouilles qui sautaient sur l'herbe et gagnaient les roseaux. Paul avait emporté son sabre et il le dégaina, afin de défendre sa sœur, si par hasard un hippopotame venait à sortir de l'eau. On atteignait le bois lorsque le canot se rapprocha de la rive où Lucien venait déposer le résultat d'un premier coup de filet; on courut voir la pêche. Paul reconnut les goujons et les ablettes, mais il prit pour une carpe un poisson à tête noire, de la même famille, connu sous le nom de brême.

« Et comment se nomme ce petit, qui a le dos tout doré et des nageoires violettes? demanda-t-il.

— C'est une tanche, lui dit Lucien, et je suis très content de l'avoir capturée, car elle cause presque autant de dégâts que le brochet.

— Elle est gluante! s'écria Paul.

— Oui, répondit Lucien; il suinte de sa peau une humeur visqueuse assez semblable à celle dont les anguilles paraissent être enduites. On prétend que les poissons, lorsqu'ils sont blessés, se frottent contre la tanche pour se gué-

rir; aussi, dans les pays où existe ce préjugé, la nomme-t-on
le « médecin des poissons ».

— Voilà une grosse carpe qui a des moustaches, dit
Mathilde.

— Ta carpe est un barbeau, dit Lucien, un poisson dont
on prétend que les œufs ont une propriété vénéneuse, —
fait qui n'est nullement prouvé, — et ses moustaches sont
des barbillons. »

Émile et Lucien reprirent le large, et les deux enfants,
se dirigeant vers le bois, le côtoyèrent et se retrouvèrent
bientôt en face du pavillon, enchantés d'avoir fait le tour de
l'île. Mais ils n'avaient pas vu de rochers, et ni l'un ni
l'autre ne pouvait admettre qu'il existât une île sans rochers; ils se remirent donc en route avec l'intention de traverser cette fois le petit bois.

En trois minutes de marche ils atteignirent le bord
d'une flaque d'eau d'environ deux mètres de large, que Paul
déclara être un lac. Au fond de l'eau transparente se promenaient des reptiles noirâtres, très semblables à des lézards,
que Mathilde reconnut pour être de jeunes crocodiles. Paul
n'était pas éloigné de partager cette idée, et, tandis que ses
frères pêchaient des barbeaux, des brêmes et des goujons,
il essaya de pêcher un crocodile. Après deux ou trois tentatives pour saisir les reptiles qui s'approchaient du bord,
tentatives qui troublèrent bientôt la limpidité du lac, on
passa outre. On arriva au pied d'une montagne haute au
moins de trois mètres et taillée à pic. C'était une montagne
de sable qui s'écroulait sous les pieds. A force de persévérance, et après avoir roulé dix fois, Paul atteignit le sommet;
là, il découvrit le canot, lui fit des signaux qui ne furent
pas aperçus, puis il redescendit pour achever l'exploration.

Cinq minutes plus tard, les grands frères, en se rapprochant de la rive, entendirent des cris désespérés. Ils
reconnurent la voix de Mathilde qui bientôt sortit du bois
en courant, suivie de son frère. Émile et Lucien firent
force de rames, ne comprenant rien aux allures des deux
enfants qui se jetaient à terre, se relevaient, couraient pour
se rouler de nouveau sur le sol, gesticulant comme s'ils
cherchaient à éloigner de leur tête des ennemis invisibles.
Mathilde criait de plus fort en plus fort; quant à Paul,
armé de son sabre, il faisait le moulinet, levait la tête, la
baissait, se couchait par terre, exécutait une culbute et se
redressait pour recommencer son moulinet.

« Ils sont donc devenus fous! » s'écria Lucien plein
d'inquiétude.

Et, tandis qu'Émile amarrait à la hâte le canot, le grand
frère courut vers les deux enfants, dont l'un continuait à
crier et l'autre à exécuter de fantastiques moulinets.

« ILS SONT DONC DEVENUS FOUS! » S'ÉCRIAIT LUCIEN
PLEIN D'INQUIÉTUDE.

CHAPITRE XVII

Abeilles et frelons. — Un nez endommagé. — Compliment de Mlle Hélène. —
Les nèfles. — Pêchers et abricotiers. — Les courtilières. — Le levier. —
Découverte imprévue.

Lucien s'arrêta brusquement; une douzaine de guêpes furieuses, bourdonnantes, tourbillonnaient autour des deux explorateurs.

« Couchez-vous par terre et ne bougez plus, » leur cria-t-il.

Puis, se tournant vers Emile qui accourait, il lui ordonna de se tenir immobile. N'étant plus excitées par les gestes et les cris de ceux qu'elles considéraient comme des ennemis, les guêpes décrivirent de grands zigzags, et une à une s'envolèrent vers le bois.

Émile et Lucien relevèrent alors les blessés; Mathilde, piquée près du sourcil, ne voyait plus clair que d'un œil et gémissait en accusant son frère qui, piqué sur le bout du nez, était devenu méconnaissable. On eût dit qu'il avait une pomme de terre rouge au milieu du visage, et cela lui donnait un air si drôle, que ses grands frères, en dépit de leur pitié pour ses souffrances, avaient peine à ne point rire. Un mouchoir trempé dans l'eau fut posé sur l'œil de Ma-

thilde. Quant à Paul, impossible de rien appliquer sur sa
piqûre dont il supportait du reste la cuisson avec courage;
seulement, il remuait à chaque instant le nez comme un
lapin, et sa moue était alors si comique, que Mathilde riait
parfois tout en pleurant.

« En vérité, dit Lucien, vous êtes moins raisonnables
qu'Hélène. Quelle idée vous a pris d'aller tourmenter les
guêpes? Vous savez pourtant qu'elles ont un aiguillon.

— Je ne les ai pas tourmentées du tout, s'écria Mathilde,
je n'ai fait que les regarder.

— Je doute pourtant, reprit Lucien, qu'elles vous
aient attaqués sans provocation de votre part.

— Voilà ce qui est arrivé, dit la petite fille; nous avions
découvert un lac plein de crocodiles...

— De crocodiles! s'écria Émile.

— Oui, des petits; alors Paul a voulu en pêcher un,
ils se sont cachés et nous avons été près d'une montagne
percée d'un petit trou dans lequel entraient des guêpes.
Paul m'a dit que c'étaient des mouches à miel.

— Ça y ressemblait, dit l'accusé en remuant son nez.

— Alors, dit Mathilde, Paul m'a dit de regarder par le
trou, qu'il allait fourrer son sabre à côté, pour voir ce que
feraient les guêpes. Pendant que je regardais, les mouches
sont sorties, je me suis sauvée, elles ont couru après moi et
j'ai été piquée à l'œil.

— Moi, sur le nez, dit Paul.

— J'ai une grosse bosse à la tête, reprit Mathilde.

— Moi, j'en ai deux.

— C'est ta faute.

— C'est ça! répliqua Paul en frottant ses bosses et en
faisant remuer son nez avec vivacité : quand tu tombes,

c'est ma faute; quand ton volant se perche sur un arbre,
c'est encore ma faute; ça doit être aussi ma faute quand
tu laisses manger les poissons par les chats.

— Vos récriminations, dit Lucien, sont inutiles comme
toutes les récriminations, puisqu'elles ne peuvent rien réparer. Une autre fois, lorsque vous verrez un trou de guêpes,
vous aurez soin de passer au large; il faut se défendre lorsqu'on est attaqué, mais c'est un vilain rôle que celui de
persécuteur.

— Je savais bien, murmura Mathilde, que les guêpes
ne sont pas des mouches à miel.

— Ce sont des parentes, dit Lucien, quoique l'abeille
soit plus douce, plus industrieuse que la guêpe, qui ne produit ni cire ni miel. De tout temps l'homme a exploité le travail des abeilles et cherché à détruire les guêpes, surtout
les frelons. Le frelon vit d'insectes, il est le plus cruel ennemi des abeilles, dont il va souvent dérober le miel; c'est
un voleur perfide et méchant. Tous ces insectes, abeilles,
guêpes et frelons, appartiennent à l'ordre des hyménoptères, remarquable par l'industrie et l'instinct de plusieurs
de ses membres, parmi lesquels il faut ranger les fourmis. »

Lucien parlait un peu à des sourds, attendu que Mathilde songeait à son œil et Paul à son nez. Le déjeuner
fut un peu triste, car Paul et Mathilde souffraient beaucoup,
les aiguillons des hyménoptères empoisonnant en quelque
sorte la piqûre qu'ils font. Les deux enfants en avaient donc
pour quarante-huit heures à rester défigurés; Paul en prit
son parti, mais Mathilde se montra moins résignée et ne
perdit aucune occasion de répéter à son frère : « C'est ta
faute. »

« Eh bien ! oui, c'est ma faute, s'écria celui-ci exaspéré, es-tu contente ?

— Non.

— Es-tu guérie ?

— Tu vois bien que non.

— Eh bien, tu auras beau répéter jusqu'à demain que c'est ma faute, ça ne te guérira pas davantage.

— Je le sais, dit Mathilde, mais c'est ta faute tout de même. »

Paul fit remuer son nez avec énergie et conduisit Lucien vers le lac des crocodiles. Ces crocodiles étaient simplement des salamandres, vulgairement nommées tritons, et qui ne diffèrent des salamandres terrestres que par leur queue aplatie en forme de nageoire.

Un des amphibies fut pêché pour être examiné de près, puis rendu à la liberté sur les prières de Mathilde, qui demandait sans cesse à retourner à la maison. On se rembarqua donc, et, un quart d'heure plus tard, la petite fille racontait sa mésaventure à ses sœurs. Quant à Paul, il fut arrêté au passage par Mlle Hélène.

« Qu'est-ce que tu as mis sur ton nez pour qu'il ressemble à celui de M. Polichinelle ? demanda le terrible bébé.

— J'ai été piqué par une guêpe.

— Où est-elle, la guêpe qui t'a piqué ?

— Dans les bois.

— Mène-moi la voir.

— Non, dit Paul, elle te piquerait à ton tour.

— Et ça me rendrait laide comme toi ?

— Oui, » dit Paul en faisant remuer son nez.

Et, peu flatté du compliment, il alla voir le père Antoine, qui poussa de grandes exclamations en le voyant si défiguré.

« QU'EST-CE QUE TU AS MIS SUR TON NEZ? »
DEMANDA LE TERRIBLE BÉBÉ.

« J'aurais dû vous prévenir, monsieur Paul, s'écria-t-il, de ne jamais troubler les guêpes dans leur nid.

— Je suis prévenu, répondit Paul, et cela ne m'arrivera plus. Est-ce que vous allez cueillir des pommes, monsieur Antoine, que vous prenez votre échelle?

— Je vais récolter des nèfles.

— Ces petits fruits durs qui poussent sur l'arbre qui est là?

— Précisément.

— Ils ne sont pas bons à manger.

— Parce qu'ils ne sont pas encore mûrs. Pour que les nèfles deviennent sucrées, il faut que les premières gelées les rendent molles.

— Il me semble avoir vu un néflier dans le bois.

— Vous ne vous trompez pas; le néflier est un arbre de notre pays, il pousse un peu partout. M. Lucien me disait l'autre jour que c'est un parent de l'aubépine et des poiriers; tout vieux que je suis, je ne m'étais jamais douté de cette parenté-là.

— Les pêchers et les abricotiers sont aussi des parents, n'est-ce pas, monsieur Antoine?

— Mais oui, monsieur Paul, ils viennent de la Perse, à ce que je me suis laissé dire. Cependant l'abricotier se rapproche davantage du prunier, et le pêcher de l'amandier; aussi est-ce sur ces arbres qu'on les greffe habituellement.

— Oh! la drôle de bête! La connaissez-vous?

— Que trop, monsieur Paul, pour mon malheur; cet insecte est une courtilière.

— Ses pattes ressemblent à celles de la taupe, on dirait de petites mains.

— C'est que la courtilière, comme la, taupe, creuse des galeries sous terre, coupe les racines et ravage mon potager. Ne la laissez pas se sauver, c'est une peste qu'il faut détruire.

— Je voudrais l'emporter pour la montrer à Lucien.

— Votre frère connaît ces bêtes-là ; il m'a aidé, l'autre jour, à leur faire la chasse et il les nomme des taupes-grillons.

— Et comment chassez-vous les courtilières?

— D'une façon bien simple ; je cherche leurs trous, puis je verse dedans un verre d'eau et une goutte d'huile.

— Et les courtilières se sauvent.

— Mieux que cela, monsieur Paul, elles meurent. »

Après avoir fait promettre au jardinier de l'appeler la prochaine fois qu'il ferait la chasse aux courtilières, Paul se chargea de porter la récolte des nèfles à la cuisinière et de lui recommander de les étendre entre deux couches de paille, ce qui aide ces fruits à mûrir. Sa commission valut au petit garçon un morceau de sucre dont il croqua la moitié. Ayant appelé Trompette, il lui posa l'autre moitié sur le bout du nez et compta jusqu'à trois. A ce signal, Trompette fit sauter en l'air le morceau de sucre, le reçut dans sa gueule, le croqua et vint lécher la main de Paul pour le remercier. M{}^{lle} Hélène, témoin du fait, ramassa aussitôt un caillou, le posa sur le nez du chien qui secoua la tête dédaigneusement. Par trois fois la petite fille recommença l'expérience, mais sans succès. Alors, indignée de la désobéissance du caniche, elle lui signifia qu'elle allait se plaindre à Hortense, ce qu'elle fit en effet.

Vers quatre heures, Mathilde, avec un bandeau sur l'œil, apparut dans le jardin. Paul l'entraîna aussitôt vers les ruines afin de travailler à la recherche du trésor. Le trou du hibou fut visité ; il était vide, et l'on se mit à l'œuvre sans inquiétude. A mesure que les pierres étaient enlevées, on découvrait de petites plantes toutes pâles qui, ayant poussé dans l'obscurité, s'étiolaient faute de chlorophylle.

Le tas de pierres décroissait, mais bientôt les blocs devinrent si gros que les efforts réunis du frère et de la sœur ne pouvaient les déplacer. Cet incident désola d'autant plus les deux travailleurs, qu'il leur semblait voir une petite porte dans le mur. Après de vains efforts ils retournèrent dans le parc et aperçurent Lucien qui lisait, assis sur un banc de pierre.

« Viens, et laisse-moi parler, » dit Paul à sa sœur.

Il s'approcha de son frère, et n'osant l'interrompre dans sa lecture, il se mit à tourner autour de lui.

« Que cherches-tu ? demanda enfin Lucien, surpris de ce manège.

— Je ne cherche rien, je regarde seulement la pierre sur laquelle tu es assis.

— Et que lui vois-tu d'étrange ?

— Je trouve qu'elle est très grosse.

— C'est, en effet, une belle pierre.

— Est-ce que tu pourrais la porter ?

— Non, certes ; elle doit peser au moins quatre cents livres, et il faudrait être Samson rien que pour la bouger.

— Dis donc, si tu laissais tomber ta montre et cette grosse pierre par-dessus, comment ferais-tu pour ravoir ta montre ?

— Tu veux dire les débris de ma montre, car elle serait en mille pièces.

— Oui, mais comment ferais-tu pour la ravoir ?

— J'irais chercher un cric, ce levier à l'aide duquel tu as vu les maçons remuer sans effort d'énormes pierres de taille.

— Et si tu n'avais pas de cric?

— J'emploierais un levier.

— Je voudrais bien savoir comment cela s'improvise, un levier.

— Le levier, reprit Lucien, est une barre inflexible appuyée sur un point fixe, et qui sert à soulever, à soutenir ou à mouvoir un corps pesant. Il y a trois sortes de leviers; mais tu es encore trop jeune pour que je puisse te faire comprendre leur mécanisme. Voici le plus simple, dont on attribue la découverte au Syracusain Archimède. Tu veux soulever ce banc; par conséquent, il te faut une barre et un point d'appui. La barre, c'est ma canne; le point d'appui, cette pierre que je place au milieu; si, maintenant, j'appuie de toutes mes forces sur l'extrémité de ma canne, je puis arriver à soulever un poids que dix hommes pourraient à peine remuer. Plus le corps que je veux soulever sera lourd, plus il me faudra rapprocher le point d'appui, et plus la canne ou la barre de fer que je prendrai devra être longue. »

Paul se fit répéter par deux fois cette explication, que Lucien accompagna d'une démonstration. Le petit garçon remercia son frère, et, suivi de Mathilde, se dirigea vers l'endroit où le père Antoine gardait ses outils.

« As-tu compris? demanda-t-il à sa sœur.

— Oui, répondit celle-ci, il nous faut un *cri-cri*, ou un *évier* pour soulever les pierres. »

Paul remua son nez, ce qui, pour le moment, équivalait à un geste de dédain.

« Lucien a parlé de levier et non d'évier, de cric et non
de cri-cri, dit-il ; mais, si tu n'as pas compris, tu compren-
dras tout à l'heure. »

Dans la cabane aux outils, le petit garçon choisit un
long morceau de bois, sans doute destiné à devenir manche
de bêche, et retourna près des ruines. La première pierre à
soulever avait environ 50 centimètres carrés. Paul introduisit dessous l'extrémité de son morceau de bois, posa
une pierre sur le sol pour avoir un point d'appui, et, saisissant l'extrémité du gros bâton, il ordonna à Mathilde
d'appuyer en même temps que lui, et cela de toutes ses
forces, sur l'extrémité libre du levier, dès qu'il prononce-
rait le mot trois.

« Une, deux... » cria Paul.

Il avait à peine crié *trois*, que la pierre, le levier, Mathilde et lui-même roulaient chacun de leur côté. L'ingénieur, encore inexpérimenté, n'avait pas mesuré les forces
de façon à les équilibrer, et ses efforts joints à ceux de sa
sœur, eu égard à la longueur du levier, eussent suffi pour
soulever une pierre vingt fois plus lourde que celle qu'il
s'agissait de déplacer. Mathilde s'écria bien : « C'est ta
faute ! » mais, comme elle n'avait ressenti aucun mal, elle
se contenta de cette exclamation et regarda Paul, qui, ins-
truit maintenant de la puissance du mécanisme que lui
avait révélé son frère, avait saisi le manche de la bêche et
remuait à lui seul les blocs qui avaient menacé de rendre
vains les immenses travaux déjà exécutés par lui et par sa
sœur.

Juste au moment où la cloche sonnait pour le dîner,
une large dalle, avec un anneau de fer scellé au milieu, venait d'être mise à découvert. Le trésor était là, le doute

n'était plus permis; mais la cloche tintait, il fallait répondre à son appel ou se laisser surprendre. Bien qu'à regret, on s'éloigna en courant, après avoir placé un tas de mousse sur l'anneau de fer pour le cacher à tous les yeux.

CHAPITRE XVIII

Une dalle récalcitrante. — La question des fromages. — Le beurre. — Le colimaçon borgne. — Hirondelles et martinets. — Les corneilles. — Melons,
potirons et concombres. — Les aubergines. — Deux ingénieurs à l'œuvre.

La première pensée de Paul, en se réveillant le lendemain, fut naturellement pour le trésor. Durant toute la
soirée de la veille, il avait formé mille et un projets avec
Mathilde qui, pas plus que lui, ne doutait que les richesses
des religieux ne fussent enfouies sous la pierre à l'anneau
de fer. Aussitôt habillé, sans même attendre sa sœur, le
petit garçon courut au jardin, et de là dans le bois. La
pierre était toujours à sa place, personne n'avait touché
au tas de mousse qui cachait l'anneau. A l'aide de son
levier, Paul déblaya encore le terrain de cinq ou six
grosses pierres, et passa son bâton dans l'anneau de fer,
afin d'essayer d'enlever la grande dalle. Vains efforts !
elle semblait scellée, et le travailleur se meurtrit inutile-
ment les mains. Il dut retourner à la maison, accomplir ses
devoirs du matin, et attendre la fin du déjeuner avant de
pouvoir communiquer à Mathilde ses nouvelles espérances
de voir apparaître le trésor aussitôt que la pierre serait
enlevée, opération qui nécessitait leurs efforts réunis.

Par malheur, ce jour-là, on devait mettre la dernière main à la robe de Catherine, de sorte que Mathilde, ayant à terminer deux ourlets, ne comptait être libre que vers quatre heures.

« Bien, lui dit Paul désappointé, d'ici à quatre heures, il va passer quelqu'un dans le bois, ce quelqu'un verra la pierre, la soulèvera, prendra les millions, les mettra dans ses poches, et quand nous arriverons, il n'y aura plus rien.

— Va les prendre le premier, répondit Mathilde.

— Je t'ai déjà dit que je ne peux pas soulever la pierre à moi tout seul.

— Eh bien, va t'asseoir dessus jusqu'à ce que j'aille te rejoindre. »

Paul remua son nez qui était encore un peu enflé.

« C'est ça, dit-il, je vais m'asseoir pendant quatre heures sur une pierre, pour avoir l'air du pauvre aveugle auquel nous donnons un sou quand nous passons sur le pont des Arts.

— Tu n'auras pas l'air d'un aveugle, puisque tu n'auras pas de clarinette. »

Cette réponse eût provoqué une foudroyante réplique, si Mathilde, appelée par ses sœurs, ne se fût enfuie en courant. Paul, un peu dépité, se promit de retrancher deux chevaux à la calèche de sa sœur, et de raccourcir d'un mètre la queue de la robe de velours dont elle parlait sans cesse. Il erra pendant un quart d'heure à droite et à gauche, désœuvré, trouvant le temps très long ; il joua avec la chatte et récolta un coup de griffe ; il fit rapporter une balle par Trompette, puis se divertit à construire une maison de sable « pour amuser Hélène. » Vingt fois il alla consulter le coucou de la cuisine dont les aiguilles semblaient marcher à reculons. Enfin, ayant vu son frère Émile se diriger vers la laiterie, il courut le rejoindre et vit remplir des moules de lait caillé.

« Que va-t-on faire avec cela? demanda-t-il à son frère.

— Du fromage, répondit celui-ci.

— Le fromage n'est donc que du lait caillé?

— Pas autre chose, mais on le prépare de différentes façons. On va laisser égoutter celui qu'on vient de mettre dans les moules, on le salera, on le pressera, puis on le portera à la cave où il s'amollira peu à peu. Là, il se couvrira de plantes vertes microscopiques, et deviendra une espèce de fromage de Brie ou fromage gras. Quant aux fromages secs, ils se préparent à chaud, et, selon que le lait a été plus ou moins cuit, plus ou moins tassé, il devient gruyère, parmesan, chester, etc. Chaque pays, chaque province, chaque village même a sa recette pour préparer le fromage, mets dont la découverte remonte à la plus haute antiquité, car on le trouve mentionné dans les livres hébreux.

— Alors le beurre est aussi un fromage?

— Pas précisément; le beurre est un corps gras, dont les molécules sont disséminées dans le lait, et on les réunit en battant ce liquide pendant très longtemps. Le lait est donc composé d'eau tenant en dissolution un sucre particulier, eau connue sous le nom de sérum ou petit-lait, et qui contient du caséum et du beurre.

— Est-ce que c'est Babonnette qui a donné tout le lait qui est là?

— Oui; une vache produit en moyenne quatorze litres de lait par jour, et ces quatorze litres fournissent une quantité de beurre qui dépend de la qualité du lait. »

En ce moment la voix de Mathilde retentit dans le jardin. Paul s'élança au-devant d'elle.

« Vite au bois ! cria-t-il.

— Je ne peux pas encore, je vais accompagner Hortense pour essayer la robe de Catherine. »

Ce nouveau contre-temps désola si fort le pauvre Paul, qu'il parla sérieusement d'aller se coucher. Mathilde eut beau lui promettre d'être de retour en moins d'une heure, il déclara qu'il était inutile qu'elle se pressât, qu'elle pouvait même ne revenir que le lendemain si cela lui plaisait.

« Ce n'est pas ma faute ! s'écria la petite fille.

— Non, c'est la mienne, comme toujours, » répondit Paul avec amertume.

Il trouvait que sa sœur se montrait bien dédaigneuse pour les millions, et il regrettait qu'Hélène ne fût pas plus grande pour la prendre comme associée ; mais, s'il était difficile de faire obéir Mathilde, il était impossible à toute autre personne qu'à sa maman et à ses sœurs d'amener Mlle Hélène à exécuter ce qu'on voulait. La vérité, c'est que cette recherche du trésor obligeait à se salir les mains, à manier la pioche ou la bêche, à porter de grosses pierres, à faire, en un mot, un métier qui n'était nullement du goût de Mathilde. Il ne fallait rien moins pour stimuler son zèle que la perspective de pouvoir soulager la pauvreté de Catherine. Au fond, la petite fille eût été bien aise que son frère découvrît le trésor tout seul, certaine d'en avoir sa part.

Pour passer son temps et tromper son impatience, Paul, aussitôt que Mathilde fut partie, alla compter le nombre des grappes de raisin suspendues à la treille qui tapissait un des murs de la maison. Là il découvrit un colimaçon, ou limacé à coquille, auquel il se mit à chanter :

> Colimaçon borgne,
> Montre-moi tes cornes.

Au bout d'un instant, le mollusque montra sa tête, puis ses cornes ou tentacules s'allongèrent comme des tubes de lorgnette.

« Une limace, c'est un colimaçon qui est sorti de sa coquille, n'est-ce pas ? demanda Paul à Lucien qui travaillait sous une tonnelle.

— Pas précisément ; tous les deux sont des mollusques, mais ils diffèrent par leurs habitudes et aussi par leur couleur : le colimaçon est blanc, la limace est rouge, brune, noire ou grise.

— Est-ce vrai que le colimaçon est borgne ?

— Pas du tout, il a seulement la vue faible et se sert de ses cornes comme un aveugle d'un bâton. On croit que ses prétendues cornes portent des yeux supplémentaires, ce qui fait que, loin d'être borgne, ainsi que l'assure la chanson, le colimaçon aurait deux paires d'yeux.

— M. Antoine appelle les colimaçons des escargots, et il dit qu'ils sont bons à manger.

— Cela dépend des goûts ; le colimaçon que l'on mange le plus ordinairement appartient à l'espèce que tu as trouvée, c'est le colimaçon des vignes, nommé par les savants *helix pomatia*.

— Tiens ! pourquoi les hirondelles rasent-elles ainsi la terre ? On dirait qu'elles vont se cogner contre les arbres.

— Elles cherchent des insectes.

— Elles vont au moins aussi vite qu'une locomotive, n'est-ce pas ?

— Plus vite, car elles peuvent parcourir cent kilomètres à l'heure.

— M. Antoine appelle les hirondelles des martinets.

— Les hirondelles et les martinets sont des oiseaux de la même famille; on les confond à tort. Les hirondelles ont les ailes plus petites que les martinets, et arrivent des pays chauds bien avant ceux-ci. L'hirondelle établit son nid dans les cheminées, sous le rebord des toits ou dans l'embrasure des fenêtres, tandis que le martinet préfère se loger dans les endroits élevés, au sommet des tours et des clochers.

— M. Antoine dit aussi que les corneilles et les corbeaux, c'est à peu près la même chose.

— Il a raison jusqu'à un certain point. Ce sont des parents; cependant le corbeau est plus gros et son plumage est complètement noir, tandis que celui de la corneille a des reflets violets.

— Est-ce vrai que les corbeaux vivent cent ans ?

— On le dit; ce qu'il y a de certain, c'est qu'ils vivent très vieux. »

Paul se dirigea vers le potager et arriva juste à temps pour voir le jardinier cueillir des concombres.

« Les concombres et les melons appartiennent à la même famille de plantes, n'est-ce pas, monsieur Antoine ? demanda notre jeune naturaliste.

— Oui, monsieur Paul, à la famille des cucurbitacées, comme les courges et les potirons.

— C'est drôle qu'un potiron, qui est si gros, soit de la même famille qu'un cornichon qui est si petit. Est-ce qu'il y a des potirons sauvages ?

— Pas dans notre pays, monsieur Paul; je me suis
laissé dire que les potirons et les concombres viennent de
l'Asie, une des cinq ou six parties du monde.

— Il n'y en a que cinq, monsieur Antoine.

— Je le veux bien, mon cher enfant; mais, pour en
revenir à ce que nous disions, vous savez sans doute que
les cornichons sont des concombres que l'on cueille avant
qu'ils soient mûrs.

— Je ne le savais pas. Et ces fruits-là, ce sont des
concombres violets, dites?

— Non, ce sont des aubergines, et les aubergines
sont des parentes des pommes de terre et des tomates... »

Paul n'entendit pas la fin de cette réponse; il venait
d'apercevoir Mathilde et courait au-devant d'elle.

« Es-tu prête? lui cria-t-il.

— Oui; est-ce que cela t'a beaucoup ennuyé de m'attendre?

— Un peu, mais j'ai causé avec Émile et avec M. Antoine des hirondelles, des limaces et des potirons, et je te
raconterai leur histoire.

— Est-ce qu'elle est très amusante?

— Assez.

— Raconte-la-moi tout de suite.

— Et le trésor? Tu oublies qu'il nous attend.

— C'est vrai, dit Mathilde, dont le visage devint sérieux. Pauvre Catherine! il faut que nous trouvions beaucoup d'argent pour elle, vois-tu.

— Est-ce que sa robe ne lui va pas?

— Elle lui va si bien, au contraire, qu'elle ne voulait
plus l'ôter. Mais sais-tu ce que j'ai découvert?

— Je le saurai lorsque tu me l'auras dit.

— Catherine ne sait pas lire.

— Pauvre petite! Alors elle ne connaît ni l'histoire du Petit Poucet, ni les aventures de Robinson?

— Non; aussi Hortense a-t-elle dit qu'il fallait absolument envoyer Catherine à l'école; sa maman a répondu qu'elle ne demandait pas mieux, et elle a causé longtemps avec Hortense. Lorsque nous avons été dehors, Hortense a dit à Amélie qu'il faudrait pouvoir remettre cinquante francs à la mère de Catherine, ce qui lui permettrait d'envoyer sa fille à l'école. As-tu cinquante francs, toi?

— Tu sais bien que je dois quatre sous à Lucien.

— Et moi dix sous. C'est beaucoup d'argent, cinquante francs, n'est-ce pas?

— Ça n'est rien, répondit Paul, lorsqu'on découvre un trésor; et si tu voulais m'aider pour de vrai...

— Comment, pour de vrai? s'écria Mathilde. C'est donc pour rire que depuis huit jours tu me fais porter des pierres, de la terre, et pousser sur de gros bâtons qui me font mal aux mains?

— Non, c'est pour de vrai; mais il reste encore à soulever la grosse pierre.

— Et ce sera fini?

— Je crois que oui. »

Cette simple garantie suffit à Mathilde, et dix minutes plus tard elle poussait de toutes ses forces sur le bâton que Paul avait passé dans l'anneau de fer de la dalle. Cinq fois les deux intrépides travailleurs combinèrent leurs efforts pour soulever la pierre, cinq fois ils furent forcés d'y renoncer. A la sixième tentative le levier se brisa, et rouges, fatigués, haletants, le frère et la sœur s'assirent sur le gazon, tristes et découragés.

Au bout d'un instant, Mathilde proposa d'aller chercher Émile, démarche à laquelle Paul s'opposa formellement.

« Si Émile découvre les millions, dit-il, ils seront pour lui et non pour nous ; alors comment acheter ta calèche, ta robe, et le jardin pour la maman de Catherine ?

— C'est vrai, répondit Mathilde, mais si nous ne pouvons pas lever la pierre, nous n'aurons pas les millions non plus.

— Nous les aurons, répliqua Paul avec conviction. Papa répétait encore ce matin, reprit-il au bout d'un instant, qu'avec du courage et de la persévérance, on arrive à bout de tout. J'ai du courage ; si tu as de la persévérance, tu auras ta robe à queue.

— Que faut-il faire ? demanda Mathilde en se relevant.

— Aller chercher de l'eau ; nous arroserons le tour de la pierre, et nous pourrons peut-être l'arracher de son trou. »

L'idée de Paul ayant été approuvée, on apporta de l'eau plein deux petits arrosoirs, et la pierre fut largement inondée. L'opération terminée, on tenta une dernière fois, à l'aide d'un levier improvisé, d'avoir raison de la terrible dalle ; ce furent des efforts perdus, et la reprise des travaux fut forcément ajournée au lendemain.

CHAPITRE XIX

Un apprenti chasseur. — Paul prouve qu'il est un homme. — Trèfle, luzerne
et sainfoin. — La perdrix. — Mort d'une alouette. — La caille. — A quoi
sert le labourage. — Pêche merveilleuse. — Truite saumonée et truite commune. — Les roitelets. — Un pêcheur en danger.

A l'heure du dîner, Paul apprit que ses grands frères,
comme il nommait ses aînés, devaient aller à la chasse le
lendemain. Ils comptaient partir de grand matin, déjeuner
dans les bois et ne rentrer qu'à la nuit tombante.

« Si nous emmenions Paul? » dit soudain Émile.

A cette proposition le petit garçon devint pâle d'émotion.

« Il est encore trop jeune, répondit Lucien, il ne pourrait
nous suivre.

— Je ne suis pas tout à fait petit, dit Paul d'une voix
un peu tremblante, et lorsque je me dépêche, je marche
presque aussi vite que papa.

— Il faudra surtout marcher longtemps, reprit Lucien,
et je ne sais trop ce que nous ferions de toi, si tu te sen-
tais fatigué au milieu de la route.

— Quand je ne pourrai plus marcher, je courrai, ».
répondit Paul avec vivacité.

Les grands frères ne purent s'empêcher de rire de cette
sortie.

« Puisqu'il en est ainsi, prépare tes jambes, dit Lucien;
sois prêt demain à six heures, car nous ne t'attendrons pas.

— Je veux aller avec vous, dit à son tour Mathilde, je
cours aussi fort que Paul.

— Oui, répondit celui-ci, seulement tu ne cours pas si longtemps; puis nous allons dans les bois où il y a des renards, des sangliers et des loups. Les loups, tu le sais, ont peur des hommes, mais l'histoire du Petit Chaperon rouge prouve qu'ils n'ont pas peur des petites filles.

— Tu n'es pas du tout un homme, toi, répliqua Mathilde; d'ailleurs...

— Comment, je ne suis pas un homme! s'écria Paul en interrompant sa sœur. Est-ce que par hasard j'ai des grands cheveux? est-ce que je m'habille avec des jupons? est-ce qu'il y a des fleurs sur mon chapeau? est-ce que j'ai des boucles d'oreilles? est-ce que l'on m'apprend à coudre? »

Mathilde, forcée de convenir que les allégations de son frère étaient vraies, lui dit tout bas :

« Et le trésor! tu l'oublies?

— Au contraire, répliqua Paul sur le même ton, je l'oublie si peu que j'allais te conseiller d'arroser la pierre pour l'amollir.

— Toute seule? Pour ça non! s'écria Mathilde.

— Tu n'oses pas te promener seule dans un parc, et tu voudrais aller à la chasse dans une forêt! fit Paul avec dédain.

— Je ne tiens plus à aller à la chasse; pendant que tu seras parti, j'irai travailler au trésor avec Hélène.

— Garde-t'en bien, répliqua Paul, elle raconterait tout. Emmène plutôt Trompette; il te défendra si tu es attaquée et il ne dira rien. »

C'était là une recommandation inutile; le trésor eût été de quarante millions, que Mathilde, même escortée d'Hélène et de Trompette, n'eût pas tenté de s'en approcher.

Le lendemain, vers sept heures du matin, Paul, armé

de son fusil et chargé d'une carnassière, gravissait un sentier sur les traces de ses frères ; il marchait d'un pas dé-
libéré, se croyant déjà un chasseur de premier ordre. On
côtoya un taillis, puis on traversa un champ de luzerne.

« Le trèfle et la luzerne, c'est la même chose, n'est-ce
pas ? demanda Paul à Lucien.

— Non, répondit celui-ci ; les deux plantes appartiennent
à la grande famille des légumineuses, mais elles diffèrent par
leurs caractères botaniques. C'est par centaines que l'on
compte les espèces de trèfles et de luzernes. Ces deux plantes
sont originaires du midi de notre pays. Tu sais déjà que le
trèfle et la luzerne servent à la nourriture des bestiaux.

— Comment peut-on les distinguer ?

— D'abord par la disposition de leurs feuilles, puis par
la couleur de leurs fleurs. Les corolles de la luzerne sont
ordinairement bleuâtres, tandis que celles du trèfle sont
blanches, jaunes ou pourprées.

— Il me semble que M. Antoine nomme le trèfle du
sainfoin.

— Tu te trompes ; le sainfoin, esparcette ou foin saint,
l'herbe sacrée des anciens, est une plante distincte du trèfle
et de la luzerne, bien qu'elle appartienne comme eux à la
grande famille des légumineuses.

— Et le foin, est-ce aussi une légumineuse ?

— Le foin est simplement une herbe fauchée et séchée.
Cependant, de même que l'on confond la luzerne avec le
sainfoin et celui-ci avec le trèfle, on donne souvent à ces
plantes sèches le nom de foin.

— Chut ! » dit soudain Émile.

Lucien arma son fusil et Paul vit courir au loin, dans un
champ situé au delà de la luzerne, cinq ou six gros oiseaux

de couleur grise. Les oiseaux s'envolèrent avec bruit, deux coups de feu retentirent, et Paul se trouva bientôt en possession d'une belle perdrix et d'un perdreau.

« On dirait des petites poules, s'écria-t-il.

— Tu ne te trompes pas, lui dit Lucien, la perdrix appartient en effet à l'ordre des gallinacés. Celle que tu tiens en ce moment est la perdrix commune, reconnaissable aux plumes rousses qui couronnent sa tête et au croissant dessiné sur son estomac. Les perdrix n'aiment pas la solitude; elles vont toujours par compagnies, comme disent les chasseurs.

— Pourquoi ne les élève-t-on pas dans les basses-cours, à côté des poules et des pigeons? on pourrait alors les attraper quand on voudrait.

— Ce serait en effet très commode, répondit Lucien : malheureusement la perdrix meurt dès qu'elle se sent captive. »

Paul, chargé de porter le gibier, se montra fier de cette mission, et suivit ses frères à travers un champ de pommes de terre, sans apercevoir autre chose que de tout petits oiseaux, dont il obtint la grâce. Cependant Émile tira sur une alouette qui, après avoir longtemps voltigé, planait confiante en modulant une joyeuse chanson.

« Pauvre petite! s'écria Paul en la ramassant, elle n'est pas belle avec ses plumes grises, mais elle avait une jolie voix.

— Tu as raison, dit Lucien; l'alouette, qui appartient à la famille des passereaux, est une agréable musicienne. Elle vit difficilement en cage, et il faut beaucoup de soin pour l'empêcher de se briser la tête contre les barreaux. Durant l'hiver, les alouettes vivent en troupes, engraissent et prennent le nom de mauviettes. Observe la longueur de l'ongle de son pouce, qui lui permet de marcher facilement dans les sillons où elle cherche d'ordinaire sa nourriture.

— N'y a-t-il qu'une seule espèce d'alouettes?

— Les ornithologistes en comptent six ou sept espèces ; la plus commune, après celle que tu tiens, est l'alouette huppée qui se montre sur les routes, où tu as dû la remarquer. »

On s'engagea dans une terre fraîchement labourée, et Paul dut faire de grandes enjambées.

« Pourquoi laboure-t-on? demanda-t-il à ses frères.

— Labourer, répondit Lucien, est le travail par excellence ; c'est pour amollir la terre, pour la nettoyer et la rendre plus fertile, que les hommes la déchirent avec le fer d'une charrue. Dans une terre labourée, les racines des plantes pénètrent plus facilement, absorbent mieux les sucs nécessaires à leur accroissement, et l'homme est récompensé au centuple de la peine qu'il se donne. Si les cultivateurs se contentaient de jeter les semences sur le sol durci, battu par la pluie, ces semences, dévorées en partie par les oiseaux, germeraient mal et ne produiraient que des plantes maladives, qui auraient peine à trouver l'eau, l'hydrogène, l'oxygène et l'azote dont elles ont besoin. Grâce au labourage, le fermier fait rendre à la terre le centuple de ce qu'elle lui rendrait s'il laissait la nature agir seule. »

Émile fit un geste pour réclamer le silence, et s'avança seul vers une prairie. Paul vit alors courir parmi les herbes un oiseau qui semblait ne pouvoir voler. C'était une caille au dos gris, au plumage marqué d'une ligne jaune, à la gorge blanchâtre.

« On dirait une petite perdrix, s'écria Paul, lorsque son frère rapporta l'oiseau.

— En effet, dit Lucien, la caille, cousine de la perdrix, appartient comme elle à l'ordre des gallinacés. C'est une habitante des pays chauds, qui disparaît de nos plaines durant l'hiver. Cependant, on ne l'a jamais vue se mettre en route; aussi prétend-on qu'elle voyage la nuit. »

Les chasseurs avaient déjà beaucoup marché, et Paul ayant avoué qu'il déjeunerait volontiers, on pénétra dans le grand bois que l'on côtoyait depuis le matin. Le bivouac fut établi près d'un large ruisseau aux eaux transparentes, et la marche avait si bien ouvert les appétits, que les provisions apportées furent dévorées jusqu'à la dernière bouchée.

La petite rivière près de laquelle on s'était établi contenait des truites, et Lucien avait apporté des hameçons. Une branche de noisetier fut coupée pour improviser une ligne; Émile enfonça un bâton dans la terre, puis le remua doucement, ce qui fit sortir une multitude de vers. Les pauvres annélides, pour échapper à la taupe qu'ils croyaient en train de fouir, tombaient entre les mains de Paul chargé de les recueillir; ils devaient servir d'appât.

Tandis que ses frères se livraient à la recherche des insectes, Paul, devenu pêcheur, surveillait avec soin le bouchon de liège qui flottait sur l'eau, et dont les oscillations lui révélaient l'approche des poissons. Ce ne fut qu'après une demi-heure d'attente que le bouchon disparut tout à coup dans l'eau. Paul s'empressa de tirer sa ligne et vit apparaître avec désappointement une simple grenouille. Cette pêche inattendue amusa beaucoup ses frères; mais, en somme, Paul aimait encore mieux prendre des grenouilles que de ne rien prendre du tout. La ligne ayant été amorcée de nouveau, le petit pêcheur surveilla de plus belle son bouchon qui remua un peu, puis beaucoup et disparut. Cette fois, Paul ramena un poisson noirâtre, aux nageoires rouges garnies d'épines, et portant sur la tête et sur le dos une sorte de crête épineuse. C'était une perche, poisson très vorace et dont la chair est si estimée qu'on la

nomme *perdrix de rivière*. La ligne fut remise à l'eau, mais
le bouchon resta si longtemps immobile, que Paul commençait à perdre patience. Il sentait même l'envie de dormir le
gagner, lorsqu'un gros poisson à reflets dorés, aux nageoires
plus rouges encore que celles de la perche, vint rôder autour
de son hameçon, puis se précipita dessus à l'improviste.
Cette fois, ce fut une truite que Paul ramena sur le gazon,
une truite pesant presque une livre.

« Elle est très grosse, n'est-ce pas? demanda-t-il à Lucien.

— Oui, pour une truite de rivière, répondit celui-ci;
mais dans le lac de Genève, par exemple, on pêche des
truites pesant jusqu'à vingt livres.

— Est-ce que cette truite est saumonée comme celle
que tu disais avoir mangée l'autre jour?

— Non, c'est une truite commune; l'autre vit d'ordinaire
dans les cours d'eau qui se jettent directement dans la mer.
Cette règle a cependant des exceptions, car j'ai vu pêcher
des truites saumonées dans la Marne et dans ses affluents.

— Les truites vont donc dans la mer?

— Oui; de même que les saumons dont elles sont
parentes, elles peuvent vivre dans l'eau salée et dans l'eau
douce. Truites et saumons sont des poissons originaires
des mers septentrionales; vers le printemps, ils émigrent,
remontent le cours des rivières et viennent y déposer leurs
œufs. L'éperlan appartient à la même famille; il se tient
plus spécialement à l'embouchure des fleuves. »

Les grands frères reprirent leur chasse aux insectes, et
Paul continua sa pêche. Un moment il eut l'espoir de voir
mordre un turbot, un maquereau ou un merlan; mais il se
rappela vite que c'étaient là des poissons de mer, et qu'il était
peu probable qu'aucun d'eux se fût aventuré dans les envi-

rons de Chambrecy. Émile et Lucien s'étaient éloignés; le soleil, perçant le feuillage, dessinait sur le sol de grandes plaques d'or. Une multitude de moucherons tourbillonnaient dans l'air et Paul s'amusait à les regarder autant que le bouchon de sa ligne. Deux oiseaux logés sur un noisetier chantaient en sautillant entre les branches; ils étaient si petits, que Paul songea aux oiseaux-mouches. Tout leur corps semblait d'un vert brun, à l'exception de leur tête garnie de plumes jaunes. C'étaient des roitelets, les plus mignons des oiseaux d'Europe. Les roitelets s'envolèrent, et Paul pensa au trésor, se demandant si Mathilde aurait suivi ses instructions et mouillé convenablement les bords de la dalle. Un léger bruit attira soudain l'attention du pêcheur; on eût dit qu'on marchait doucement en face de lui, de l'autre côté du ruisseau. Tout à coup, il vit passer entre deux arbres un animal au poil roux, presque aussi haut que trompette, et ressemblant, sauf la couleur, aux chiens que les conducteurs de camions ont presque toujours près d'eux. L'animal, qui avait un instant disparu, s'avança jusqu'au bord de l'eau et regarda Paul avec des yeux ardents. Ce n'était pas un chien.

Paul lâcha sa ligne, que le courant de l'eau emporta, et se redressa vivement. Il voulait fuir dans la direction où il avait vu disparaître ses frères; mais il eut peur de voir l'animal se lancer à sa poursuite. Pâle, — et il y avait de quoi, — le brave petit homme se plaça derrière le tronc d'un gros arbre et cria de toutes ses forces :

« Au secours, Lucien, voilà un loup! »

Surpris par cette voix, l'animal ouvrit sa gueule garnie de crocs formidables, et poussa un long hurlement.

Paul cria de nouveau, cette fois d'une voix un peu étranglée par la frayeur : « Lucien, Émile, un loup! un loup! »

CHAPITRE XX

L'animal, au lieu de s'élancer pour franchir le ruisseau, ainsi que Paul s'y attendait, fit brusquement volte-face et gravit le talus. Au même instant une détonation retentit; il y eut un grand bruit dans le feuillage, et Paul, voyant apparaître Lucien, se précipita dans ses bras, et se serra bien fort contre lui.

« Ah! mon pauvre garçon, s'écria le grand frère en l'embrassant à plusieurs reprises, tu as donc eu bien peur? »

Paul ne put répondre; il pleurait, résultat naturel de la terrible émotion à laquelle il venait d'être en proie. Il reprit peu à peu son calme et sourit en voyant Émile se montrer au sommet du talus portant l'animal qu'il venait de tuer.

« C'est un loup, n'est-ce pas? demanda le petit garçon.

— Ce n'est qu'un de ses cousins, répondit Lucien, et à sa taille, à la couleur jaune de ses poils, à sa belle queue en panache, tu aurais dû reconnaître maître renard.

— Je ne m'occupai pas de sa queue, répliqua Paul,

mais de ses crocs qui sont au moins aussi grands que ceux d'un loup, et qu'il me montrait en grognant.

— Les renards glapissent, dit Lucien.

— Ils grognent aussi, répliqua Paul ; j'aurais eu moins peur, continua-t-il, si mon fusil était un fusil pour de vrai comme le tien ou celui d'Émile ; est-ce que cela coûte cher, un vrai fusil ?

— Cent francs, environ.

— Il faudra que je m'en achète un la semaine prochaine.

— Ta bourse est donc bien garnie ?

— J'aurai alors l'argent du... »

Paul se retint à temps ; il allait parler du trésor ! Par bonheur Lucien fut distrait par l'arrivée d'Émile chargé de maître renard.

« C'est drôle, dit Paul examinant la bête avec soin, ce renard me semblait bien plus grand tout à l'heure, lorsqu'il était en vie.

— C'est l'effet naturel de la frayeur de grossir les objets, répondit Émile, et tu te croyais déjà croqué.

— A peu près, comme le Petit Chaperon rouge.

— Cependant, tu as fait face à l'ennemi au lieu d'accourir vers nous.

— Je me suis caché derrière ce gros arbre. Si ce loup, — qui n'est qu'un renard, — avait traversé le ruisseau, j'aurais tourné autour de l'arbre pour n'être pas attrapé.

— Allons, je vois que tu n'avais pas perdu ton sang-froid, dit Lucien ; tu deviens véritablement un homme. »

Paul rougit de plaisir à cet éloge de son frère, et il s'occupa de pêcher sa ligne, qui, abandonnée à elle-même, avait été entraînée par le courant. Émile lia les quatre

pattes de maître renard afin de pouvoir l'emporter plus facilement, et il fut convenu qu'on ferait préparer la peau de
l'animal afin qu'elle servît de descente de lit à Paul, en
souvenir de son aventure. Lucien s'étant chargé du gibier,
Émile du renard et Paul des poissons, on sortit du bois pour
regagner la maison.

« Il y a des chiens tout pareils à ce renard, dit tout à
coup Paul, qui, marchant derrière Émile, examinait à son
aise la bête carnassière.

— Aussi sont-ils parents, répondit Lucien. Le renard,
si renommé par sa ruse, est un animal qui chasse de préférence la nuit. Il creuse volontiers son terrier près des fermes
et rôde autour des poulaillers lorsque les poules sont en-
dormies.

— Attrape-t-il les hommes ?

— Non ; il n'est ni assez fort ni assez brave pour cela ;
ses victimes ordinaires sont les perdrix, les lapins, les
lièvres, et à l'occasion les poulets, les canards et même les
dindons. »

Chemin faisant, on rencontra un francolin, sorte de perdrix au plumage gris, noir et roux, que Lucien ne put
atteindre. Le francolin se distingue de la perdrix en ce que
ses pattes sont armées d'ergots ; on le confond parfois
avec la gélinotte ou poule des coudriers, qui n'habite
guère que le midi de la France.

C'était jour de bonne chance, car, en atteignant les murs
du parc, Émile fit lever un beau lièvre et l'abattit d'un coup
de fusil. Moins industrieux que le lapin, le lièvre n'a d'autre
domicile que les champs où il établit son nid, que l'on
nomme un gîte, entre deux mottes de terre. Le lièvre est
un animal si doux, si inoffensif, qu'il ne sait que fuir.

« M. Antoine, dit Paul en se chargeant du nouveau gibier, nomme les petits lièvres des levrauts, les jeunes des trois-quarts et les vieux des bouquins.

— M. Antoine a raison, répondit Lucien, et il a dû te dire aussi que la femelle du lièvre se nomme hase. Une particularité du lièvre, c'est qu'il a des poils jusque dans la bouche, et que la conformation de ses pattes lui permet de courir plus vite en montant qu'en descendant. Il appartient à la famille des rongeurs, tu sais déjà cela. »

La rentrée des chasseurs à la maison fut saluée de cris de joie, et chacun se pressa pour voir le renard qu'il fallut défendre contre Trompette, car le beau caniche eût mis sa peau en pièces. Paul fut félicité par ses grandes sœurs de sa belle conduite en face de l'animal qu'il avait pris pour un loup, mais il se déroba à leur admiration pour courir au potager, afin d'interroger Mathilde sur le trésor. Mathilde avait eu l'intention de pénétrer dans le bois; elle avait même déjà dépassé au moins trois ou quatre arbres, lorsque le bois lui avait paru si obscur qu'elle avait jugé prudent de rebrousser chemin et d'attendre le retour de son frère. Il était cinq heures, on dînait à six, Paul résolut d'aller mouiller la dalle qui recouvrait le trésor. Ce trésor, il devenait chaque jour plus urgent de le découvrir. Pour accompagner ses frères à la chasse et n'être plus exposé à trembler devant un simple renard, il fallait à Paul un fusil, et il savait qu'un fusil pas trop grand, mais pas trop petit non plus, coûtait près de cent francs.

Depuis un instant, Mᶦˡᵉ Hélène, arrivée à l'improviste, décrivait de grands cercles autour de Paul et l'examinait avec de grands yeux où se peignaient à la fois la crainte et la surprise. Tout à coup la petite fille s'écria :

HÉLÈNE CUEILLE DE L'HERBE POUR SON CHAT.

« Ça n'est pas vrai! c'est des menteries!

— Comment! ce sont des menteries? dit Paul, croyant qu'il s'agissait du fusil qu'il voulait acheter.

— Oui, répliqua Hélène, Florence a dit que tu avais été mangé par un loup, et tu n'es pas mangé du tout. »

Mathilde expliqua à sa jeune sœur que Paul avait cru se trouver en face d'un loup prêt à le dévorer, mais que ce loup n'était en réalité qu'un renard. Mlle Hélène demanda à voir maître renard et s'informa s'il tenait encore le fromage qu'il avait pris à maître corbeau.

« Non, dit Mathilde, le renard de la fable n'est pas celui qu'Émile a tué.

— Alors, c'est encore des menteries. »

Mathilde essaya de nouveau de rectifier les idées de Mlle Hélène et l'engagea à ne jamais employer la phrase : « c'est des menteries », attendu que cette phrase n'est ni polie ni française. Pendant l'explication on arriva près du hangar où l'on avait accroché le renard. Après avoir un instant regardé la bête de loin, Mlle Hélène s'écria que c'était un chien et non un renard, attendu que le renard qu'elle avait vu dans son livre de fables avait un habit.

« Toujours des menteries », dit-elle avec dédain.

Et elle s'éloigna en déclarant qu'elle voulait cueillir de l'herbe pour en donner à manger à son petit chat afin qu'il devînt un gros mouton.

Mathilde allait répliquer que les chats ne mangent pas d'herbe et ne peuvent se changer en moutons, mais elle fut entraînée par son frère vers le bois. On reconnut que la terre et le ciment s'étaient amollis autour de la dalle, et on l'arrosa de plus belle en se promettant de fabriquer le lendemain un levier si long que la pierre ne pourrait résister

à sa puissance. En attendant, il vint à l'idée de Paul de creuser la terre autour de l'encadrement de la dalle. Tout à coup
la pioche heurta un corps dur, et, déblayant la terre avec
ses mains, Paul se redressa subitement.

« Une pièce de monnaie ! » s'écria-t-il en levant les bras
au-dessus de sa tête.

Mathilde se précipita vers lui.

« En or ou en argent ? demanda-t-elle.

— En argent, puisqu'elle est blanche. »

Pendant cinq minutes, les deux travailleurs s'arrachèrent
mutuellement des mains la pièce de monnaie pour la frotter
et la mieux voir. Elle était en argent, le doute n'était pas
permis, et elle portait la date de 1610. Le trésor était enfin
découvert, et l'émotion du frère et de la sœur devenait telle
qu'ils n'osaient plus fouiller.

« Le vrai trésor doit être sous la dalle, dit Paul, et cette
pièce sera tombée sur le bord lorsqu'on l'a enterré. »

CHAPITRE XXI

Un conte de fées. — Tout est perdu. — Les tonnelles, comme les murs, ont
des oreilles. — L'habit de cérémonie de M. Paul. — Chanvre mâle et
chanvre femelle. — Le lin et ses produits. — Semences oléagineuses. —
Oliviers, poireaux et épinards. — L'oseille et les taches d'encre. — Acides
végétaux. — Une procession de carrosses. — Révolte de dindons.

Les fouilles furent reprises avec activité, et la surprise
des travailleurs fut au comble lorsqu'ils s'aperçurent que le
corps dur, heurté d'abord par la pioche et qui avait attiré leur
attention, était une main de pierre. D'où venait cette main?
que faisait-elle là? Paul se creusa la tête pour chercher une
explication à ce phénomène, il n'en trouva pas.

« C'est pourtant bien simple, dit soudain Mathilde;
à Paris, quand on veut montrer à quelqu'un par où il doit
passer, que fait-on?

— On lui dit : Passez par ici, répondit Paul.

— Et s'il n'y a personne pour le dire?

— Alors on ne dit rien du tout.

— C'est vrai, répliqua Mathilde, d'un air triomphant;
alors on peint une main sur le mur, et ça signifie : *par ici.* »

Paul remua sa tête de droite à gauche; il n'admettait
pas cette explication. D'ailleurs, selon lui, la main était
tournée vers le bois. Mathilde soutint qu'elle était tournée
vers la dalle, qu'elle le savait d'autant mieux que c'était
elle qui avait déterré le pouce. Tout en discutant, on conti-

nuait à agrandir le trou, et l'apparition d'une nouvelle pièce de monnaie changea le sujet de la conversation; on était sur la voie du trésor, il n'y avait plus à en douter.

Paul levait sa pioche pour creuser la terre plus profondément, lorsque la terrible cloche qui annonçait l'heure du dîner retentit bruyamment. Il fallait obéir à cet impérieux appel. Le frère et la sœur sortirent du bois, emportant leurs trouvailles ; mais ils se retournèrent vingt fois avec regret pour regarder en arrière.

Persuadée qu'aussitôt qu'ils auraient enlevé la dalle les millions et les pierres précieuses apparaîtraient, Mathilde voulait révéler à ses sœurs l'existence du trésor et les gigantesques travaux entrepris pour le découvrir. Paul, moins impatient, ne partageait nullement cette façon de voir. Selon lui, la véritable manière de découvrir un trésor consistait à s'emplir les poches de rubis et d'émeraudes, de perles, de topazes, de toutes sortes de diamants, et à les semer généreusement autour de soi. On avait, pour se conduire ainsi, l'exemple d'Ali-Baba et d'Aladin, et cet exemple était bon à suivre.

« Alors que faut-il faire? s'écria Mathilde.

— Nous taire, répondit Paul; demain ou après, au plus tard, nous tiendrons les millions et nous achèterons en cachette le château de Versailles ou le palais du Luxembourg, peut-être tous les deux. Je ferai venir de Paris une grande voiture attelée de huit chevaux, quatre blancs et quatre noirs. La voiture se cachera là-bas, au tournant de la route, où nous irons la chercher. Là, — au coin de la route, — tu trouveras ta femme de chambre qui t'habillera avec ta robe de velours et des pantoufles de cristal. Une fois habillée, tu monteras dans la voiture et moi sur le siège, à côté du cocher. Arrivés devant la grille du parc, je ferai claquer de toutes mes forces

le fouet du cocher, et M. Antoine viendra ouvrir la grille. Alors
le cocher lancera ses chevaux au grand galop, et ils s'arrête-
ront tout net devant le perron en faisant sonner leurs grelots.

— Mes chevaux auront des grelots! s'écria Mathilde.

— Des grelots en or, répliqua Paul. Alors, papa, maman, Hortense, Amélie, Lucien, Émile, Hélène, Trompette,
tout le monde accourra. Ta femme de chambre ouvrira la
portière; tu descendras, et, comme la queue de ta robe sera
très longue, on te prendra pour une grande personne.

— Et après?

— Après, papa et maman diront en te parlant : « Madame, donnez-vous donc la peine d'entrer. »

— Tu crois qu'ils ne me reconnaîtront pas?

— J'en suis sûr; la queue de ta robe sera si longue!
Alors tu t'agenouilleras en disant : « Chère maman et cher
papa, je suis votre petite fille Mathilde, et ce monsieur qui
est sur le siège de ma voiture, à côté du cocher, et qui tient
un fouet, c'est mon frère Paul.

— Après? dit Mathilde qui respirait à peine.

— Afin de prouver que c'est bien moi, reprit Paul,
je fouillerai dans ma poche, j'en retirerai une poignée de
rubis, et je la jetterai aux pieds de maman. »

Mathilde sauta de joie à la perspective que faisait briller devant elle l'imagination de son frère, et elle rendit justice à sa supériorité dans l'art de découvrir les trésors et
d'en faire bon usage. Elle allait l'interroger encore sur
le cérémonial de leur rentrée à la maison paternelle, lorsqu'on rencontra Lucien.

« Que tiens-tu donc là? demanda celui-ci à Paul en
s'emparant de la main de pierre que le petit garçon avait
oublié de cacher. »

A cette question, Mathilde devint pâle ; elle crut tout découvert et vit s'envoler en fumée son carrosse, sa femme de chambre et sa robe à queue.

Paul était incapable de mentir, même pour un trésor de vingt millions; aussi répondit-il à son frère qu'il avait trouvé la main en creusant la terre.

« Voilà qui est singulier, reprit Lucien ; cette main paraît appartenir à une statue du moyen âge; il faudra que tu me conduises à l'endroit d'où tu l'as tirée. »

Paul baissa tristement la tête et montra ses pièces de monnaie; l'une datait de Henri IV, et l'autre du règne de Louis XIII. Lucien offrit cinq francs des deux vieilles monnaies, offre qui fut acceptée avec empressement.

« C'est le commencement du trésor », dit Mathilde en passant près de son frère pour se mettre à table.

Celui-ci répondit par un léger signe d'assentiment ; au fond, il était à la fois désolé et enchanté : enchanté de posséder cinq francs, désolé d'avoir à révéler son secret.

Durant le repas, il fut naturellement question de la trouvaille des monnaies.

« Ils vont parler du trésor des religieux, pensa le petit garçon. Décidément je n'ai pas de chance. »

Mais Émile ayant déclaré que le jardinier avait plusieurs fois ramassé de vieilles monnaies en bêchant, on parla d'autre chose. Lorsqu'on se leva de table, il n'était plus question de millions. Cependant Paul trembla de nouveau en entendant Hélène dire à haute voix qu'elle voulait voir le trou dans lequel on trouvait des sous. Par bonheur, Mathilde eut la présence d'esprit de saisir la main de sa petite sœur et de l'entraîner près du premier trou venu.

« Toujours des menteries, dit la petite fille après avoir regardé attentivement; il y a de la terre dans ce trou-là, et pas de sous. »

Et elle alla de nouveau cueillir de l'herbe pour son chat.

Paul et Mathilde se dirigèrent alors vers une tonnelle garnie de lierre afin de causer à leur aise du trésor. Momentanément le danger d'avoir à révéler où il gisait semblait écarté. On parla derechef du cérémonial de la rentrée à la maison, mais surtout de Catherine qu'il fallait mettre à même d'aller à l'école, en soulageant la pauvreté de sa mère. Il fut convenu que Paul, dès le lendemain, se renseignerait près du père Antoine sur les jardins à vendre dans Chambrecy. La nuit venait, le frère et la sœur se rapprochaient de la maison en causant, lorsqu'ils virent Émile et Lucien sortir de la tonnelle près de laquelle ils venaient de former de si beaux projets.

« Tout est perdu! dit Paul à sa sœur; tu as parlé si haut qu'Émile doit l'avoir entendue.

— C'est toi qui as parlé tout haut », répliqua Mathilde.

On se rangea pour laisser passer les grands frères; Lucien pinça le bout de l'oreille de Paul. Émile embrassa Mathilde et continua son chemin vers la maison.

« Ils n'ont rien entendu, dit Paul en poussant un long soupir de soulagement. Cette fois encore, le trésor est bien à nous. J'ai réfléchi, ajouta-t-il, qu'au lieu de monter sur le siège de ta voiture, à côté de ton cocher, il vaudra mieux que je m'achète un cheval arabe et que je te serve d'escorte. »

Mathilde approuva beaucoup cette idée, et engagea son frère à se vêtir d'un habit doré de général. A son tour, Paul approuva l'idée de sa sœur, et l'on pénétra dans le salon.

Émile et Lucien jouèrent aux échecs, et, lorsque Paul

et Mathilde allèrent leur souhaiter le bonsoir, les deux grands frères répondirent d'une façon si amicale : « Bonsoir, monsieur Paul, bonsoir, mademoiselle Mathilde », qu'il parut évident qu'ils n'avaient pas entendu l'imprudente conversation tenue si près d'eux.

Lorsque Paul, toujours plus matinal que sa sœur, descendit le lendemain matin dans le jardin, il fut désagréablement surpris en voyant tomber une pluie fine. Par un pareil temps il était défendu de courir dans l'herbe ou dans les bois; il fallait se promener de long en large dans le salon ou sous le vestibule, comme si l'on était en pénitence. Cependant Paul se consola un peu en entendant le père Antoine prédire que la pluie cesserait dans l'après-midi, et il se consola tout à fait en songeant que l'eau du ciel humectait la lourde dalle qu'il s'agissait de soulever.

Un rayon de soleil perça les nuages; le petit garçon s'élança aussitôt dans le jardin. La terre n'était pas trop détrempée, et il courut voir ce que faisaient Lucien et M. Antoine près du potager.

« On apprend tous les jours, monsieur Lucien, disait le jardinier, lorsque Paul arriva près de lui, et, sans votre explication, j'aurais soutenu, demain comme hier, que le chanvre à haute tige dont les fleurs sont en grappes est du chanvre femelle, tandis que celui dont la tige est plus petite et porte des fleurs en épis est du chanvre mâle.

— C'est tout le contraire, monsieur Antoine, ainsi que je viens de vous le démontrer, répondit Lucien.

— Oui, oui, dit le père Antoine, et je regrette une fois de plus de n'avoir pas été assez appliqué à l'école. Travaillez, monsieur Paul, continua le vieillard en posant sa main sur l'épaule du petit garçon; ce que vous apprendrez pendant que vous êtes jeune, vous en trouverez l'emploi plus tard, et vous n'aurez pas à regretter comme moi d'avoir été un mauvais écolier.

— Papa dit toujours, monsieur Antoine, que vous savez très bien votre métier et que vous avez beaucoup d'expérience.

— Votre papa est très bon, monsieur Paul, mais je sais ce qui me manque, allez. Il y a beaucoup de choses qui se brouillent dans ma vieille cervelle, et elles seraient claires si j'avais eu soin de les apprendre lorsque je le pouvais. Le temps perdu l'est bien, on ne le rattrape jamais; songez toujours à cela. »

Le jardinier s'éloigna, et Paul resta un instant pensif; puis se tournant vers son frère :

« Est-ce que le chanvre est une graminée? lui demanda-t-il.

— Non, répondit Lucien, le chanvre est une *cannabinée*.

— C'est lui qui produit le chènevis, n'est-ce pas?

— Oui, le chènevis et la filasse. Le chènevis sert de nourriture aux oiseaux, et, en le pressant, on en retire une huile employée par les peintres. Quant à la filasse, tu sais quelle partie de la plante la produit?

— C'est la tige, répondit Paul; mais comment fait-on pour l'avoir?

— Par l'opération du rouissage, laquelle consiste à plonger les tiges du chanvre dans l'eau et à les laisser se putréfier; la paille se détache peu à peu de la matière fibreuse de la filasse, qui sert à fabriquer des cordes et de la toile pour les voiles des navires.

— Le chanvre est-il une plante de notre pays?

— D'après Linné, il est originaire de la Perse.

14

— Tu viens de dire que la toile des voiles de navires se fabrique avec de la filasse; ce n'est donc pas avec de la filasse que l'on fabrique la toile de nos chemises?

— Si; mais avec de la filasse de lin, plante originaire de l'Asie. Le lin, dont la semence est si employée en médecine pour la confection des cataplasmes, donne par le filage des fils déliés qui servent à fabriquer la toile fine, la batiste et les dentelles. Après le blé, le lin est certainement la plante la plus utile aux hommes. Ses semences, comme celles du chanvre, donnent une huile très employée par les peintres.

— Les graines de colza, cette herbe qui a de jolies fleurs jaunes, donnent aussi de l'huile, dis?

— Le colza, répondit Lucien, appartient à la famille des *crucifères*; c'est un chou uniquement cultivé à cause de ses graines dont on extrait, en effet, une huile précieuse pour les usages domestiques. Les semences des pavots font aussi partie des graines oléagineuses. L'huile que l'on en retire porte le nom d'huile d'œillette.

— Elle doit faire dormir, cette huile-là?

— Pas le moins du monde; les vertus dormitives du pavot sont concentrées dans la capsule qui renferme la graine. Une huile encore très employée, c'est celle du sésame.

— Du sésame! s'écria Paul.

— Oui, du sésame, plante asiatique que l'on a essayé d'acclimater en France, sans trop de succès jusqu'à présent.

— Mais c'est le nom dont se servait Ali-Baba pour ouvrir la caverne des quarante voleurs?

— Précisément, dit Lucien; aussi le sésame est-il très commun en Orient. L'huile que l'on en retire, d'un

excellent goût, a la propriété de ne jamais se figer ; elle
remplace souvent l'huile d'olive.

— Il n'y a pas d'oliviers dans notre jardin, n'est-ce pas?

— Non ; l'olivier, originaire de l'Asie, a été apporté à
Marseille par les Phocéens ; très commun en Provence, il
meurt de froid dans nos provinces septentrionales.

— Dis donc, Lucien, comment nommes-tu les légumes
qui sont dans le carré le long duquel tu marches ?

— Des poireaux ; ce sont des plantes de la famille du
lis et originaires de l'sie. L'Asie, comme l'on remarqué
les savants, semble avoir été le berceau des végétaux et
des animaux utiles à l'homme, voire de l'homme lui-même.

— L'autre jour, Mlle Mathilde m'a soutenu qu'il fallait
dire des porreaux et non des poireaux.

— Mlle Mathilde, comme tu appelles ta sœur, avait aussi
raison que toi ; on dit des porreaux ou des poireaux.

— Voilà des épinards, n'est-ce pas?

— Oui, encore une plante qui nous est venue d'Asie ;
nous la devons aux Arabes qui l'introduisirent en Espagne
lorsqu'ils firent la conquête de ce pays.

— Et l'oseille, d'où vient-elle?

— L'oseille pousse naturellement dans nos prés ; elle a
été améliorée par la culture. Tu sais sans doute que son
acidité est due à la présence de l'acide oxalique ou sel
d'oseille, à l'aide duquel on enlève les taches d'encre ou
de rouille qui salissent les étoffes?

— Je sais cela ; mais pourquoi le sel d'oseille enlève-
t-il les taches d'encre?

— Parce que la couleur de l'encre est due à un sel de
fer ; or l'acide oxalique a la propriété de décomposer les
sels de fer, de les rendre solubles et incolores

— Et c'est l'acide oxalique qui donne aux plantes un goût aigre?

— Non pas; l'acide oxalique est particulier à l'oseille.

— Alors les pommes, les poires, les citrons n'en contiennent pas?

— Non; les pommes et les poires contiennent de l'acide malique, et les oranges et les citrons de l'acide citrique. »

Lucien se dirigea vers la maison; Paul le suivit pas à pas.

« Tu m'as parlé tout à l'heure d'Ali-Baba? dit soudain le petit garçon à son frère.

— Il me semble, au contraire, que c'est toi qui as nommé ce sage marchand, répondit Lucien.

— Ça ne fait rien, reprit Paul, c'est la même chose. Supposons, continua-t-il, que la caverne des voleurs est là, sous nos pieds.

— Bien; après?

— Supposons encore, continua Paul, qu'au lieu d'être fermée par un rocher, la caverne des voleurs soit fermée par une pierre très lourde, avec un anneau de fer au milieu.

— Où veux-tu en venir?

— Je voudrais savoir comment tu t'y prendrais pour entrer dans la caverne.

— Je m'y prendrais de la façon la plus simple, j'enlèverais la pierre.

— Mais si la pierre était trop lourde pour qu'on l'enlevât avec les mains?

— Je prendrais ce que les paveurs nomment une pince, c'est-à-dire une longue tige de fer dont l'une des extrémités est un peu courbée et amincie. Cette extrémité, je l'introduirais dans la jointure de la pierre et je la soulèverais, en pesant sur l'autre extrémité de mon levier improvisé. »

Paul fit répéter l'explication que lui donnait son frère, et il se souvint d'avoir vu les paveurs arracher du sol de grosses pierres de grès à l'aide de la barre de fer que Lucien nommait une pince. Grâce à cette révélation, le petit garçon considéra comme assurée la prise de possession du trésor, et il communiqua ses espérances à Mathilde, qui venait de se risquer dans le jardin.

Les deux associés, pour causer à leur aise, allèrent s'asseoir sous un hangar situé près de la basse-cour. Mathilde portait une vieille ombrelle qui lui servait de parapluie. Elle raconta qu'elle avait rêvé de son carrosse.

« Les chevaux couraient si vite, dit-elle à son frère, que cela me faisait peur ; il faudra que tu me choisisses des chevaux très doux et qui sachent marcher au pas.

— Sois tranquille, répondit Paul, je t'achèterai des chevaux du Cirque ; ils sont si doux et si savants que tu pourras monter dessus tout debout.

— Je ne saurais pas me tenir, dit Mathilde.

— Tu apprendras ; il faut qu'une personne riche, comme tu le seras, sache monter à cheval et même à âne.

— Je prêterai mon carrosse à Hortense, n'est-ce pas ?

— Ce sera inutile ; Hortense, Amélie, Hélène, Lucien, Émile, papa, maman, moi, nous aurons chacun notre carrosse. Lorsque nous irons aux Champs-Élysées, nos carrosses marcheront à la file, et, comme ils seront pareils, on se retournera pour nous regarder passer.

— Tu crois qu'on se retournera ? s'écria Mathilde avec admiration.

— J'en suis sûr ; songe donc, neuf carrosses à huit chevaux ! personne n'aura jamais vu cela : nous aurons l'air du cirque américain. »

À cette idée, Mathilde sauta de joie ; mais elle se rapprocha de son frère en voyant un dindon, le cou tendu, s'approcher à pas comptés et la regarder avec curiosité.

« Est-ce que c'est vrai, demanda-t-elle, que les dindons n'aiment pas à entendre siffler ?

— Je l'ai entendu dire par Émile, répondit Paul.

— Siffle un peu pour voir.

— Et s'il se fâche ?

— Nous nous sauverons. »

Paul siffla. Le dindon s'arrêta net et fit entendre un glouglou prolongé. Paul siffla de nouveau, et, à chaque sifflement, le dindon se rapprochait d'un pas, répétant son éternel glouglou avec un air si... dindon, que Mathilde riait de tout son cœur. Bientôt de chaque coin de la basse-cour on vit accourir des dindons.

« Arrête ! cria Mathilde à son frère. Ne siffle plus . »

Il était trop tard ; vingt dindons au moins entouraient les deux imprudents qui s'adossèrent à la muraille. Paul saisit l'ombrelle que tenait sa sœur, l'ouvrit et s'en servit comme d'un bouclier. Mais les dindons, qui probablement n'aiment pas plus les ombrelles que le sifflet, se précipitèrent sur celle-ci et la mirent en lambeaux à coups de bec. C'était un spectacle effrayant que de voir cette vingtaine de gros oiseaux à la crête rouge menacer Paul, qui bientôt allait être désarmé. Pour comble de malheur, cinq ou six oies, sans provocation aucune, accoururent en soufflant et en criant. Mathilde crut un moment que les oies allaient chasser les dindons, mais lorsqu'elle les vit s'acharner à leur tour contre l'ombrelle, elle poussa des cris désespérés, ne doutant pas que l'intention des oies et des dindons ne fût de la dévorer, elle et son frère.

XIX

PAUL TENAIT TÊTE A L'ENNEMI.

CHAPITRE XXII

Victoire de Paul. — D'où viennent les cygnes. — Les oies et les poules sauvages. — L'orme. — Vieille manière de prendre les oiseaux. — La fauvette. — Emploi du nouveau levier. — On touche au but. — La cloche malencontreuse.

Paul, toujours intrépide, tenait vigoureusement tête à l'ennemi et couvrait sa sœur de son corps. Ce n'était pas une mince affaire que de se garer de vingt becs acharnés. Trois fois les dindons, soutenus par les oies, se lancèrent en quelque sorte à l'assaut, et trois fois Paul les repoussa victorieusement. L'ombrelle, qui recevait les coups de bec, en était réduite à sa plus simple expression, c'est-à-dire à ses baleines. Mathilde, croyant la bataille perdue, se couvrit la tête de son tablier et appela au secours.

« Tais-toi donc, lui répétait Paul; si tu cries toujours, ils ne s'en iront jamais. »

Un coup de bec qui le pinça jusqu'au sang indigna le petit garçon; passant de la défensive à l'offensive, — véritable manière de combattre des Français, — il se précipita sur les dindons. Un d'eux, atteint par l'ombrelle, recula, puis battit en retraite. Après un instant d'hésitation, tous ses compagnons le suivirent. Les oies, qui s'étaient mêlées d'une querelle qui ne les regardait pas, firent à leur tour volte-face et allèrent rejoindre leurs alliés. Le vainqueur put enfin reprendre haleine. « Allons-nous-en, dit-il à Mathilde, ils n'auraient qu'à revenir! »

Mathilde voulait courir, Paul passa fièrement devant ses ennemis qui le saluèrent de nombreux glouglous, mais qui se tinrent à distance. « D'où venez-vous si rouges et si ébouriffés? demanda Émile, qui rencontra les deux enfants au moment où ils arrivaient près de la maison.

— Nous avons été attaqués par une bande de dindons, s'écria Mathilde.

— Les aviez-vous donc provoqués?

— Pas précisément, répondit Paul, j'avais sifflé un peu pour voir ce qu'ils feraient; cela les a fâchés et ils ont voulu nous mordre.

— Et qui a mis cette ombrelle dans un pareil état?

— Les oies.

— Comment! les oies vous ont donc attaqués aussi?

— Oui, mais nous ne leur avions rien dit, fit Mathilde.

— Vous n'êtes blessés ni l'un ni l'autre?

— Il y a un dindon qui m'a mordu à la main.

— Un dindon qui était enragé », ajouta Mathilde.

Émile examina la blessure; elle était légère. Il recommanda une fois de plus aux deux imprudents de ne jamais aller seuls dans la basse-cour, car c'était par miracle qu'ils avaient triomphé de leurs ennemis.

« Nous ne savions pas, dit Mathilde, que les dindons étaient des animaux féroces, et les oies aussi.

— L'oie est un *palmipède*, un parent du canard et du cygne, dit Émile; elle n'est pas féroce, mais elle a l'humeur belliqueuse. On la dit originaire du midi de l'Europe; c'est de là, du moins, que vient l'oie sauvage, type de notre oie domestique. L'oie, disgracieuse, boiteuse, n'est

pas la sotte que l'on prétend ; elle a un titre de gloire, —
elle a sauvé le Capitole de Rome.

— Et les dindons, sont-ils spirituels? demanda Mathilde.

— Je ne le crois pas, répondit Émile qui ne put s'empêcher de rire ; ils sont certainement moins intelligents que
les oies. L'esprit, retiens cela, est une qualité particulière
à l'homme et que ne possèdent pas les oiseaux. Les dindons sont originaires d'Amérique, vous ne l'ignorez pas.

— J'ai vu des oies sauvages, dit Paul ; elles volaient
sur deux lignes qui faisaient un angle, mais je n'ai jamais
vu de cygnes sauvages.

— Tu en verras si tu visites les contrées septentrionales
de l'Europe, car le cygne est un habitant des pays froids.

— Est-ce vrai que les poules viennent de l'île de Java?

— C'est-à-dire, répondit Émile, que c'est dans l'île de
Java que plusieurs naturalistes ont retrouvé, à l'état sauvage, le type de nos poules domestiques. Les poules, et
par conséquent le coq, dont les espèces différentes se
comptent aujourd'hui par centaines, sont des parents du
faisan. Le coq et le rossignol sont à peu près les deux
seuls oiseaux diurnes qui chantent pendant la nuit. »

Le ciel se débarrassa des nuages qui l'obscurcissaient, et
le soleil reparut radieux. Paul et Mathilde furent alors autorisés à courir dans le parc, sans être astreints à suivre les
allées. Quatre heures venaient de sonner, et Paul était
pressé d'aller travailler à la découverte du trésor, d'autant
plus qu'il avait trouvé, parmi les outils du père Antoine,
une pince de fer semblable à celles dont se servent les paveurs. La pince pesait au moins dix livres ; mais, avec l'aide
de sa sœur, le petit garçon espérait pouvoir s'en servir. Les
deux travailleurs, chargés de la barre de fer, traversaient

le potager pour gagner plus vite le bois, lorsqu'ils rencontrèrent Mlle Hélène qui faisait prendre l'air à sa poupée.

« Où vas-tu? demanda la petite fille à Mathilde.

— Dans le bois, répondit celle-ci.

— Je veux aller avec toi.

— Cela ne se peut pas, tu as une robe neuve et tu te
salirais.

— Je veux aller avec toi tout de même.

— Nous voilà bien ! dit Paul en laissant tomber sa pince
avec découragement ; si encore on pouvait la faire taire ! —
Veux-tu être gentille? dit-il en s'adressant à sa jeune sœur.

— Oui, répondit Hélène.

— Eh bien, va promener ta poupée devant la maison,
nous irons te rejoindre tout à l'heure et nous jouerons tous
au maître d'école.

— J'aime mieux aller avec toi. »

Mathilde et Paul dépensèrent des trésors d'éloquence
pour convaincre leur jeune sœur, ce fut en vain. Mathilde
offrit sa grande poupée, son ménage de fer-blanc, un nécessaire ; Paul sa boîte de dominos, ses soldats de plomb,
— peine perdue ! Mlle Hélène se montra incorruptible et
répondit invariablement en saisissant la robe de Mathilde :

« Je veux aller avec vous.

— Emmène-la vers la maison, dit Paul à bout d'ex-
pédients, puis tu viendras me rejoindre.

— Allons jouer », dit Mathilde qui prit la main d'Hélène.

La petite fille se dégagea en disant :

« C'est avec Paul que je veux aller. »

Paul aimait trop sa petite sœur pour la faire pleurer, et
il fut assez raisonnable pour dominer l'impatience que lui
causait l'ajournement de ses travaux dans les bois. Essayer

de soulever la dalle devant Hélène, c'eût été livrer à tous
les vents le secret du trésor. Aussi, après avoir caché sa
pince dans l'herbe, Paul conduisit Hélène près du père
Antoine qui creusait la terre autour d'un gros arbre.

« Qu'allez-vous donc faire, monsieur Antoine? demanda
Paul au jardinier.

— Abattre cet arbre, mon cher enfant.

— Il vous gêne donc?

— Un peu, car il couvre mes arbres fruitiers de son
ombre; puis j'ai besoin de bois pour réparer ma charrette.

.— C'est un orme, n'est-ce pas?

— Oui, un orme tortillard; c'est l'espèce que nos
pères plantaient autrefois le long des grandes routes. Son
fruit, qui apparaît au printemps, se nommait, lorsque j'avais
votre âge, du pain de hanneton. Voyez-vous, monsieur
Paul, l'orme, qu'on délaisse aujourd'hui, fournit un bon
bois de charpente et de chauffage, et les grosses verrues
qui poussent le long de son tronc servent aux tourneurs à
fabriquer une multitude de petits objets.

— Monsieur Antoine, cria Hélène, voulez-vous me donner le petit moineau qui est derrière vous, s'il vous plaît?

— Je le voudrais bien, ma chère petite; mais les fau-
vettes ne se laissent pas prendre facilement, et si je m'approche de celle-ci, que l'on nomme la fauvette des jardins,
elle s'envolera très certainement.

— C'est à cause de sa couleur qu'on la nomme fauvette, dites, monsieur Antoine?

— Oui, monsieur Paul, et puisque vous savez cela, vous
n'ignorez sans doute pas que la fauvette émigre en hiver?

— Monsieur Antoine, reprit Hélène sans laisser répondre
son frère, voulez-vous que j'aille vous chercher un grain de

sel pour mettre sur la queue du petit oiseau? le voilà revenu. »

Le jardinier se mit à rire de la proposition ; quant à Mlle Hélène, elle courait déjà de toutes ses forces vers la maison. Paul fit un signe à Mathilde, et le père Antoine ayant repris son ouvrage, le frère et la sœur pénétrèrent dans le bois.

« Ouf ! dit Paul en jetant à terre la lourde pince dont il s'était chargé, on a raison de dire : « lourd comme du fer. »

— Lève la pierre, dit Mathilde.

— Attends un peu, je suis tout essoufflé. Tiens ! on dirait que le trou est plus grand qu'hier et que la terre est plus molle.

— C'est la pluie, répondit Mathilde.

— La pierre est toute salie.

— C'est la pluie, répéta Mathilde, elle a fait couler la terre dessus.

— C'est plutôt une bête, reprit Paul un peu pensif.

— S'il y a des bêtes ici, je m'en vais, cria Mathilde.

— J'appelle une bête, se hâta de dire Paul, un lapin ou une poule, car, pour sûr, on a gratté ici. »

Mathilde ayant fait remarquer à son frère qu'il était tard et qu'il ne fallait pas perdre de temps, Paul passa l'extrémité de sa pince dans l'anneau ; réunissant leurs efforts, les deux enfants essayèrent alors de soulever la dalle.

« Tire donc, criait Paul.

— Je tire, répondait Mathilde.

— Encore plus fort.

— Je ne peux plus.

— Tu ne tires pas droit.

— Ni toi non plus. »

On se reposa, on poussa, on tira de nouveau ; la dalle ne bougea pas.

« Si tu étais aussi forte que je suis fort, dit Paul, il y a longtemps que la pierre serait hors de son trou.

— Ce n'est pas ma faute », dit humblement Mathilde.

Et c'était vrai, car la pauvre petite avait les mains toutes rouges et toutes meurtries. Pendant que sa sœur se reposait un peu, l'infatigable Paul piochait autour de la dalle, avec l'espoir d'ébranler la maçonnerie dans laquelle elle était engainée. Il dut renoncer à son entreprise et résolut d'essayer le levier que lui avait indiqué Lucien.

Mathilde ayant repris courage, le bout de la pince fut introduit entre la dalle et son encadrement. Paul, tirant alors à lui l'extrémité du morceau de fer, vit la pierre se mouvoir légèrement. Dix fois la pince, faute de prise suffisante, s'échappa de la rainure, et dix fois Paul la replaça pour recommencer sa manœuvre. Sa persévérance lui fit acquérir l'expérience qui lui manquait ; il remarqua qu'il fallait placer la pince bien au centre de la rainure, ne la tirer à soi que par petits coups saccadés afin de lui donner prise, et que ce n'était qu'alors qu'il fallait peser sur elle avec force.

Tout à coup la pince mordit et la dalle fut légèrement soulevée. « Tire, tire, ça y est ! » cria Mathilde.

Paul tira trop vite, le fer grinça sur la pierre qui retomba, et le travailleur reprit un instant haleine.

« Il faudrait, dit-il à sa sœur, qu'aussitôt que la pierre se lève un peu, tu fourres quelque chose dessous pour la soutenir.

— C'est ça, pour que j'aie les doigts pincés, si elle retombe comme tout à l'heure.

— Tu n'as qu'à prendre un grand morceau de bois et tes doigts ne seront pas pincés. »

Paul se mit en quête du morceau de bois, trouva

vite ce qu'il désirait et expliqua minutieusement à sa sœur ce qu'elle devait faire. « Une, deux ! » cria-t-il comme signal.

Et pesant sur l'extrémité libre de la pince, lentement, sagement, d'une façon raisonnée, il vit la dalle sortir de son encadrement. Bientôt elle dépassa la rainure d'au moins deux pouces. Mathilde, attentive, substitua aussitôt son bout de bois à la pince, et la dalle resta suspendue.

Le cœur de Paul et celui de Mathilde battaient à qui mieux mieux. La terrible pierre était enfin vaincue ; encore un effort et elle allait livrer ses secrets. Paul saisissait déjà sa pince pour achever son œuvre, lorsqu'il s'arrêta frappé de stupeur ; la malencontreuse cloche sonnait à toute volée pour annoncer l'heure du dîner.

« La vilaine cloche ! s'écria-t-il, on dirait qu'elle le fait exprès. As-tu très faim ? demanda-t-il à sa sœur.

— Pas très faim, mais j'ai faim, répondit celle-ci.

— Eh bien, travaillons encore, jusqu'à ce que nous ayons très faim.

— Si nous n'obéissons pas à la cloche, reprit Mathilde, on va nous appeler, nous chercher et trouver le trésor ; sans compter que nous serons grondés. »

La cloche, comme pour appuyer ce que disait Mathilde, résonna de nouveau. Il fallut se décider à partir ; mais quel sacrifice ! Certain maintenant de soulever la dalle lorsqu'il le voudrait, Paul jugea prudent de la laisser retomber à sa place. Mathilde, qui avait regardé par l'ouverture, prétendait avoir vu reluire quelque chose.

« Parbleu, dit Paul, tu as vu briller le tas d'or. »

Et, se prenant par la main, les deux associés gagnèrent la maison en courant.

CHAPITRE XXIII

La chute d'un arbre. — Le bouleau. — Le charme. — Chênes et peupliers.
— Hêtres et marronniers. — Le platane. — Où mettre le trésor? — Une
indigestion par anticipation. — Chasse aux perroquets. — La dalle est
vaincue.

Il était temps d'arriver; tout le monde s'asseyait à
table. Paul avait les mains endolories, mais il ne s'en
préoccupait guère; il espérait que le dîner serait servi assez
rapidement pour qu'il pût retourner dans le bois et voir
enfin ce que cachait la dalle. Quant à Mathilde, mille et un
projets roulaient dans sa tête, et elle songeait à se défaire
de ses plus belles robes en faveur de Catherine et de sa
mère.

Le dîner terminé, on alla voir abattre le grand orme,
dont un bûcheron, secondé par le père Antoine, minait le
pied depuis le matin. Une longue corde avait été attachée
près du sommet de l'arbre, et une large entaille pratiquée
à sa base. Le père Antoine, Émile, Lucien, tirèrent sur
la corde, tandis que le bûcheron donnait un dernier coup
de hache. Le vieil arbre, qui comptait au moins cent ans
d'existence, s'ébranla comme s'il eût été secoué par un
grand vent. La cime allait et venait, d'avant en arrière,

obéissant aux impulsions que lui communiquait la corde
tirée par mouvements égaux. Un formidable craquement se
fit soudain entendre ; la cime de l'orme décrivit une immense
courbe, et le vieil arbre, géant vaincu par des pygmées, se
coucha lourdement sur la terre qu'il ébranla.

Paul fut vivement frappé de ce spectacle ; quelques
minutes avaient suffi pour anéantir l'œuvre d'un siècle. Les
branches qui avaient abrité tant de nids, couvert tant
d'hommes de leur ombre, allaient se transformer en poutres
sous la hache du charpentier, en roues de voitures sous la
main du charron, ou, réduites en menus morceaux, flamber
en pétillant durant les jours d'hiver et chauffer l'air refroidi.

L'abatage de l'orme avait duré près d'une heure ; il ne
fallait plus songer, pour ce jour-là, à retourner dans le bois.
Paul se promena dans le parc avec ses grands frères, leur
demandant le nom et l'origine des arbres qui se trouvaient
sur son passage. Le premier qui attira son attention fut un
bouleau à l'écorce blanche et aux feuilles menues.

« Le bouleau, dit Lucien, compte de nombreuses
espèces répandues sur tous les points du globe ; celui que
nous avons sous les yeux est un bouleau blanc, originaire
de l'Europe. Son bois, très tendre, est employé par les
boulangers pour chauffer leurs fours, et ses jeunes pousses
servent à fabriquer les balais dits de bouleau. L'écorce
du « bouleau à papier » servait autrefois à copier des
manuscrits, et c'est d'un bouleau que l'on tire l'huile gou-
dronneuse et aromatique employée pour la préparation du
cuir de Russie.

— On dit, ajouta Émile, que le bouleau est le dernier
arbre que l'on rencontre en se dirigeant vers le pôle arcti-
que, et le seul que produise le Groënland.

— En effet, répondit Lucien, et nous aurions beaucoup à dire si nous faisions une histoire complète du bouleau, car il sert à fabriquer des paniers, des cercles de tonneau, des sabots, et l'on retire de ses feuilles une couleur jaune employée autrefois par les teinturiers.

— Est-ce vrai, demanda Paul, qu'il y a un arbre qui s'appelle charme ? M. Antoine dit que le manche de sa bêche et de son rateau sont en bois de charme.

— Rien de plus vrai, répondit Lucien, et le charme est l'arbre le plus commun dans nos forêts. On le reconnaît à son tronc rarement droit, rarement arrondi, couvert de mousse et de lichen. Le mur de verdure que nous longeons en ce moment est formé par de jeunes charmes et porte le nom de charmille. Le charme, qui a la tête trop grosse en proportion de son tronc, les branches trop menues et les feuilles trop petites, était considéré par les anciens comme un arbre difforme. Il fournit un excellent bois à brûler.

— Je sais que les chênes ont un bois très dur, qui sert à fabriquer des meubles et toutes sortes de choses, dit Paul ; je sais aussi que ce sont des arbres d'Europe, bien qu'il y en ait de beaucoup d'espèces en Afrique et en Amérique ; mais le peuplier, d'où vient-il ? On n'en voit jamais dans les bois.

— Le peuplier est un arbre du Nord, répondit Lucien, et s'il n'est pas commun dans les bois, on le rencontre fréquemment sur les bords des canaux, le long des routes et dans les bas-fonds humides. Il y a trois sortes principales de peupliers : le « blanc », ainsi nommé à cause de la couleur argentée du revers de ses feuilles ; on le cultive pour son bois qui a la propriété de ne pas se déjeter,

et qui sert à fabriquer des portes et des fenêtres ; le « peu-
plier-tremble », dont le bois sert à la confection des caisses,
et qui est ainsi nommé parce que ses feuilles, portées par
de longs pétioles, s'agitent au moindre souffle de vent ;
enfin le « peuplier noir » qui pousse dans les lieux humides et meurt dans les terrains secs.

— N'oublies-tu pas, dit Émile à son frère, de parler
du peuplier d'Italie ?

— Tu as raison ; mais celui-là, Paul le connaît ; je lui
ai fait remarquer l'autre jour que la route de Ville-en-Tar-
denois est bordée de peupliers d'Italie.

— Un hêtre et un chêne, ce sont deux parents, n'est-ce
pas ? demanda Paul.

— Oui, répondit Lucien, ce sont des *cupulifères*. Le
chêne a pour fruits des glands dont quelques espèces
sucrées ont autrefois servi à la nourriture des hommes,
et le fruit du hêtre, nommé *faîne*, donne, lorsqu'on le
soumet à une forte pression, une huile bonne à manger.

— Et la grande allée du parc, elle est en marronniers,
n'est-ce pas ? demanda Mathilde.

— Tu veux dire, répondit Émile, qu'elle est bordée de
marronniers, arbres originaires du centre de l'Asie et
apportés de Constantinople en France en 1615. »

La nuit venait et on se rapprocha de la maison. Lorsque
les promeneurs pénétrèrent dans le salon, Lucien achevait
d'expliquer à Paul que le platane est originaire de l'Orient
et qu'il fut introduit en France sous le règne de Louis XV.

« Le platane était l'arbre de prédilection des anciens,
ajouta le grand frère ; ils le nommaient arbre à main, à
cause de la forme de ses feuilles. Pline rapporte que le
consul romain Lucius Mucianus passa la nuit avec vingt

et une personnes de sa suite dans le tronc d'un platane de
Syrie. En France, le platane a passé longtemps pour rendre
l'air si sain, que ceux qui possédaient de ces arbres dans
leur jardin faisaient payer le droit de s'asseoir à leur
ombre. »

Paul et Mathilde se retirèrent dans un coin du salon,
afin de pouvoir causer à leur aise du trésor. Paul avait
réfléchi qu'une somme de vingt millions devait former un
tas d'or si gros, si long, si large, si pesant, qu'il serait
impossible de le mettre dans ses poches pour le rapporter
à la maison. Il faudrait donc entreprendre de nombreux
voyages ; mais où placer cet énorme tas d'or? C'était là
une grave question. Mathilde proposa successivement de
cacher le trésor dans la cave, dans la grange ou dans le
grenier ; mais Paul rejeta ces propositions.

« Quand je serai vêtu de mon habit brodé d'or, dit-il,
et toi de ta robe à queue, il ne sera pas convenable que
nous montions au grenier ou que nous descendions à la
cave chaque fois que nous aurons besoin de trente ou quarante sous.

— Tu auras donc un habit brodé d'or ? s'écria Mathilde.

— J'en aurai même deux, répondit Paul, un pour tous
les jours et l'autre pour les dimanches.

— Je voudrais bien, dit la petite fille, qu'il y eût aussi
de l'or sur ma robe.

— Nous en mettrons tant, répliqua Paul, que ta robe
brillera comme le soleil et qu'il faudra fermer les yeux pour
te regarder.

— Je voudrais bien encore, reprit Mathilde, que les
rideaux de mon lit fussent des rideaux brodés.

— Ils seront tout ce que tu voudras ; lorsqu'on a vingt

millions dans sa poche ou au grenier, ou sous son lit, ou dans une boîte, on peut s'acheter n'importe quoi. Ainsi, quand nous irons chez le pâtissier manger un gâteau, qui est toujours trop petit, tu pourras manger une grande tarte et même toute la boutique.

— Ça me donnera une indigestion et je serai malade, répondit judicieusement Mathilde.

— Eh bien, tu feras venir le plus grand médecin de Paris; il demandera à voir ta langue et il te purgera.

— Mais je ne veux pas être purgée!

— Alors ne mange pas une boutique de pâtisserie à toi seule.

— C'est toi qui veux que je la mange et que je sois malade.

— Comment, c'est moi! » s'écria Paul.

Par bonheur, Hortense appela les deux interlocuteurs pour les coucher, ce qui coupa net leur discussion. Une minute de plus, et ils allaient se fâcher pour une chose qui n'existait pas encore et qui ne devait peut-être jamais arriver. Que d'hommes, sur ce point, sont aussi peu raisonnables que les enfants!

Paul avait projeté de se lever matin; par malheur, il était si fatigué de ses travaux de la veille, qu'il se réveilla lorsque neuf heures sonnaient. Il n'eut que le temps de se mettre à ses devoirs; mais il était trop bon logicien pour apprendre ses leçons d'une façon distraite, ce qui oblige à les rapprendre de nouveau et occasionne une véritable perte de temps. Selon le précepte d'Horace, il se hâta lentement, c'est-à-dire que son écriture fut soignée. Au lieu de recevoir des reproches et d'avoir à recommencer, il fut félicité par ses frères et mis en liberté vers deux heures de l'après-midi.

Mathilde l'attendait dans le vestibule, et ils s'élancèrent en courant dans le parc. A vingt pas de la maison, ils
rencontrèrent Mlle Hélène qui, assise sous un pommier, se
tenait immobile.

L'immobilité était un fait si rare chez Mlle Hélène que
Mathilde s'arrêta pour lui demander ce qu'elle faisait là.

« J'attends un petit quelque chose, dit la jeune personne avec distraction.

— Un petit quelque chose ? Qu'est-ce que c'est
que ça ?

— Un petit quelque chose qui a des plumes.

— Elle attend sans doute un oiseau, dit Paul.

— Non, monsieur, répliqua vivement Mlle Hélène, je
n'attends pas un oiseau, mais un perroquet.

— Un perroquet ! s'écrièrent à la fois Paul et Mathilde.

— Oui, répondit Hélène, un perroquet, et voilà mon
grain de sel pour mettre sur sa queue.

— Il n'y a pas de perroquets dans le parc, dit Mathilde.

— Si, mademoiselle, il y en a.

— Tu en as vu ?

— Non, mais il y en a ; je veux qu'il y en ait. »

Cette façon de raisonner suffoqua Paul ; il fut pourtant
assez sage pour ne pas répliquer, et il entraîna Mathilde
vers le bois. Grâce à l'expérience acquise la veille, la
pince, habilement maniée, souleva la dalle qui, peu à peu,
sortit de son encadrement. Mathilde, sur les indications de
son frère, introduisit une pierre dans l'écartement, et la
dalle resta suspendue.

Tout en reprenant haleine, Paul regarda par l'ouverture, et il lui sembla distinguer des marches. Il fallait en

finir. L'ingénieur, ayant sagement réfléchi qu'à l'aide de deux leviers on devait multiplier ses forces et avoir raison de la dalle, se mit à la recherche du manche de bêche qu'il avait apporté deux jours auparavant. Ce manche retrouvé, les points d'appui bien mesurés, Mathilde bien stylée sur ce qu'elle avait à faire, l'une des extrémités de la pince et le manche de bêche furent glissés sous la dalle.

« Attention ! cria l'ingénieur en chef : Une... deux... »

Il avait à peine compté jusqu'à *trois*, que la dalle, brusquement soulevée, vacillait un instant, puis retombait en arrière, laissant à découvert six marches humides, vertes, sur lesquelles brillaient de grosses monnaies d'argent.

CHAPITRE XXIV

Commencement du trésor. — Première excursion dans le souterrain. —
Touchants adieux de Paul à Mathilde. — Faut-il le dire? — Le serment. —
Paul et Mathilde se montrent dignes d'être riches. — Grande expédition.

Paul avait lâché sa pince et Mathilde son manche de
bêche. Paul regardait Mathilde et Mathilde regardait Paul;
tous deux étaient pâles, tremblants, et semblaient n'oser
parler. Ils s'attendaient à voir paraître le trésor, et maintenant qu'ils le voyaient, qu'ils n'avaient plus qu'à se baisser
pour le saisir, ils hésitaient et se sentaient bouleversés.

« Il est trouvé ! s'écria enfin Mathilde.

— Il est trouvé ! répéta Paul.

Et une joie folle succédant à la stupeur dont ils
avaient été frappés, ils se mirent à sauter, à danser autour
du trou. Mathilde offrit de courir de toutes ses forces jusqu'à
la maison pour faire part de la grande découverte; mais
Paul, reprenant son sang-froid, fut d'un avis contraire.

« Il a été convenu, dit-il avec fermeté, que nous ne di-
rions rien à personne et que l'on ne saurait que nous avons
découvert un trésor qu'en nous voyant apparaître, toi,
dans un carrosse à huit chevaux, et moi avec un habit
doré. Où est ton carrosse ?

— Il n'est pas encore arrivé, dit Mathilde.

— Alors, attendons.

— Combien crois-tu qu'il y ait de millions, là, sur cet escalier? demanda la petite fille à son frère.

—Je ne sais pas trop, dit celui-ci; nous allons voir. »

Et résolument il descendit trois ou quatre marches. La première pièce ramassée, on se l'arracha des mains.

« Laisse-moi donc voir, disait Mathilde.

— C'est toi qui ne me laisses pas voir », répliquait Paul.

Et la pièce allait et venait. On finit enfin par lire cette devise : « L'union fait la force », puis : « République française, 5 francs, 1792. » Paul ramassa jusqu'à vingt de ces monnaies, ce qui représentait une somme de cent francs.

Soudain le petit garçon tourna et retourna une des pièces avec curiosité.

« Est-ce que celle-là est en or? demanda Mathilde.

— Non, mais il y a dessus le portrait de Louis-Philippe, c'est drôle.

— Pourquoi est-ce drôle ?

— Parce que le trésor a été enterré sous la première République et non en 1837, comme le dit cette pièce », répondit le logicien.

Mathilde réfléchit, puis se mit à rire.

« Bête, dit-elle amicalement à son frère, c'est une pièce de cent sous qui a été faite d'avance, voilà tout.

— C'est probable, répondit Paul, mais comment ces pièces de cinq francs se trouvent-elles sur cet escalier ? »

Cette fois Mathilde garda le silence. « Elles sont sur l'escalier, dit-elle enfin, parce qu'on les y a mises.

— Pourquoi les y a-t-on mises ?

— Ça, je n'en sais rien.

— On enterre les trésors, on ne les sème pas sur les escaliers, reprit Paul; ces pièces seront tombées sur les

PAUL ET MATHILDE DESCENDIRENT RÉSOLUMENT.

marches lorsqu'on a descendu les millions dans cette cave.

— Ce n'est donc pas le vrai trésor que nous avons trouvé ? demanda Mathilde avec crainte.

— Ça ne doit être que le commencement. A présent, il faut descendre dans le souterrain pour trouver le reste. »

Paul s'engagea dans l'escalier, mais Mathilde protesta contre cette hardiesse et refusa de le suivre.

« J'irai seul, dit Paul toujours résolu ; passe-moi ce bâton, continua-t il, prends mon sabre et monte la garde près de l'argent. Si des voleurs viennent pour te le prendre, tu feras le moulinet pour les effrayer, et tu m'appelleras. »

Mathilde regarda autour d'elle avec effroi ; il lui semblait déjà voir et entendre les voleurs dont son frère parlait. Elle ne consentait ni à descendre dans le souterrain ni à rester seule, ce qui était déraisonnable. Après une demi-heure de pourparlers, il fut décidé qu'elle descendrait jusqu'au bas des marches, où les voleurs ne pourraient la voir, de là, elle regarderait son frère s'enfoncer dans les entrailles de la terre.

« Tu m'attendras jusqu'à demain matin, dit Paul ; si demain, au lever du soleil, je ne suis pas encore revenu, cela voudra dire que je suis perdu dans le souterrain, et alors, seulement alors, tu iras chercher Lucien et Émile pour qu'ils viennent me retrouver. »

Mathilde protesta de nouveau. « Allons-nous-en, dit-elle.

— Eh bien, oui, allons-nous-en, répéta Paul avec dépit ; je vais te reconduire à la maison et je ramènerai Trompette qui, lui, n'aura peur ni de m'attendre ni de me suivre ; mais, lorsque j'aurai le trésor, ne viens me demander ni robe à queue, ni carrosse, ni rien du tout ; je ne te prêterai pas même un sou pour t'acheter un sucre d'orge. »

Ces terribles menaces rendirent Mathilde plus docile,

et les raisonnements de son frère achevèrent de la rassurer
un peu. Les voleurs ignorant encore la découverte du trésor, il n'était guère probable qu'on les vît apparaître. En tout
cas, ils ne pouvaient franchir la grille du parc sans être vus
de M. Antoine, ni passer par-dessus le mur sans tomber dans
la gueule de Trompette, toujours prêt à mordre les étrangers.
D'ailleurs, il faisait jour, et les malfaiteurs ont peur du soleil.
Touchant la durée de son excursion, Paul promit de l'abré-
ger le plus possible, et s'engagea même à revenir toutes les
cinq minutes, afin de donner de ses nouvelles. Ce dernier
point réglé, Mathilde s'assit sur la dernière marche de l'escalier, et l'intrépide explorateur s'enfonça dans les ténèbres.

Il venait à peine de disparaître, que Mathilde l'appelait.

« Que veux-tu ? demanda-t-il du fond du souterrain.

— Je ne te vois plus, reviens.

— Moi, je te vois encore, n'aie pas peur. »

Une minute, qui parut à Mathilde aussi longue qu'une
heure, s'écoula. Deux fois seulement Paul répondit à sa
sœur qui l'appelait sans discontinuer, mais sa voix semblait venir de si loin que Mathilde le crut à l'autre bout du
monde. Elle eut l'idée de s'enfuir. Cependant, quoiqu'elle
ne fût pas toujours d'accord avec son frère, elle l'aimait tant
qu'elle ne put se résoudre à l'abandonner. Il reparut tout
à coup, et Mathilde se jeta sur lui, l'entourant de ses bras,
l'embrassant avec effusion. « Laisse-moi donc ! cria Paul.

— Qu'as-tu découvert? demanda Mathilde plus calme.

— Rien, il fait trop noir. Nous allons retourner à la
maison, continua-t-il ; nous prendrons la lanterne, des allumettes, une pelote de ficelle, et tu verras.

— Qu'est-ce que je verrai ?

— Ce que je veux faire. »

Mathilde était trop heureuse de sortir du bois et de s'é-
loigner du souterrain pour rien répliquer ; aussi fut-elle la
première à se mettre en marche, portant dans son mouchoir les belles pièces de cinq francs qui venaient d'être
découvertes. Arrivés sur la lisière du bois, le frère et la
sœur s'arrêtèrent pour se consulter. Ils grillaient d'envie
de montrer les pièces d'argent recueillies sur les marches
du souterrain; car, ainsi que le disait Mathilde, à quoi leur
servait-il d'être si riches si personne ne le savait? Paul
opinait pour le silence, mais cela si faiblement, que
Mathilde le décida à soumettre la trouvaille aux regards
éblouis de toute la famille. Ce qu'il y avait à redouter,
c'étaient les interrogations de Lucien et d'Émile.

« Ils demanderont l'adresse du souterrain, répétait
Paul, or voici ce que je ferai : je m'engagerai à la donner
au bout de trois jours ; mais, comme ton carrosse peut
arriver en quatre heures par le chemin de fer, il n'y aura
rien de dérangé dans nos projets.

— Tu as toujours de bonnes idées » , dit Mathilde à
son frère en l'embrassant.

Et après avoir promis de son côté de ne pas donner l'a-
dresse du souterrain avant trois jours, fût-elle soumise aux
plus horribles tortures, la petite fille s'élança vers la maison.

La famille entière était réunie dans le salon lorsque le
frère et la sœur ouvrirent la porte avec fracas et se présen-
tèrent essoufflés. « Qu'arrive-t-il? s'écria Hortense.

— Rien, rien, répondit Mathilde, regarde seulement. »

Secouant en même temps son mouchoir au-dessus de
la table, elle en fit tomber les vingt pièces de cinq francs
qui roulèrent jusque sur le tapis.

Lucien, Hortense, Émile et Amélie ouvrirent de si

grands yeux et parurent si stupéfaits, que Paul et Mathilde
ne se sentaient pas de joie.

« Vous avez donc découvert un trésor ? demanda Lucien aussitôt que la surprise lui permit de parler.

— Pas tout à fait, répondit Paul; mais ces pièces-là
sont en vrai argent, n'est-ce pas ?

— Certes, répondit Lucien en soupesant une pièce dans
sa main, elles sont même en excellent argent. Contez-moi
où et comment vous avez découvert ce trésor. »

Il y eut un moment de silence. Paul regarda Mathilde,
Mathilde regarda Paul; puis tous deux regardèrent Lucien.

« Êtes-vous donc muets ? demanda celui-ci.

— Nous voudrions bien te répondre, dit enfin Paul,
mais j'ai promis à Mathilde de ne rien raconter avant trois
jours, et elle m'a promis la même chose; alors nous ne
pouvons pas parler sans manquer à notre parole, et tu dis
souvent que manquer à sa parole est une vilaine action.

— Très vilaine, reprit Lucien ; aussi ne puis-je que
vous féliciter de votre discrétion. Voilà une bien grosse
somme. Qu'allez-vous en faire ?

— Je voudrais, dit Mathilde qui s'avança, que la petite
Catherine puisse apprendre à lire, et Paul voudrait la voir
vivre dans une maison qui aurait un jardin.

— Voilà qui est bien, dit Lucien.

— Paul sait acheter des gâteaux, continua Mathilde,
mais il ne sait pas comment on achète un jardin, et moi je
ne sais pas comment il faut s'y prendre pour que Catherine
aille à l'école. Nous serions bien contents si toi et Hortense
vous vouliez prendre notre argent pour arranger tout ça.

— Ne voulez-vous donc rien acheter pour vous-mêmes?
N'avez-vous donc envie de rien ?

— Nous avons envie de pas mal de choses, dit Paul, mais Catherine est pauvre, nous attendrons.

— Nous attendrons, répéta Mathilde.

— Vous êtes de braves petits enfants, s'écria Lucien en les prenant tous deux dans ses bras pour les embrasser; penser aux autres avant de penser à soi est une noble et bonne action. »

Après Lucien ce fut Hortense, puis Émile et Amélie qui embrassèrent Paul et Mathilde; le grand frère, en ramassant l'argent, leur promit de se conformer à leurs désirs et d'arranger les choses de façon qu'aux prochaines vacances Catherine saurait lire et leur offrirait des fruits de son jardin.

Une heure plus tard, Paul, armé d'une lanterne, et Mathilde, portant une pelote de ficelle, se retrouvaient devant la dalle soulevée. Ignorant la profondeur du souterrain et s'étant souvenu du moyen employé par Thésée pour ne point se perdre dans le labyrinthe, moyen employé aussi par ceux qui visitent les catacombes, le petit garçon avait projeté de donner à sa sœur la pelote de ficelle, d'en prendre un des bouts et de la dérouler à mesure qu'il avancerait dans le souterrain, ce qui lui permettrait de ne pas se perdre dans les tours et les détours que tout bon souterrain doit avoir.

Ces préparatifs et ces explications inquiétaient Mathilde.

« Si tu te perds, que tu ne reviennes jamais, disait-elle à son frère, ça me fera pleurer, et je n'aurai plus personne avec qui jouer.

— Il faut pourtant aller chercher le trésor, dit Paul.

— Eh bien, racontons l'histoire à Émile, à Émile seulement; il descendra avec toi; moi, je descendrai avec lui, car je n'aurai plus peur. »

Paul voulait trouver le trésor tout seul, et il répéta que descendre dans un souterrain n'avait rien d'épouvantable, que c'était absolument comme si l'on descendait dans une cave.

« Mais on n'y voit pas clair ! s'écria Mathilde.

— C'est pour ça que j'ai apporté une lanterne, répondit l'explorateur.

— Et si tu trouves un dragon en face du trésor ?

— Les dragons ne se tiennent pas dans les souterrains, ils se tiennent près des portes ; puis les dragons sont des animaux fabuleux, et je n'ai pas peur des animaux fabuleux.

— Tu n'as donc peur de rien ?

— Je suis un homme ! » répondit Paul en se redressant.

Mathilde courba la tête et prit le bout de la ficelle tandis que son frère allumait la lanterne. Aussitôt qu'elle le vit prêt à s'enfoncer dans le souterrain, elle lui renouvela ses recommandations.

« Au lieu de me dire tout cela, dit Paul, tu ferais mieux de venir avec moi. »

On sait déjà que, si Mathilde avait peur de pénétrer dans le souterrain, elle redoutait au moins autant de rester seule.

« Qui tiendra la corde, si je vais avec toi ? demanda-t-elle.

— Nous l'attacherons à une grosse pierre et tu porteras la lanterne, pendant que je déroulerai la pelote de ficelle.

— Partons », dit la petite fille, prenant subitement sa résolution.

La ficelle ayant été attachée non à une pierre, mais au tronc de l'arbre le plus proche, Paul déroula la ficelle, suivi pas à pas par sa sœur qui l'éclairait. Ils disparurent peu à peu dans les ténèbres. Pendant un instant on eût pu les entendre causer ; peu à peu leurs voix se perdirent, et un silence si profond régna au-dessus du trou, que les petits oiseaux, convaincus qu'ils étaient seuls, se mirent à chanter.

CHAPITRE XXV

Riche trouvaille. — Catastrophe. — A propos d'allumettes. — Paul forcé
d'apprendre à priser. — La maison de Catherine. — Scène attendrissante.
— Mathilde devient brave.

Son expédition dans la carrière à plâtre avait fait
acquérir à Paul une expérience dont il se servait en ce
moment; il avançait pas à pas, sondant le terrain avant
d'y poser le pied, rassurant sa sœur qui, non contente
de tenir la lanterne, s'accrochait pour plus de sûreté à la
veste de son frère. On fit environ vingt pas dans un corridor assez étroit.

« Il n'y a pas de trésor, dit soudain Mathilde, allons-
nous-en.

— Où as-tu vu, répondit Paul, que ce soit à l'entrée
d'un souterrain que l'on découvre les trésors? Leur vraie
place est tout au fond dans un petit coin. Éclaire-moi donc
et ne tourne pas ta lanterne du côté de la muraille.

— Si, pendant que nous sommes ici, quelqu'un bou-
chait le trou par lequel nous sommes entrés, qu'est-ce que
nous ferions? demanda Mathilde.

— Nous creuserions la terre pour sortir.

— Avec quoi creuserions-nous la terre?

— Je n'en sais rien ; mais nous la creuserions tout de même. D'ailleurs, personne ne bouchera le trou sans regarder dedans.

— Ça, tu n'en sais rien non plus, reprit Mathilde, et nous aurions raison de nous en aller.

— Non, répliqua Paul avec vivacité ; si tu as peur, va-t'en ; sinon, tâche de tenir la lanterne droite. »

On fit encore une dizaine de pas en déroulant la ficelle, et l'on déboucha dans une vaste salle. Dès le premier pas, Paul faillit tomber en se heurtant contre une boîte placée sur le sol.

« Est-ce le trésor? demanda Mathilde avec anxiété.

— Ce n'est qu'une boîte, répondit Paul, mais il y a quelque chose dedans. »

Mathilde posa la lanterne sur le sol, et quatre petites mains tournèrent et retournèrent la boîte en cherchant à l'ouvrir. Le couvercle céda enfin, et plongeant sa main dans la boîte, Paul la retira pleine de perles et de pierres scintillantes.

« Les pierres précieuses! » s'écria-t-il.

Mathilde se pencha si vivement qu'elle fit rouler au loin la lanterne qui s'éteignit.

« Où es-tu? cria-t-elle à son frère d'une voix épouvantée.

— Où veux-tu que je sois? répondit celui-ci.

— J'ai peur, dit la petite fille.

— Tu t'es donc assise sur la lanterne?

— Non, dit Mathilde, je l'ai seulement poussée du pied.

— Où sont les allumettes?

— Elles sont restées là-bas sur la pierre.

— Tu éteins la lanterne et tu oublies les allumettes,

voilà des choses qui ne se sont jamais vues, dit Paul après un moment de silence.

— Je veux m'en aller, reprit Mathilde.

— Eh bien, va-t'en, tu me montreras la route.

— Mais je ne vois pas clair! s'écria la petite fille en poussant un sanglot.

— Ça prouve qu'il ne fallait pas éteindre la lanterne. Nous voilà comme le frère d'Ali-Baba lorsqu'il était enfermé dans la caverne des quarante voleurs.

— Comment a-t-il fait pour sortir? demanda Mathilde.

— Il n'est pas sorti du tout, il a eu faim pendant trois jours et il est mort le quatrième. »

Pour le coup, Mathilde se mit à pleurer.

Par bonheur, Paul n'avait point lâché sa ficelle; il fit deux ou trois pas en la tirant à lui, et se trouvant à l'extrémité du corridor, il vit briller au loin la lumière du jour. A cette vue, Mathilde lâcha la veste de son frère, partit en courant, gravit les marches deux à deux, et s'éloigna du trou. Paul l'eut bientôt rejointe, portant sous son bras la boîte cause de l'accident. Cette boîte était semblable à celles dans lesquelles on vend des soldats de plomb. Elle fut ouverte de nouveau, et le frère et la sœur purent constater qu'elle était au quart pleine de perles et de pierres noires, rouges, jaunes, bleues, vertes, en un mot de toutes les couleurs. Paul estima que cette trouvaille devait valoir à elle seule plusieurs millions; mais le vrai, le grand trésor, celui qui devait être en or pur, restait encore à découvrir; aussi le petit garçon se disposa-t-il à recommencer ses recherches.

« Où as-tu mis la lanterne? demanda-t-il à sa sœur.

16

— Elle est restée dans le souterrain », répondit celle-ci.

Paul se croisa les bras d'un air indigné :

« Je te donne à tenir les allumettes, dit-il, et tu les oublies; je te donne la lanterne à porter et tu l'éteins; puis, par-dessus le marché, tu oublies la lanterne elle-même. Voyons, là, vrai, est-ce le moyen de gagner un carrosse, surtout un carrosse à huit chevaux? »

Mathilde, au lieu de répondre, se mit à pleurer silencieusement, ce qui désarma son frère.

« Je te pardonne, dit-il, et tu auras tout de même ton carrosse; ne pleure donc plus et aide-moi.

— Que faut-il faire? demanda la petite fille avec soumission.

— Retourner chercher la lanterne, puis ensuite le grand trésor. Où sont les allumettes? »

Mathilde regarda autour d'elle et se souvint tout à coup qu'elle avait placé les allumettes dans la lanterne afin de pouvoir la rallumer si elle s'éteignait, circonstance qu'elle avait oubliée.

« Je sais bien que tu n'es pas bête, lui dit Paul; cependant, si je ne te connaissais pas, je croirais que tu l'es.

— C'est parce que j'ai eu peur, répondit la petite fille; dans le souterrain, je ne pensais ni aux allumettes ni à la lanterne, mais à m'en aller. »

Il fallut retourner à la maison et se mettre en quête d'allumettes; lorsque Mathilde eut réussi à s'en procurer, il était trop tard pour retourner dans le bois, et, au grand chagrin de Paul, la découverte du grand trésor fut forcément ajournée. Que la soirée parut longue aux deux associés et qu'ils eurent de peine à s'endormir! Le lendemain, aussitôt réveillés, leur premier soin fut d'aller jeter un coup d'œil sur les diamants trouvés la veille et qu'ils avaient cachés dans la bibliothèque. L'enthousiasme de Paul était médiocre; il eût préféré de bonnes pièces d'or à ces émeraudes et à ces rubis. Quant à Mathilde, elle ne partageait pas l'avis de son frère; avec le contenu de la boîte à soldats, il y avait de quoi fabriquer pas mal de broches, de boucles d'oreilles, de bagues et de colliers.

« Toutes ces choses-là sont bonnes pour les femmes, dit Paul; mais que dirait-on au collège si l'on me voyait apparaître avec des boucles d'oreilles?

— C'est moi qui les porterai, reprit Mathilde, mais ton habit de général ne serait pas très beau si les décorations n'étaient pas en diamants.

— Tu as raison, dit Paul, je ne pensais plus aux décorations; puis je me ferai fabriquer une tabatière, car les belles sont toujours enrichies de diamants.

— Alors tu vas apprendre à priser?

— Il le faudra bien, dit Paul; sans cela personne ne verrait ma tabatière. »

La boîte aux pierres précieuses fut de nouveau cachée derrière un rayon de livres; mais bientôt le frère et la sœur, dispensés ce matin-là de leurs leçons, s'aperçurent avec chagrin qu'il tombait une pluie fine et qu'il fallait renoncer à courir dans le parc.

Mathilde sauta à la corde, joua au volant avec Hélène et même à cache-cache. Paul, le visage collé aux vitres de la porte d'entrée, suivait d'un regard anxieux la marche des nuages. Trompette, qui l'aperçut, vint se poser en face de lui, se dressa sur ses pattes de derrière et fit mille gambades pour qu'on lui ouvrît la porte. Par malheur, il était défendu

d'introduire le caniche dans les appartements lorsqu'il
pleuvait, et le pauvre Trompette en fut pour ses gentillesses.

L'heure du déjeuner sonna et arracha Paul à ses
méditations ; son visage s'épanouit même en voyant luire
un beau rayon de soleil. Le soleil, c'était la liberté d'aller, de venir, de courir, de mettre la dernière main à
la découverte du trésor. Mais, aussitôt après le dessert,
Paul et Mathilde reçurent l'ordre de mettre leur chapeau
pour rendre visite à Catherine et à sa mère.

« Peut-être ferions-nous bien, dit Paul à sa sœur, de
porter à Catherine une petite pincée de perles et de diamants. Sa mère ira les vendre au marché, et elle sera
riche du jour au lendemain.

— Non, dit Mathilde, il faut attendre ; je veux faire
moi-même un collier pour Catherine, et il est plus poli
d'offrir à quelqu'un un collier de perles qu'une pincée de
n'importe quoi. »

Paul n'insista pas ; sa sœur se tenait plus souvent que
lui au salon, et il la savait plus au courant des usages du
monde qu'il ne l'était lui-même. Il avait pourtant lu dans
les *Mille et une Nuits* qu'une pincée de diamants est toujours acceptée avec reconnaissance ; mais les usages de
l'Orient ne sont pas ceux de l'Occident.

Arrivés près de l'église, Paul et Mathilde, qui mar-
chaient en avant, se disposaient à tourner à gauche, lorsqu'Amélie leur cria de tourner à droite.

« Est-ce que nous n'allons pas chez Catherine? demanda Mathilde.

— Si ; mais, grâce à vous, Catherine ne demeure plus
dans son ancienne chaumière, elle habite une petite maison
avec un jardin. Lucien, qui s'est chargé de ce nouvel établis-

sement, vous attend pour savoir si vous êtes satisfaits. »

Paul et Mathilde se regardèrent; ni l'un ni l'autre ne s'attendait à voir ses vœux si vite réalisés. Ils avancèrent avec rapidité, devançant les grandes sœurs.

« Par ici », leur cria tout à coup la voix de Lucien.

Et les deux enfants, dont le cœur battait avec force, entrèrent dans une maison toute blanche, couverte de tuiles rouges, ombragée par un grand noyer.

Au lieu des murs noirs de la vieille maison de Catherine, cette nouvelle demeure était tapissée d'un papier gris à fleurs roses, et le sol, au lieu d'être en terre battue, avait des carreaux de brique bien propres. Dans la cheminée, des pelles et des pincettes luisantes, et sur une étagère des pots et des assiettes très bien rangés. Dans la seconde pièce, un grand lit avec des rideaux pour la mère de Catherine, puis un autre plus petit pour Catherine elle-même. Tout était simple dans la maison, mais cependant gai et coquet.

« Êtes-vous satisfaits? » demanda Lucien aux deux enfants.

Leur réponse fut de se jeter dans les bras de leur frère et de l'embrasser avec force.

Lucien ouvrit une porte, et Paul précéda Mathilde dans un jardin que Catherine et sa mère travaillaient à nettoyer des mauvaises herbes. A la vue du frère et de la sœur, la mère de Catherine accourut vers eux et les prit dans ses bras.

« Ah! chers anges, s'écria la bonne femme, je sais que vous avez pensé à moi, que c'est à vous que je dois d'occuper cette jolie maison, de posséder enfin un jardin. Soyez bénis, chers petits, qui avez travaillé pour moi! le bon Dieu vous regarde et m'entend. »

La pauvre dame n'en put dire davantage, elle se mit à

pleurer. Catherine pleura de voir pleurer sa mère, exemple aussitôt suivi par Mathilde. Paul était un homme ; ni la piqûre des orties, ni la vue du renard qu'il avait pris pour un loup, ni l'aiguillon des abeilles n'avaient pu l'attendrir ; mais cette fois deux grosses larmes roulèrent le long de ses joues, deux grosses larmes de satisfaction.

Cette première émotion calmée, on visita la maison en détail, et Catherine montra les livres qu'on lui avait achetés, car, le lundi suivant, elle devait enfin aller à l'école. Grâce à Hortense et à Amélie, l'armoire aux effets renfermait de bonnes robes de laine et des bas pour l'hiver.

« Et tout ça n'a coûté que cent francs ? demanda Paul à son frère, aussitôt que l'on fut hors de la maison.

— J'ai dépensé un peu plus, répondit Lucien ; mais Mathilde et toi, vous travaillerez si bien, je l'espère, que vous m'aurez bientôt remboursé.

— La maison toute seule, combien a-t-elle coûté ?

— Je ne l'ai pas achetée, je l'ai simplement louée », répondit Lucien.

Paul multiplia ses questions, et à peine entré dans le parc, il entraîna Mathilde et eut avec elle une longue conversation. La maison de Catherine n'était que louée, il fallait l'acheter et songer sérieusement à la réalisation des autres projets formés. Pour cela on devait d'autant plus se hâter de déterrer le trésor, que Lucien venait d'annoncer que dans trois jours on regagnerait Paris.

Mathilde était prête à tout ; aussi une heure plus tard, s'engageait-elle avec intrépidité dans le souterrain ; il est vrai que Trompette était cette fois de la partie, et qu'il marchait si résolument, flairant de droite à gauche, qu'il semblait jaloux de découvrir à lui seul le vrai trésor.

DEUX GROSSES LARMES ROULÈRENT LE LONG DES JOUES
DE PAUL.

CHAPITRE XXVI

Dernière visite au souterrain. — Le pays de Lilliput. — Espoir perdu. — Du danger de parler trop haut. — La statue de pierre. — Regards jetés en arrière. — Adieux à Chambrecy. — Nouvelle résolution de Paul. — Fouette, cocher!

Le corridor fut rapidement franchi et, la lanterne abandonnée la veille ayant été retrouvée, Paul s'empressa de l'allumer. L'éclat de cette lumière, joint à la lueur de la bougie que portait Mathilde, ne suffisait pas à éclairer la grande salle dans laquelle se trouvaient les deux explorateurs; aussi jugèrent-ils prudent de longer la muraille.

« Nous aurions dû apporter du papier ou des copeaux, dit Paul, nous les aurions allumés; ils auraient produit une grande flamme, et, de cette manière, nous aurions pu voir si ce souterrain est un grand ou un petit souterrain.

— Ce doit être un grand souterrain, reprit Mathilde, car voilà au moins une heure que nous marchons.

— On marche quelquefois dans un souterrain pendant huit jours, répliqua Paul, et l'on arrive dans des pays si inconnus que les éléphants y sont gros comme des mouches et les mouches grosses comme des éléphants.

— Comment se nomment ces pays? demanda Mathilde.

— Je n'en sais rien; les géographies n'en parlent pas.

— Alors ce sont des pays pour rire, comme celui de Lilliput?

— Ah! Lilliput, voilà un pays! s'écria Paul qui s'arrêta. Si nous devions arriver quelque part, ajouta-t-il, je voudrais que ce fût dans le pays des Lilliputiens.

— Tu serais Gulliver ; mais moi, que serais-je ? demanda Mathilde.

— Tu serais ma sœur, comme à Chambrecy et à Paris. »

En ce moment Trompette, dont les yeux luisaient comme ceux d'un chat, leva la tête, dressa les oreilles et parut écouter, puis aboya. Mathilde se pressa contre son frère, et la lumière de la lanterne, promenée à la ronde, s'arrêta au loin sur des objets brillants.

« Que vois-tu ? demanda Paul à sa sœur.

— Des choses qui reluisent, répondit celle-ci.

— Ça ne peut être, reprit Paul, que de l'or ou des diamants. »

C'était aussi l'opinion de Mathilde, qui dit résolument :
« Allons voir. »

Paul, déroulant la ficelle, se dirigea vers l'endroit d'où partaient les points lumineux. On allait mettre enfin la main sur les richesses que l'on cherchait depuis si longtemps. On était sur la voie, la trouvaille des pièces de cinq francs, des perles et des rubis ne permettait plus d'en douter.

« Ah! » s'écrièrent à la fois les deux explorateurs.

Et ils se regardèrent d'un air consterné.

Les points lumineux qui reflétaient la lumière de la lanterne, le tas d'or selon Paul, le tas de diamants selon Mathilde, c'était un simple amas de bouteilles cassées.

Il y avait de quoi décourager les plus intrépides chercheurs de trésors du globe ; aussi Mathilde ne manqua-t-elle pas de s'écrier :

« C'est fini ! allons-nous-en. »

Mais Paul venait d'apercevoir une ouverture dans la muraille, il s'y engagea et se trouva dans un étroit caveau.

« Si le trésor est quelque part, dit-il, il doit être ici pour sûr. »

Levant sa lanterne pour mieux voir, le petit garçon poussa une nouvelle exclamation, et il montra à sa sœur une pancarte collée sur le mur et sur laquelle on lisait en gros caractères :

O VOUS, MORTELS,
QUI AVEZ PÉNÉTRÉ JUSQUE DANS CES PROFONDEURS SOUTERRAINES,
APPRENEZ QUE L'UNIQUE TRÉSOR QUE LES HOMMES NE PUISSENT VOUS RAVIR,
C'EST LE SAVOIR.
ÉTUDIEZ ; L'IGNORANCE EST LE PIRE DES MAUX.

Paul et Mathilde relurent tant de fois cette inscription qu'ils l'apprirent par cœur. Leur espoir de trouver les millions s'évanouit ; leurs travaux, leurs peines, leurs discussions, tout cela avait été inutile. Mais, si le trésor n'existait pas, d'où venaient les pièces d'argent que l'on avait trouvées sur les marches du souterrain, et que signifiait cette boîte de perles et de diamants rencontrée dans la première cave ? Les idées de Paul se pressaient confuses dans sa tête ; jusque-là, il n'avait jamais douté de l'existence du trésor, et maintenant il se sentait découragé, incertain, triste, et cela sans trop savoir pourquoi.

« Allons-nous-en », dit-il soudain à sa sœur.

Celle-ci, surprise de cette proposition, ne la laissa pas répéter deux fois et se hâta de prendre les devants.

Arrivé dans la première salle, près du corridor, Trompette dressa de nouveau les oreilles et aboya.

« On parle à l'entrée du trou », dit Mathilde à voix basse.

Paul ne répondit pas, il continua d'avancer. A peine avait-il franchi les marches du souterrain, qu'il aperçut ses frères et le père Antoine.

« As-tu découvert un nouveau trésor ? » lui demanda Lucien.

Paul s'arrêta, il regarda son frère, et ce fut machinalement qu'il répondit :

« Non.

— Et qu'avez-vous vu au fond du souterrain ? » reprit Lucien.

Cette fois ce fut Mathilde qui, non moins stupéfaite que son frère, répondit :

« Une affiche.

— Et la boîte aux pierres précieuses, est-ce toi ou Paul qui l'a ramassée? » demanda Émile à son tour.

Paul, de plus en plus interdit, continuait à regarder ses frères.

« C'est toi, dit-il soudain à Lucien, qui as jeté sur les marches du souterrain des pièces de cinq francs; c'est toi qui as... »

Lucien souriait et secouait la tête de haut en bas pour dire oui. Paul se tut ; lui qui pleurait si rarement se sentait suffoqué, des larmes coulaient sur ses joues.

« Qu'as-tu? s'écria Lucien, qui le prit dans ses bras.

— Je croyais, dit le petit garçon d'une voix entrecoupée par des soupirs, que c'était à Mathilde et à moi que Catherine et sa mère devaient leur belle maison ; je me suis trompé, et cela me fait pleurer.

— Tu ne t'es trompé qu'à demi, reprit Lucien. L'argent

ALLONS! SÈCHE TES LARMES ET EMBRASSE-MOI,
REPRIT LUCIEN.

que tu as trouvé t'appartenait bien, il était la récompense
de ton travail et de celui de ta sœur durant les vacances. Un
soir que j'étais sous la tonnelle de lierre, vous m'avez mis
au courant de vos espérances et de vos projets en parlant
un peu trop haut. Alors l'idée m'est venue d'éprouver
votre discrétion et votre persévérance, et aussi de vous
donner la joie de découvrir un trésor.

— Les pierres précieuses ne sont donc pas précieuses?
dit Mathilde.

— Ce sont des verroteries que vous donnerez à Hélène.

— Le trésor n'existe donc pas? s'écria Paul.

— Il existe peut-être, reprit Lucien, mais il est encore
à découvrir. Allons, sèche tes larmes; tu ne peux m'en
vouloir de ma plaisanterie, elle t'a aidé à faire le
bien. »

Paul embrassa son frère et s'éloigna ; sa déception
était si grande, tant de beaux projets venaient de s'éva-
nouir, qu'il sentait le besoin d'être seul.

« Et pourtant il existe, ce trésor », pensait-il.

Puis il marchait à grands pas, il ne pouvait se pardon-
ner d'avoir fait fausse route dans ses recherches, et surtout d'avoir été si crédule.

Il revint machinalement vers le bois ; ses frères et le
père Antoine creusaient la terre autour de la dalle.

« Que cherchez-vous donc? demanda-t-il.

— La statue dont tu as découvert une main, répondit
Lucien.

— Ces pierres-là sont donc les ruines du couvent ?

— Non, ce sont celles d'une métairie qui appartenait
à l'ancien monastère, et dans les caves de laquelle tu
as pénétré.

Au fond, Paul croyait le père Antoine et ses frères occupés du trésor.

« Ils sont grands et ils le découvriront, dit-il à Mathilde, qui, plus philosophe que lui, essayait de le consoler en répétant :

— Ce n'est pas notre faute si nous sommes petits. »

Vers le soir, Paul vit extraire du sol une statue grossièrement taillée, débris du monument funéraire d'un des seigneurs de Chambrecy. Il manquait une main à la statue, celle qui avait si fort intrigué Paul et Mathilde.

« C'est nous qui aurions dû découvrir ce bonhomme de pierre, dit-il à sa sœur ; et quand on pense qu'il aurait pu être en or ! »

Le surlendemain, jour fixé pour le départ, Paul et Mathilde, les bras mutuellement passés autour du cou, se tenaient debout sur la petite montagne de la hauteur de laquelle, le jour de leur arrivée, ils avaient aperçu les prés, les bois et l'étang qui composaient le parc. Le ciel était gris, de grands corbeaux noirs volaient en tournoyant et poussaient des cris rauques. Le vent soufflait avec force, et, à chaque rafale, il arrachait de la cime des arbres un essaim de feuilles jaunies qui, après avoir tourbillonné dans l'air, jonchaient les allées du parc. On ne voyait plus ni papillons, ni fleurs, ni mouches bourdonnantes ; presque tous les oiseaux avaient émigré. L'hiver, avec sa bise et ses flocons de neige, s'avançait.

« C'est par là, dit Paul en étendant le bras, que nous avons été en Perse.

— Et c'est par ici, répondit Mathilde, que tu m'as menée en Sibérie et que j'ai eu si froid.

— Voici la mare où Marquis a voulu nous noyer.

— Et voilà, s'écria Mathilde, le pigeonnier dans lequel nous avons manqué mourir de·faim.

— C'est tout là-bas, reprit Paul, que se trouve l'île des frelons.

— Et par ici, dit Mathilde, le bois où il y avait tant de mûres ! »

En se retournant pour regarder l'endroit que lui désignait sa sœur, Paul aperçut le toit de la nouvelle maison de Catherine.

« Ah, dit-il en poussant un gros soupir, ce n'est ni toi ni moi qui achèterons le château de Versailles !

— Et tu n'auras pas d'habit de général.

— Ni toi de robe à queue. »

Il y eut un moment de silence mélancolique.

« Je vois l'arbre, reprit le petit garçon, au pied duquel ton carrosse devait t'attendre ; l'arbre n'a plus de feuilles, et ton carrosse ne viendra pas. Quel malheur, s'écria-t-il, que nous n'ayons pas trouvé de trésor !

— Vous en avez trouvé un, dit tout à coup la voix de Lucien, vous en avez trouvé un que personne ne pourra plus vous ravir ; vous connaissez maintenant le blé, l'orge, la chlorophylle, la betterave, la vigne, vous savez le nom et un peu l'histoire de la perche, de la tanche, du barbeau, de la salamandre, et vous ne confondrez plus le moineau avec le pinson, la mésange avec le rossignol, la corneille avec le corbeau. Vous savez le nom des arbres, des légumes, des oiseaux de basse-cour, et vous avez appris mille choses dont vous trouverez l'emploi durant votre vie. Ce sont là de vrais trésors, vous vous en convaincrez en grandissant. »

Paul secoua la tête d'un air de doute ; il ne devait

comprendre que plus tard combien son frère avait raison.

Vers onze heures du matin, un carrosse — non pas à huit chevaux, mais traîné par deux maigres bêtes, — gravissait la côte de Chambrecy. Dans ce carrosse étaient assis Hortense, Émile et Mathilde; Paul avait obtenu d'être placé près du cocher. Au moment où l'on était monté en voiture, Catherine, sa mère, le vieux jardinier avaient embrassé Paul et Mathilde avec tant de force qu'un peu plus ils étaient étouffés.

« Au revoir, chers anges! avait crié la mère de Catherine.

— Au revoir, chers petits », avait crié le père Antoine.

— Adieu, monsieur, madame, avait crié Catherine.

Et le père Antoine avait ajouté en découvrant sa tête aux cheveux blancs :

« A l'année prochaine, si Dieu me prête vie. »

La voiture ayant atteint le sommet de la côte, Paul jeta un dernier regard sur la vallée où venaient de s'écouler pour lui deux mois de loisir si bien employés.

« Après tout, le trésor est là, pensa-t-il en regardant le parc, et aux vacances prochaines je le trouverai. »

Puis, sur l'ordre du cocher, il fit claquer le fouet dont il était armé, et les chevaux partirent au grand trot.

FIN

TABLE DES MATIÈRES

Paris. — Typ. A. QUANTIN, rue Saint-Benoît.

Magasin d'Éducation & de Récréation

Les tomes XXV à XXXVIII renferment comme œuvres principales :

JULES VERNE : Kéraban-le-Têtu, — L'École des Robinsons, — La Jangada, — La Maison à vapeur, — Les Cinq cents millions de la Bégum, *dessins de* BENETT ; — Hector Servadac, *dessins de* P. PHILIPPOTEAUX. — P.-J. STAHL : Maroussia, *dessins de* TH. SCHULER ; — Les Quatre Filles du docteur Marsch, *dessins d'*ADRIEN MARIE ; — Jack et Jane, *dessins de* GEOFFROY; — Le Paradis de M. Toto, — La Première cause de l'avocat Juliette, *dessins de* J. GEOFFROY; — Un Pot de crème pour deux, — Les Groseilles pas mûres, — Les Enfants de Cora, *dessins de* L. FRŒLICH. — LUCIEN BIART : Monsieur Pinson, *dessins de* H. MEYER ; — Aventures de deux enfants dans un parc, *dessins de* L. FRŒLICH. — E. LEGOUVE, *de l'Académie* : Le Sommeil, — Bonne âme, belle âme, grande âme, — Leçons de lecture, etc. — VICTOR DE LAPRADE, *de l'Académie* : Petits Ingrats, — Le Petit Soldat, — Soyez des hommes, — Travaillons, etc. — A. DEQUET : Mon Oncle et ma Tante, *dessins de* J. GEOFFROY. — E. EGGER, *de l'Institut* : Histoire du Livre. — J. MACE : La France avant les Francs, *dessins de* F. PHILIPPOTEAUX. — CH. DICKENS : L'Embranchement de Mugby, *dessins de* AUFRAY. — ANDRÉ LAURIE : Une année de collège à Paris, *dessins de* GEOFFROY ; — Scènes de la vie de collège en Angleterre, *dessins de* PHILIPPOTEAUX ; — Mémoires d'un collégien, *dessins de* GEOFFROY. — P. CHAZEL : Riquette, *dessins de* LIX. — D' CANDEZE : La Gileppe, — Aventures d'un grillon, *dessins de* C. RENARD. — C. LE-MONNIER : Bébés et Joujoux, *dessins de* BECKER et J. GEOFFROY. — HENRY FAUQUEZ : Souvenirs d'une pensionnaire, *dessins de* J. GEOFFROY. — J. LERMONT : L'Oiseau de Tilly. — La Maison de Nanny, etc., *dessins de* J. GEOFFROY. — F. DUPIN DE SAINT-ANDRE : Histoire d'une bande de canards, — La Vieille Casquette, *dessins de* J. GEOFFROY. — TH. BENTZON : La Petite Ramasseuse de cendres, — Un Conte d'hiver en Alsace, — Le Petit Violon, Une Famille de Chats, etc., *dessins de* J. GEOFFROY. — BENEDICT : La Mouche de Tony, — Le Noël des petits Ramoneurs, etc. — A. GENIN : Marco et Tonino, *dessins de* BELLENGER ; — Histoire de Deux pigeons de Saint-Marc. *dessins d'*ADRIEN MARIE. — F. DIENY : La Patrie avant tout, *dessins de* BENETT. — M. CRETIN : Le Livre de Trotty, *dessins de* GEOFFROY. — G. NICOLE : La Sakieh, — Le Chibouk du Pacha, etc., etc., *dessins de* RIOU ; — Théâtre de famille, *comédies, par* GENNEVRAYE. — B. VADIER : L'Ermite de dix ans, etc.

Les Tomes I à XXIV renferment comme œuvres principales :

L'Île mystérieuse, Les Aventures du Capitaine Hatteras, Les Enfants du Capitaine Grant, Vingt mille lieues sous les mers, Aventures de trois Russes et de trois Anglais, Le Pays des Fourrures, Michel Strogoff, de JULES VERNE. — La Morale familière (cinquante contes et récits), Les Contes Anglais, La famille Chester, Histoire d'un Ane et de deux jeunes Filles, La Matinée de Lucile, Le Chemin glissant, Une Affaire difficile, L'Odyssée de Pataud et de son chien Fricot, de P.-J. STAHL. — La Roche aux Mouettes, de Jules SANDEAU. — Le nouveau Robinson suisse, de STAHL et MÜLLER. — Romain Kalbris, d'Hector MALOT. — Histoire d'une maison. de VIOLLET-LE-DUC. — Les Serviteurs de l'Estomac, Le Géant d'Alsace, L'Anniversaire de Waterloo, Le Gulf-Stream. La Grammaire de mademoiselle Lili, Un Robinson fait au collège, de Jean MACE. — Le Denier de la France, La Chasse, Le Travail et la Douleur, A Madame la Reine, Un Premier Symptôme, Sur la politesse, Lettre de mademoiselle Lili, Un Péché véniel, Diplomatie de deux mamans, etc., de E. LEGOUVE. — Petit Enfant, Petit Oiseau, L'Absent, Rendez-vous, La France, La Sœur aînée, L'Enfant grondé, etc., par Victor DE LAPRADE. — La Jeunesse des Hommes célèbres, de MULLER. — Aventures d'un jeune Naturaliste, Entre Freres et Sœurs, de Lucien BIART. — Le Petit Roi, de S. BLANDY. — L'Ami kips. de G. ASTON. — Causeries d'Economie pratique, de Maurice BLOCH. — La Justice des choses, de Lucie B***. — Les Vilaines Bêtes, de BENEDICT. — Vieux Souvenirs, Départ pour la Campagne, Bébé aime le rouge, de Gustave DROZ. — Le Pacha berger, de LABOULAYE. — La Musique au foyer, de P. LACOME. — Histoire d'un Aquarium, Les Clients d'un vieux Poirier, de E. VAN BRUYSSEL. — Histoire d'un Bébelle, Une Lettre inédite, Septante fois sept, de DICKENS. — Les Lunettes du vieux Curé, Pâquerette, Le Taciturne, etc., de H. FAUQUEZ. — Le Petit Tailleur, de A. GENIN. — Curiosités de la vie des Animaux, par P.-H. NOTH. — Notre vieille Maison, de H. HAVARD. — Le Chalet des Sapins, par Prosper CHAZEL, etc., etc. — Les Deux Tortues, Ce qu'on faisait à un bébé quand il tombait, par F. DUPIN DE SAINT-ANDRE.

Les petites Sœurs et les petites Mamans, Les Tragédies enfantines, Les Scènes familières, et autres séries de dessins par FRŒLICH, FROMENT, DETAILLE, textes de P.-J. STAHL.

N. B. — La plus grande partie de ces livres ont été couronnés par l'Académie française.

CHAQUE VOLUME SE VEND SÉPARÉMENT

Prix : broché, **7 fr** ; toile, tranches dorées, **10 fr.**, relié, tranches dorées, **12 fr**

Albums Stahl illustrés in-8° (1er âge)

FRŒLICH

L'A perdu de Mlle Babet.
Alphabet de Mlle Lili.
Arithmétique de Mlle Lili.
Bonsoir, petit père.
Cerf-Agile, histoire d'un jeune sauvage.
Commandements du Grand-Papa.
La Fête de Mlle Lili.—Journée de Mlle Lili.
Grammaire de Mlle Lili. (J. MACÉ.)
Le Jardin de M. Jujules.
Lili aux Eaux.— Les Caprices de Manette.
† Les Jumeaux.

Un drôle de Chien.
La fête à Papa.
Mademoiselle Lili à la campagne.
Monsieur Toc-Toc.
Le 1er Chien et le 1er Pantalon.
L'Ours de Sibérie. — Le petit Diable.
1er Cheval et 1re Voiture.
Premières armes de Mlle Lili.
La Salade de la grande Jeanne.
La Crème au chocolat.
M. Jujules à l'école.

L. BECKER . . . . L'Alphabet des Oiseaux.
— . . . . † L'Alphabet des Insectes.
COINCHON (A.) . . . . Histoire d'une Mère.
DETAILLE . . . . Les bonnes Idées de mademoiselle Rose.
FATH . . . . Gribouille. — Jocrisse et sa Sœur.
— . . . . Les Méfaits de Polichinelle. — Pierrot à l'École.
— . . . . La Famille Gringalet.—Une folle soirée chez Paillasse
FROMENT . . . . La Boîte au lait. — Histoire d'un pain rond.
— . . . . La Petite Devineresse. — Le petit Escamoteur.
GEOFFROY . . . . Le Paradis de M. Toto.—1re cause de l'avocat Juliette.
JUNDT . . . . L'École Buissonnière.
LALAUZE . . . . Le Rosier du petit frère.
LAMBERT . . . . Chiens et Chats.
LANÇON . . . . Caporal, le chien du régiment.
MARIE (A.) . . . . Le petit Tyran.
MATTHIS . . . . † Les deux Sœurs.
MEAULLE . . . . Petits Robinsons de Fontainebleau.
PIRODON . . . . Histoire d'un Perroquet. — Histoire de Bob aîné.
— . . . . La Pie de Marguerite.
SCHULER (TH.) . . . . Les Travaux d'Alsa.
VALTON . . . . Mon petit Frère.

Albums Stahl illustrés grand in-8°

FRŒLICH

Mlle Mouvette.
M. Jujules et sa Sœur Marie.
Petites Sœurs et petites Mamans.

Voyage de Mlle Lili autour du Monde.
Voyage de découvertes de Mlle Lili.
La Révolte punie.

CHAM . . . . Odyssée de Pataud.
FROMENT . . . . La belle petite princesse Ilsée. — La Chasse au volant.
GRISET (E.) . . . . Aventures de trois vieux Marins. — Pierre le Cruel.
SCHULER (T.) . . . . Le premier Livre des petits enfants.
VAN BRUYSSEL . . . . Histoire d'un Aquarium.

ALBUMS STAHL EN COULEURS IN-4°

TROJELLI . . . . Alphabet musical de Mlle Lili.

L. FRŒLICH

Chansons & Rondes de l'Enfance

Sur le Pont d'Avignon.
La Boulangère a des écus.
La Mère Michel.— Giroflé Girofla.
Il était une Bergère. — M. de la Palisse.
La Tour prends garde.

Au clair de la Lune. — Cadet-Roussel.
Le bon roi Dagobert. — Compère Guilleri.
Malbrough s'en va-t-en guerre.
La Marmotte en vie.
Nous n'irons plus au bois.

L. FRŒLICH

La Bride sur le cou.— M. César.
Le Cirque à la maison. — Mlle Furet.
Moulin à paroles.— Pommier de Robert.

Jean le Hargneux (16 planches).
Hector le Fanfaron.
La revanche de François.

COURBE . . . . † L'Anniversaire de Lucy.
GEOFFROY . . . . Monsieur de Crac. — Don Quichotte. — Gulliver.
DE LUCHT . . . . La Leçon d'Équitation. —La Pêche au Tigre.
MATTHIS . . . . Métamorphoses du Papillon.
MARIE . . . . Mademoiselle Suzon.
TINANT . . . . Une Chasse extraordinaire.— Les Pêcheurs ennemis.
— . . . . † La Guerre sur les Toits.

PETITE BIBLIOTHÈQUE BLANCHE

Volumes gr. in-16 colombier, Illustrés

Bibliothèque des Jeunes Français

Volumes gr. in-16 colombier

BLOCK (M.).

Entretiens familiers sur l'administration de notre pays.

VOLUMES IN-8° CAVALIER, ILLUSTRÉS

Volumes grand in-8° jésus, illustrés

JULES VERNE

VOYAGES EXTRAORDINAIRES

23 VOLUMES IN-8° JÉSUS ILLUSTRÉS

HISTOIRE DES GRANDS VOYAGES ET DES GRANDS VOYAGEURS

Découverte de la Terre. — Les Grands Navigateurs du xviiie siècle
Les Voyageurs du xixe siècle.

J. VERNE et TH. LAVALLÉE. Géographie illustrée de la France, nouvelle édition revue et corrigée par M. Dubail.

BIBLIOTHÈQUE DES PROFESSIONS

Industrielles, Commerciales & Agricoles

Le premier mérite des volumes qui composent cette Encyclopédie c'est d'être accessibles par la forme, par le fond et par le prix, aux personnes qui ont le plus souvent besoin d'indications pratiques sur la profession dont elles font l'apprentissage, ou dans laquelle elles veulent devenir plus intelligemment habiles.

A ces personnes dont le nombre est très grand, il faut des *guides pratiques exacts*, d'un format commode, d'un prix modéré, rédigés avec clarté et méthode, comme est clair et méthodique l'enseignement direct du professeur à l'élève ou celui du maître à l'apprenti. Telle a été la pensée qui a présidé à la publication de la *Bibliothèque des professions industrielles, commerciales et agricoles.*

Elle se compose de *onze séries*, qui se subdivisent comme suit :

A. Sciences exactes. — B. Sciences d'observation. — C. Art de l'Ingénieur. — D. Mines et Métallurgie. — E. Mécanique, Machines motrices. — F. Professions militaires et maritimes. — G. Arts et métiers, Professions industrielles. — H. Agriculture, Jardinage, etc. — I. Économie domestique, Comptabilité, Législation, Mélanges. — J. Fonctions politiques et administratives, Emplois de l'État, Départementaux et Communaux, Services publics. — K. Beaux-arts, Décoration, Arts graphiques.

Les volumes de cette collection sont publiés dans le format grand in-18; la plupart d'entre eux sont illustrés de gravures qui viennent mieux faire comprendre le texte; des atlas renferment les dessins qui exigent d'être représentés à grandes échelles et avec plus de détails.

AMPÈRE, Journal et Correspondance. 3 vol.

ANDERSEN, Nouveaux Contes.

ASTON (G.), L'Ami Kips.

B *** (LUCIE), Une Maman qui ne punit pas. — Aventures d'Édouard et Justice des choses.

BENTZON, Yette.

BERTRAND (A.), Les fondateurs de l'Astronomie.

BIART (L.), Aventures d'un jeune Naturaliste. — Entre Frères et Sœurs. — Monsieur Pinson. — La Frontière indienne. — † Le Secret de José.

BLANDY (S.), Le Petit Roi.

BOISSONNAS, ✤ Une Famille pendant la guerre de 1870-71.

BRACHET (A.), ✤ Grammaire historique.

BRÉHAT (DE), Aventures de Charlot. — Aventures d'un petit Parisien.

CANDÈZE (Dr), Aventures d'un Grillon. — La Gileppe.

CARLEN, Un brillant Mariage.

CHAZEL (P.), Le Chalet des Sapins.

CHERVILLE (DE), Histoire d'un trop bon Chien.

CLÉMENT (CH.), Michel-Ange, etc.

DEQUET, Histoire de mon Oncle.

DESNOYERS (L.), Aventures de Jean-Paul Choppart.

DURAND (HIP.), Les Grands Prosateurs. — Les Grands Poètes.

EGGER, Histoire du Livre.

ERCKMANN-CHATRIAN, L'Invasion. — Madame Thérèse. — Les deux Frères.

FATH (G.), Un drôle de voyage.

FOUCOU, Histoire du travail.

GÉNIN, La Famille Martin.

GRAMONT (COMTE DE), ✤ Les Vers français et leur Prosodie.

GRATIOLET (P.), De la Physionomie.

GRIMARD, Histoire d'une Goutte de Sève. — Jardin d'acclimatation.

HIPPEAU, Cours d'Économie domestique.

HUGO (VICTOR), Les Enfants.

IMMERMANN, La Blonde Lisbeth.

LAPRADE (V. DE), Le Livre d'un père.

LAVALLÉE (TH.), Histoire de la Turquie (2 volumes).

ANDRÉ LAURIE, † La Vie de collège en Angleterre.

LEGOUVÉ (E.), Les Pères et les Enfants (2 volumes). — Conférences parisiennes. — Nos Filles et nos Fils. — L'Art de la Lecture. — La Lecture en Action.

LOCKROY (Mme), Contes à mes nièces.

MACAULAY, Histoire et Critique.

MACÉ (JEAN), Contes du Petit-Château. — Arithmétique du Grand-Papa. — Histoire d'une Bouchée de Pain. — Les Serviteurs de l'Estomac.

MAURY, Géographie physique. — Le Monde où nous vivons.

MULLER, Jeunesse des hommes célèbres. — Morale en actions par l'histoire.

NOEL (E.), La Vie des fleurs.

ORDINAIRE, Dictionnaire de Mythologie. — Rhétorique nouvelle.

RATISBONNE, ✤ Comédie enfantine.

RECLUS, Histoire d'un Ruisseau. — Histoire d'une Montagne.

RENARD, Le fond de la Mer.

ROULIN (F.), Histoire naturelle.

SANDEAU (J.), La Roche aux Mouettes.

SAYOUS, Conseils à une Mère. — Principes de Littérature.

SIMONIN, Histoire de la Terre.

STAHL (P.-J.), ✤ Contes et Récits de Morale familière. — ✤ L'Histoire d'un Ane et de deux Jeunes Filles. — La Famille Chester. — Les Histoires de mon parrain. — ✤ Les Patins d'argent. — Mon premier voyage en mer (adaptation). — ✤ Maroussia. — Les quatre Filles du docteur Marsch. — Les Quatre Peurs de notre général.

STAHL ET MULLER, Le Nouveau Robinson suisse.

STAHL ET DE WAILLY, Scènes de la vie des Enfants en Amérique. — Les Vacances de Riquet et de Madeleine. — Mary Bell, William et Lafaine.

SUSANE (GÉNÉRAL), Histoire de la Cavalerie (3 vol.).

THIERS, Histoire de Law.

VALLERY-RADOT, ✤ Journal d'un Volontaire d'un an.

VERNE (JULES), Autour de la Lune. —

Voyages extraordinaires

Aventures de trois Russes et de trois Anglais. — Les Anglais au pôle Nord. — Un Capitaine de 15 ans (2 vol.). — Le Chancellor. — Cinq Semaines en ballon. — Les Cinq cents millions de la Bégum. — Le Désert de glace. — Le Docteur Ox. — Les Enfants du Capitaine Grant (3 vol.). — Hector Servadac (2 vol.). — La Jangada (2 vol.).— † Kéraban-le-Têtu (2 vol.) — L'Ile mystérieuse (3 vol.). — La Maison à vapeur (2 vol.) — Les Indes-Noires — Michel Strogoff (2 vol.). — Le Pays des Fourrures (2 vol.).— De la Terre à la Lune. — Le Tour du monde en 80 jours. — Les Tribulations d'un Chinois en Chine. — Une Ville flottante.—Vingt mille lieues sous les Mers (2 vol.) — L'École des Robinsons. — Le Rayon-Vert. — Voyage au centre de la Terre.

Découverte de la Terre. (2 vol.).

Les Grands Navigateurs du xviiie siècle (2 vol.).

Les Voyageurs du xixe siècle (2 vol.).

ZURCHER ET MARGOLLÉ, Les Tempêtes. — Histoire de la Navigation. — Le Monde sous-marin.

PRIX DIVERS

BRACHET (A.) . . . . ✤ Dictionnaire étymologique de la langue française.

CLAVÉ . . . . Principes d'économie politique.

GRIMARD . . . . La Botanique à la campagne.

MACÉ (JEAN) . . . . Théâtre du Petit-Château.

SOUVIRON . . . . Dictionnaire des termes techniques.

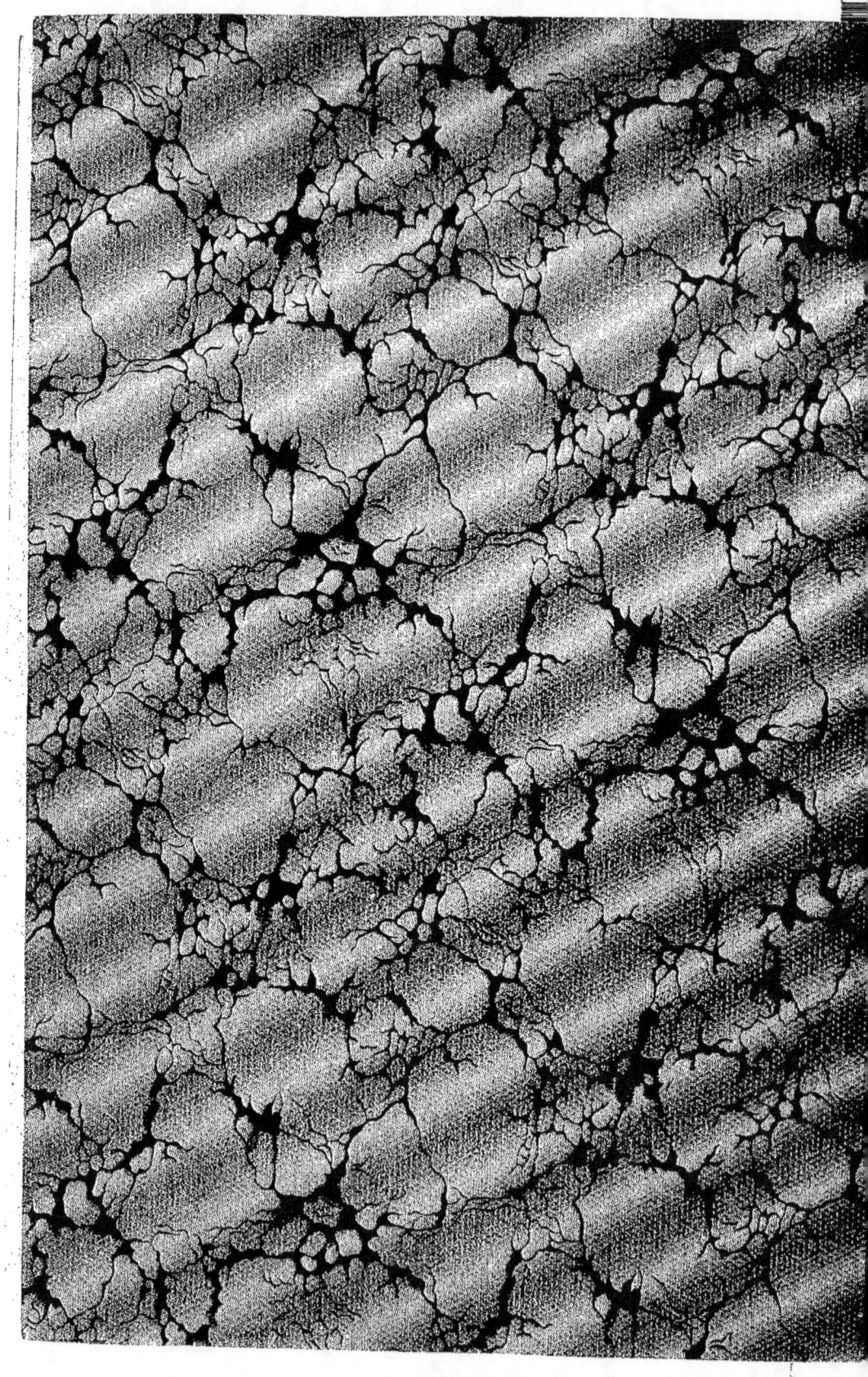

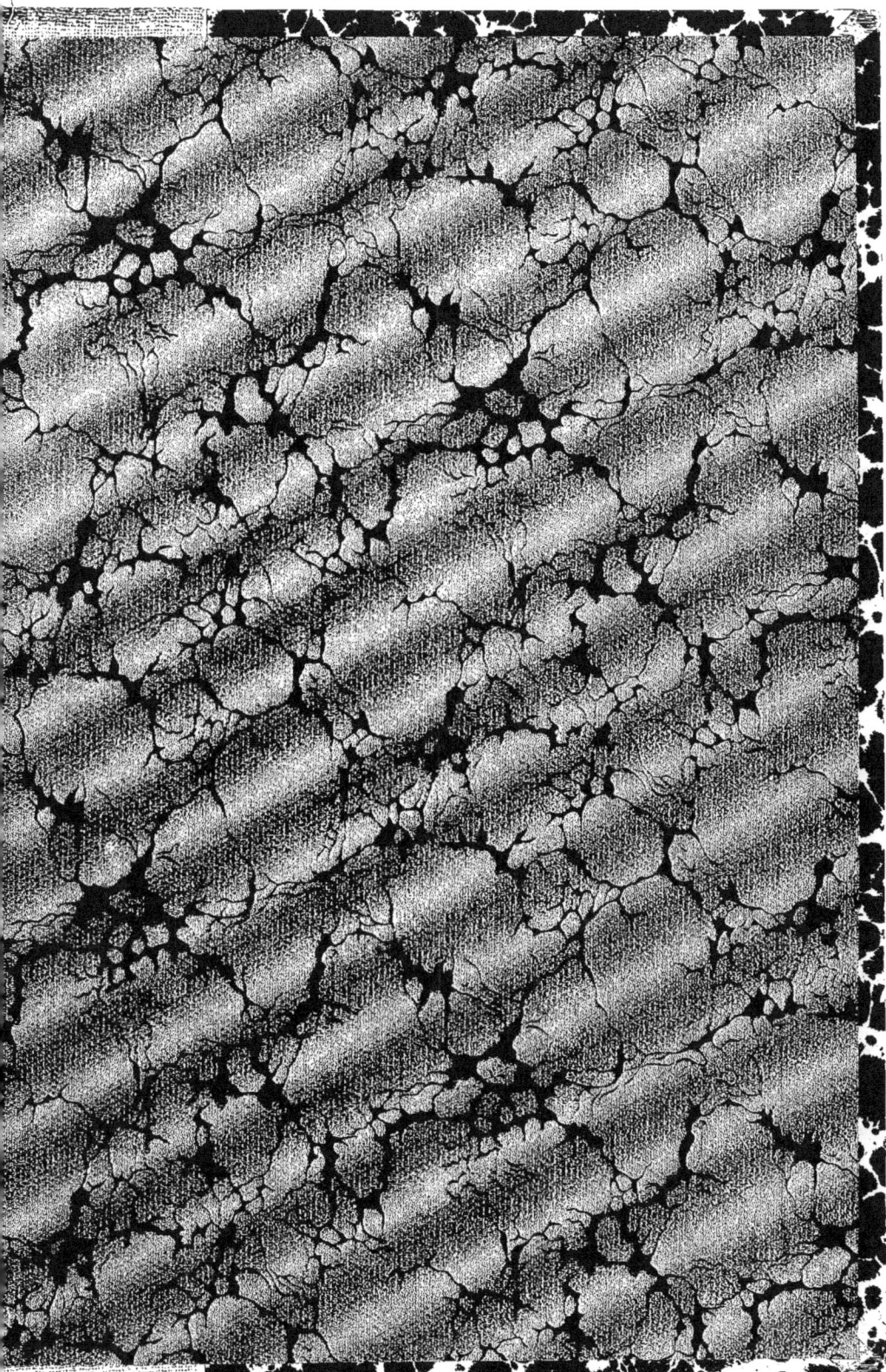